文庫

虹をつかむ男

ジェイムズ・サーバー
鳴海四郎訳

epi

早 川 書 房

7317

THE SECRET LIFE OF WALTER MITTY AND OTHER STORIES

by

James Thurber

序文　ジェイムズ・サーバーと五十年を共にして

実際には、私はサーバーを五十年知っているわけではない。サーバーはこの前の誕生日で四十八歳を迎えたにすぎないのだが、この選集の出版社が、このような大作の序文の標題としては〝五十〟という数が〝四十八〟という数よりも響きがよいと感じたものであって、私は議論にくたびれて引き下がってしまったのである。

ジェイムズ・サーバーは一八九四年、ただならぬ烈風の吹きすさぶ夜、オハイオ州コロンバス市のパーソンズ街一四七番地でこの世に生まれた。その家は、まだ現存しているけれども、何の掲示も標識もかかげていないから、観光客に対して指摘されることもなく今日に至っている。一度、サーバーの母堂が、オハイオ州フォストリア町から来訪した老婦人を連れてその家の前を通ったとき、「息子のジェイムズが生まれたのはこの家ですよ」と教えたことがあるが、その老婦人はきわめて耳が遠くなっていたので、それに答えて、

「アラ、火曜の朝の汽車ですわ、妹の具合さえ悪くならなければね」と答えた。母堂はそのままですませてしまった。

幼年時代のサーバーはマージェリ・オルブライトという名の非公認育児婦の手で育てられた。この女は南北戦争前までは近所のお産を取り上げていた人である。当時のサーバーは、もちろんまだ幼いから、生家の異様な家庭的環境に影響されはしなかったが、これについてはかつて彼自身があまりたくみな表現ではないけれども次のように述べていたと記憶する。「私がうつし世の涙の谷間に現われ出たとき、あたりには古めかしいカリア＝アイブズ（歴史風俗の版画の会社）的鋼版印画調の空気が漂っていた」と。彼の幼少時代のことは、たった二歳で歩くことが出来たとか、四歳の時はもう文章を話すことが出来たとか、その程度の事実のほかはあまり知られていない。

サーバーの少年時代（一九〇〇〜一九一三）は相当に重要性を欠いている。だからこのことに時間をかけるのは意味がない。この時期には、まだ彼のひととなりとか人物像ははっきりした形で表われていないし、当時彼が将来の方向を予見していたとしても、これだけ時の隔たりがあってはそれも明らかでない。ただ、このころ、彼は非常によくころんだ。それは自分にぶつかって歩く癖があったからである。彼は金ぶちのめがねが曲るのを年がら年中直していなければならなかった。そのめがねを掛けていると、いかにも、だれかから声をかけられてもそれがどこから聞こえてくるのかわからないでとまどいしている人といったような顔つきだった。レンズの焦点が狂っていたので、彼にはすべての物が二つに、ではなくて一つ半に見えた。つまり四輪馬車の車輪は彼には、八個でなく六個に見えたのである。この余分の二個の車輪を彼がどうやって作品の中に紛れ込まさずにすませたかは、私の知るかぎりではない。

サーバーの人生には計画性がないため、伝記を書こうとするものは当惑して腹を立てるのが普通だ。この男は実際に行きもしないのに行ったような顔をしているのではないかというような感じを受けて、不安になるのだ。たとえば、彼の描く絵は普通の筋道をたどって、つまり彼の意図によって完成されたのではなくて、どこか横道を経てふと出来上がったもののように思われることがよくある。

しかし、文章の方は違うと思う。散文の作品の場合には、彼はつねに、初めから出発し、中を経て、終わりに到達しているらしい。その証拠に、話の最後の行からさかのぼって逆読みしてみると、明らかに逆もどりだという感じを受けるだろう。物語は順を追って書かれたもので、絵のように突如として出現したものではないことが、これではっきりすると私には思われる。

サーバーのそもそもの処女作は、『オハイオ州コロンバス市南五番通り一八五番地のぼくのおばさん、ジョン・T・サベージ夫人の家の庭』という題の、詩と称するものだった。この詩自体には何の価値も重要性もないけれども、ここに人名や数字に対する彼の異常な記憶力の一端がうかがわれる。彼は今でも、小学校四年生時代の同級生の名前を全部スラスラ言うことができるし、高校時代の親友数人の電話番号を記憶している。また、友人全部の誕生日、さらにその人たちのどの子供がいつ洗礼を受けたかまでそらんじている。一九〇七年にコロンバス市の第一メソジスト監督教会の園遊会に出席した人々全員の顔ぶれを、一気カセイに唱えることもできる。このような正確だが無意味な知識の集積は、あるいは彼の作品の役に立つのかも知れないが、はたしてどんなものだろう。

私にも多少意外だけれども、彼について書くべきことは大体つきてしまった。サーバーはあいかわらず、といっても近頃はますます、歩き方ものろくなり、手紙の返事も書かなくなり、小さい物音にもビクつくようになった。過去十年間、彼はコネチカット州の町から町へと落ちつきなく移り歩き安住の地を求めてさまよっている。彼の希望は、古い植民地時代の建物で、ニレとカエデに取りかこまれ、モダンな住宅設備が一切完備し、谷を見おろす場所である。そこで彼は毎日を、『ハックルベリ・フィンの冒険』を読み、プードル犬を飼い、地下室にブドウ酒をたくわえ、ルーレットをして遊び、気まぐれな中年期までなんとかつき合いをともにしてきた少数の友人たちと雑談をして暮らしたいと企んでいる。

この本は、彼の全盛期の、すなわちおおよそ、リンドバーグが大西洋を横断した年からコーヒーが配給になった年あたりまでの、彼の物語と絵の選集である。幸福な新世界のきたらん日を心から祈りつつ、彼はこれを読者に送っている。

ジェイムズ・サーバー

（一九四五年出版の作品集『サーバー・カーニバル』の序文）

目次

虹をつかむ男

虹をつかむ男

The Secret Life of Walter Mitty

「行くと言ったら行くんだ！」中佐の声は薄氷の割れるような響きだった。彼は正装の軍服に身をかため、重々しく金モールの飾りのついた白い軍帽を小粋《こいき》に傾けて、片方に引きおろしたつばの下から、冷たい灰色の目をのぞかせている。

「とても無理です、艇長。自分の見るところ、ひと荒れしてハリケーンという雲行きですが」

「君の意見をきいてやしないよ、バーグ大尉」と中佐は言った。「動力灯点灯！　回転速度上昇八五〇〇！　目標に向かって直行！」

シリンダーの音が速さを増していった。タ・ポケタ・ポケタ・ポケタ・**ポケタ・ポケタ**。中佐は、操縦席の窓に氷の張るのを見つめていたが、やがて足を運ぶとズラリと並ぶ複雑な計器のダイアルをひねった。

「八号補助タンク始動！」と中佐は叫んだ。

「八号補助タンク始動！」とバーグ大尉が復誦《ふくしょう》した。

「三号ターレット総力配備！」と中佐が叫んだ。

「三号ターレット総力配備！」

爆音高く突進する巨大な八発海軍飛行艇の中で、乗員たちはめいめいの任務に専念しながら、互いに顔を見合わせてニヤリと笑った。

「おやじならやり通すぜ」と言い合った。「おやじは地獄の鬼なんて屁《へ》とも思っちゃいねえんだ！」……

「そんなにとばさないで！　スピード出しすぎてるわ！」ミティ夫人が言った。「なんだってそんなに走らせるの？」

「うんん？」とウォルター・ミティは返事をしたが、隣りの席にいる妻の顔を見て、すごくびっくりした。まるで見かけない女、人ごみの中で呼びかけてきた見知らぬ女のように思われたのだ。

「五十五マイル出してたわよ。知ってるでしょう、あたしが四十以上はきらいだってこと。あんた、五十五マイルも出してたのよ」

ウォルター・ミティは黙りこくってウォーターベリに向かって運転を続けた。二十年の海軍航空史上、最悪の大暴風雨を突破するＳＮ二〇二号機の爆音はしだいに遠ざかり、彼の心の奥にひめられた空路のかなたに消えて行った。

「またあなた、妙にシャッチョコばってるのね」と細君が言った。「また始まったわ、いつもの癖が。いっぺんレンショー先生にすっかり診《み》て頂いたら？」

ウォルター・ミティは、細君の行く美容院のある建物の前で車をとめた。

「パーマをかけてる間に御自分のオーバーシューズを買うの、忘れないでね」と細君。

「オーバーシューズなんかいらないよ」とミティ。

彼女は鏡をハンドバッグの中にしまい込み、「その話はもうすんだはずでしょう」と車を降りながら言った。「いつまでも若いと思ったら大間違いよ」彼はエンジンをすこしふかした。「どうして手袋なさらないの？　なくしたの、手袋？」

ウォルター・ミティはポケットに手を入れて、手袋を出した。一度、はめたことははめたが、細君が背を向けて建物の中に入るのを見届けると、車を次の赤信号の所まで進めて、また手袋をとった。

「オイ、早く渡るんだ！」信号が変わって警官がガミガミどなったので、ミティはあわてて手袋をはめ、ガクンと車を前に出した。しばらくの間、あてもなく街をグルグル走らせてから、やがて病院の前を通って駐車場へ向かった。

……「患者さんは百万長者の銀行家、ウェリントン・マクミランさんですわ」と、美人の看護婦が教えてくれた。

「ほう?」とウォルター・ミティはゆっくりと手袋をとりながら言った。「担当の先生は?」

「レンショー先生とベンバウ先生ですけど、ほかに専門医のかたがお二人みえてます。ニューヨークのレミントン先生に、ロンドンからプリチャード＝ミトフォード先生。飛行機でいらしたんですの」

長いひんやりした廊下の向こうのドアがあいて、レンショー先生が出て来た。げっそりして、とり乱した様子である。

「やあ、ミティ」と先生は言った。「いやもうひどく、てこずっちゃってね。患者は百万長者の銀行家、ルーズベルト大統領の親友だというマクミランだがね。分泌腺導管障害、しかも第三期だよ。きみ、ちょっと診《み》てくれるとありがたいんだが」

「よろこんで」とミティは答えた。

手術室では紹介の言葉がささやきかわされた。「レミントン先生、こちらはミティ先生。プリチャード＝ミトフォード先生、こちらはミティ先生」

「ストレプトスリコシスに関するあなたの論文、拝見しました」とプリチャード＝ミトフォード先生が握手しながら言った。「すばらしい業績ですな」

「いやどうも」とウォルター・ミティ。

「あんたがアメリカにおいでとは知りませんでしたよ、ミティさん」とレミントンがぼやいた。「よけいなムダをした、あんたがいるのに、第三期だからってミトフォードやわたしまで呼び出されるなんて」

「これは恐縮」とミティ。

ちょうどそのとき、おびただしいパイプや電線で手術台とつながっている、複雑な巨大な器械がポケタ・ポケタ・ポケタとやりはじめた。

「麻酔器が故障だ!」と、一人のインターンが叫んだ。「こいつは新式の器械で、東部にゃこれを直せる人はひとりもいないんです!」

「静かにしたまえ」とミティは低く冷静な声で言うと、すぐさま器械にとびついた。器械はいまポケタ・ポケタ・クイープ・ポケタ・クイープとやっている。ミティは一列にならんでピカピカ光っているダイアルを器用な手つきでいじりはじめた。「万年筆をだれか!」と彼はキビキビと言った。誰かが万年筆を渡した。彼は器械の中から故障したピストンを一本引き出し、代わりに万年筆をさし込んだ。「十分間はもつだろう。手術を続けたまえ」

一人の看護婦がレンショー先生に走り寄ってヒソヒソとなにごとかささやいた。先生の顔の青ざめたのがミティにはわかった。「しまった、コリーオプシスが始まった」と先生はいら立っていた。「ミティ、きみ代わってくれないか?」

ミティは彼の顔、けおされて臆病そうなベンバウ先生の恰好、それから二人の偉大な専門医の自信のなさそうな沈んだ顔を見渡した。「ぜひにと言うのなら」とミティは応じた。人々が白の手術着を着せてくれた。彼はマスクをつけ、ピッチリした手袋をはめて、看護婦が手渡すピカピカ光る……

「オイ、バックしろ！　そこのビュイックが目に入らないのか！」ウォルター・ミティはあわててブレーキを踏んだ。「道が違うぜ」と駐車場の係員がミティの顔をのぞきこむようにして言った。

「やあ、しまった」とミティはつぶやいた。彼は後退して『出口』と書いてある道から出ようと、気をつけてバックしはじめた。

「そこへ車、おいときな」と係員が声をかけた。「おれがやっといてやるから」ミティは車から降りた。「ちょっと、かぎもおいてってほしいな」

「ア、そうか」とミティは男に車のかぎを渡した。係員は身軽にとび乗ると、これ見よがしのハンドルさばきで車をバックさせ、しかるべき位置にキチンとおさめた。

なんて生意気なやつだろう、とウォルター・ミティはメーン・ストリートを歩きながら考えていた。ああいった連中は何でも心得てるってな顔をしやがる。いつかもニューミルフォードの町はずれで、チェーンをはずそうとしたら、かえって車軸にからまってしまった。結局、レッカー車を呼んではずさせなけりゃならなかったが、その若い修理工はニヤニヤしてやがった。それ以来、チェーンを取りはずすときはいつでも、女房は修理屋まで運転して行けと言うのだ。よし、この次は、とミティは考えた。この次は右腕を包帯で吊っといておこう、そうすりゃおれの顔を見てニタニタ笑ったりしないだろう。右腕を包帯で吊っとけば、おれがチェーンをはずそうとしても、出来るわけないってことがわかるだろう。彼は歩道の雪どけをけとばした。「そうか、オーバーシューズ」そう独り言を言うと、彼は靴屋を探しはじめた。

オーバーシューズの箱をこわきにかかえてふたたび通りに出たとき、ウォルター・ミティは、もう一つ細君から買っておけと言われた物が何だったかを思い出そうとしていた。ウォーターベリに向かって家を出る前に、二度も言われているのだ。だからこうやって週に一回町へ出るのがいやになる——いつだって買い物をまちがえてしまうのだ。ええと、クリネックスだったかな、それともスクィッブの歯ミガキか、カミソリの刃か？　いや違う。歯ミガキ、歯ブラシ、重曹《パイカーボネート》、炭化珪素《カーボランダム》に議案提出権《イニシアチブ》に国民投票《レファレンダム》と？　ええじれったい、勝手にしろ。だが女房のやつはチャンと覚えてるだろう。「どこにあるの、アレは？」とくる。「わすれたんじゃないでしょうね、アレを？」とくるんだ。新聞売りがウォーターベリ裁判所の公判のニュースを叫んで通って行った。

……「これを見たら思い出すだろう」とだしぬけに地方検事が、証人台の静かな人物に向かって重たい自動拳銃《オートマチック》をぐいと突き出した。「前にこれを見たことはないかね？」

ウォルター・ミティは拳銃を受けとり、ものなれた手つきでそれを調べた。「これは私のウェブリー・ヴィカーズ50・80です」と彼は冷静に答えた。

法廷にサッと興奮のざわめきが流れた。裁判官が木槌《こづち》を叩いて静粛を命じた。

「被告は、どんな銃を持たされても、射撃にかけては名手だったね、たしか？」と地方検事が意味深長にカマをかけて来た。

「異議あり！」とミティの弁護士が叫んだ。「被告が撃てなかったという事情はすでに立証したところであります。七月十四日の夜、被告が右腕を包帯で吊っていたことは立証ずみです」ウォルター・ミティが軽く片手をあげたので、やっきとなっていた弁護士はおし黙った。

「拳銃と名のつくものならどんなやつでもいい」ミティは平静に言ってのけた。「わたしは、**左手でもって**、三百フィートの距離から、グレゴリー・フィッツハーストを撃ち殺すことぐらいヘッチャラです」

　たちまち法廷は騒然となった。大混乱の中からひときわ高く女の悲鳴が響き、あっというまにかわいらしい黒髪の娘がウォルター・ミティの腕にだかれていた。地方検事はその娘に乱暴になぐりかかった。悠然と腰をかけたまま、ミティは、検事のあごの先に一発パンチをくらわせてやった。「この野郎、のら犬め」……

「犬のビスケットだ」とウォルター・ミティは口に出した。彼が歩みをとめると、法廷を覆い包んでいたもやの中からウォーターベリの町並みがもりあがってきて、ふたたび彼をとりまいた。通りすがりの女が笑った。「犬のビスケットですってさ」と女は連れに言った。「あの人、犬のビスケットって、独り言を言ってたわよ」

ウォルター・ミティは足を早めた。A&Pのチェーンストアに——最初にあったのは通り越してずっとさきにある小さな店に——とびこんだ。

「ちっちゃい小犬にやるビスケットがほしいんだが」と彼は店員に言った。

「なに印《じるし》のになさいますか？」

世界最大のピストルの名手も、一瞬くびをかしげた。

「箱に〈ポチが尾を振る〉って書いてあるやつだ」とウォルター・ミティは言った。

腕時計を見ると、妻が美容院を終えるのまであと十五分ぐらいだ、ただし、かわかすのが順調にいったとしてである。それまでにもドライヤーで手間どることがよくあった。妻はさきにホテルへ行くのをいやがっていた。いつものように彼の方でひと足さきに行って、待っていてほしいのだろう。ミティはロビーに入ると、窓に向いた大きな革の椅子を見つけた。彼はオーバーシューズと犬のビスケットをそばの床《ゆか》におき、《リバティ》誌の古いのを一冊手にして、ふかぶかと腰をおろした。『ドイツ空軍の世界制覇は可能か？』ウォルター・ミティは爆撃機と廃墟の町との写真に目をやった。

……「ひっきりなしの砲撃で、ラリーはすっかりおびえきってます」と軍曹が言った。

ミティ大尉はたれさがった髪の間からそちらを見上げた。

「寝かせるんだ」彼はものうげに言った。「ほかのものもな。おれはひとりで飛び立つ」

「それは無理であります」と、軍曹は心配そうだった。「あの爆撃機には二人必要です、それに高射砲の弾幕がものすごいのと、ソーリエへ行く途中にはフォン・リヒトマンの命知らずの一隊ががんばってますし」

「しかしあすこの兵站《へいたん》基地はだれかが爆破しなけりゃならんのだ。おれが行く。どうかね、ブランデーをひと口？」ミティは軍曹の分と自分の分と酒をついだ。

壕《ごう》の外ですさまじいうなりと響きがして、戸口が打ち砕かれそうになった。板が割れ、破片が部屋中にとび散った。

「間一髪だな」ミティ大尉は涼しい顔をしていた。

「集中砲火をくらってます」と軍曹。

「軍曹、人間の一生は一度っきりだ」ミティはチラとはかない微笑を浮かべた。「そうじゃないか？」彼はもう一杯ブランデーをつぎ、ぐいと飲みほした。

「大尉どののようにブランデーのお強いかたは初めてであります」と軍曹。「いやこれは失礼しました」

ミティ大尉は立ち上がり、大きなウェブリー・ヴィカーズ自動拳銃を肩につった。

「敵中四十キロの突破は命がけですな」と軍曹。

ミティは最後のブランデーを飲み終えた。「結局は」とおだやかに言った。「なんだって同じことさ」

砲弾の間合いが繁くなった。機関銃もラタタタタとやっている。どこからか、新式の火炎放射器の威嚇的なポケタ・ポケタ・ポケタが聞こえてくる。ウォルター・ミティは《ブロンド女に寄り添って》を口ずさみながら壕《ごう》の出口に歩いて行った。そして振り向いて軍曹に手を振った。「チェリオ！」……

肩に何かが当たった。「ホテルじゅう捜したわ」と妻が言った。「なんだってこんなボロ椅子に隠れてたのよ？　これじゃ、見つかりっこないじゃないの？」

「追いつめられてね」とウォルター・ミティはうわの空で返事をした。

「なんですって？」と細君。「アレ買ってきてくれた？　ホラ、犬のビスケット？　その箱はなあに？」

「オーバーシューズだ」とミティ。

「どうして買った店で、はいて来なかったの？」

「考えてたんだ」とウォルター・ミティ。「おれがときどき考えごとをするの、いままで気がつかなかったのかい？」

妻は彼の顔を見た。「うちへ帰ったらお熱を計ってあげましょうね」と彼女は言った。

二人は回転ドアから外へ出た。押すと、人をくったようなヒューという小さな音を立てるドアである。駐車場はそこから通りを二つ越した所だった。かどのドラッグストアの前へ来ると、妻が言った。「ちょっと待っててね。忘れものを思い出したから。すぐもどってくるわ」

だが、妻はすぐにはもどって来なかった。ウォルター・ミティはタバコをつけた。雨になってきた。みぞれまじりの雨である。彼はドラッグストアの壁にもたれて、タバコをくゆらした……ぐっと肩を引き、かかとを合わせた。

「目かくしなんているもんか」とウォルター・ミティはせせら笑った。そして最後の一服を吸い込むと、パッとタバコを投げ捨てた。それから、口もとに、例のはかない微笑をチラと浮かべ、銃殺刑を執行する射撃分隊に相対した。直立不動、意気軒昂《けんこう》、大胆不敵、だんじて弱音を吐かぬ男、ウォルター・ミティは、こうしてその最後まで、謎をひめて……

世界最大の英雄

The Greatest Man in the World

いま、時の利を得た一九五〇年から振りかえってみると、どうしてこんなことがもっと以前に起こらなかったのかと、まったくふしぎになる。アメリカ合衆国は、キティホーク（一九〇三年ライト兄弟の飛行機が成功した場所）以来、自分の手で苦労して地雷を仕掛けておいては、いずれはその地雷で自爆するような無分別をおかしていたのだ。いつの日にか、突如として青天のかなたから、知能、教養、人格いずれも水準以下という飛行機乗りが姿を現わし、みごと長時間滞空記録とか長距離飛行記録とかをうち立てて、国家的英雄として祭りあげられるようにならないとは、誰にも保証できないことだった。

リンドバーグ（一九二七年ニューヨーク＝パリ間単独無着陸飛行に成功）やバード（一九二九年南極上空飛行に成功）は、国家的礼節の面からも国際親善の面からも、さいわいにして紳士だった。そのほかのわが国の有名飛行士もみんなそうだった。彼らはしとやかに栄誉をにない、マスコミの荒波にたえ、すぐれた婦人

（通常立派な家柄の女性）と結婚し、そして静かに私生活に引きこもって、それぞれの幸福をまもっている。彼らが名誉の絶頂という危険な地位にあったときにも、その成果に汚点をのこすような、世界的にみて不運な事件は起こらなかった。ところが例外というものはかならずあるもので、ついに一九三七年七月、ジャック（通称『あいぼう』）・スマーチという、アイオワ州ウェストフィールドの町の小さな自動車修理工場に働いていた元機械工見習の男が、中古の単発単葉機ブレストハーベン〈とんぼ第三号〉を操縦し、世界一周無着陸飛行をやってのけたのである。

それまでの航空史上、スマーチの作ったような飛行記録は夢にも考えられないことだった。ニューハンプシャー州の天文学教授、チャールズ・ルイス・グレシャム博士という奇人の発明にかかる、珍妙な浮揚式補助燃料タンクのことなど、誰ひとりまともに取り上げようとはしなかった。だがスマーチはこれに全面的信頼をよせたのである。だから、この二十二歳になる自動車修理工――貧弱なからだつきで、ツッケンドンで、感じの悪いチンピラ――が、一九三七年七月上旬、ルーズベルト飛行場に現われ、安物の嚙《か》みタバコをやたらにニチャニチャやりながら、「まだだァれも飛んじゃいねえんだぜ」と、発表したときには、彼の計画する二万五千マイル無着陸飛行のことなど、どの新聞も、からかい半分にほんの申しわけにしか報道しなかった。航空機や発動機の専門家は、てんで相手にしなかった。どうせインチキだ、売名のためのハッタリだという含みである。あんなサビついたオンボロの中古飛行機が飛ぶはずがない、グレシャム式補助タンクが役立つものか、くだらん冗談だ、と思ったのだ。

しかし、当のスマーチの方は、ブルックリンに住む女性——ある大きな紙箱工場の折り畳み部に勤めている女で、あとで彼はこの女を「サイコウかわいい子」だと言っている——を訪ねてから、記念すべき一九三七年七月七日の早朝、いとも涼しげな顔でいかれた飛行機にもぐり込み、静寂な大気を震わせて嚙みタバコの汁をペーッと吐きとばすと、飛び立って行ったものである。携行したのは、一ガロンの密造のジンと六ポンドのサラミ・ソーセージだけだった。

さて、わが修理工氏が爆音けたたましく洋上へ飛び出したとあっては、新聞も本気になってこれを報じないわけにはいかなくなった。無謀にもある無名の青年が——名前のつづりは各紙まちまちだった——無謀なる学校教師の考案になる長距離燃料補充装置を信頼し、単発のボロ飛行機による世界一周を企てて無謀な壮途に上ったと書いた。それから九日たってそのちっぽけな飛行機が、途中一度も着陸することなく、サンフランシスコ上空に姿を見せ、たしかに息もたえだえの状態ではあったけれども、依然として堂々と奇跡的に宙に浮かび、ニューヨークめざして飛行しているとなると、新聞の扱いも変わって来た。もともと、もう長いこと第一面は見出しばかりとなって、暴力団ビレティ組によるイリノイ州知事暗殺事件の記事すらも閉め出しをくっていたのだが、今やその見出しは未曾有《みぞう》の大きさにふくれ上がったし、このニュースの記事は二十五段から三十段にも及ぶようになった。しかし、史上画期的な飛行を報じるこのような記事も、飛行士御当人のこととなると、ごく簡単にしかふれていなかった。それは、この英雄に関する人間的材料が少なすぎたからではなく、逆にありすぎたからである。

スマーチの飛行機がフランスの小さな海岸町セルリルメールの上空で初めて目撃されたとき、記者たちはこの偉人の生涯を掘り起こすべく急遽《きゅうきょ》アイオワへ派遣されたのだが、その伝記はとうてい掲載不能だということがわかった。なにしろ母親というのは、ウェストフィールド近くの観光キャンプ地のはずれにある掘立小屋の食堂で一品料理のコックをしていたが、不機嫌な人で、息子のことは何をきかれても「くたばりゃいいんだよ、あんなやつは。海へおっこちて溺れちまやいい」とプリプリするばかりである。父親は、観光客の自動車からスポットライトやひざかけを盗んで、どこかの監獄に入っているらしい。弟はうすのろで、ごく最近アイオワ州プレストンの施設から脱走したと思ったら、もう郵便局から為替用紙を盗んで西部の方々の町のお尋ね者になっている。こういう意外な事実が次々と集まっているそのさなか、二十世紀最大の英雄、『あいぼう』のスマーチは、目もかすみ、寝不足とひもじさで半死半生、自分の私生活の悲しい事実があばき出されているアイオワ州上空を、異様なポンコツ機をあやつりながらニューヨークめざして、同時代のいかなる人も求め得ない栄光に向かって、ヨロヨロと突進していたのである。

新聞の方では、この青年の経歴なり人柄なりに関する記事は、どうしても多少はのせなければならないので非常な苦境に立った。もちろん、事実を明るみに出すことは無理である。地球一周の途上、ヨーロッパ大陸のなかばを越えたあたりから、この青年に対してものすごい人気が、野火のごとく一般大衆の中に燃え拡がっていたのだ。したがって彼は、おとなしい無口の金髪の青年、友人の間でも女性の間でも人気ものだと伝えられた。たった一枚だけ手に入ったスマーチの写真というのは、どこか遊園地の安スタジオで写した、張りぼての自動車を運転している姿だが、早速これには修正が施されて、下品な顔立ちもすっかりハンサムに仕上げられた。唇をゆがめてせせら笑っている口もとは、やさしい微笑に生まれ変わった。

こんな具合にして、真相は熱狂的な国民の目からおおい隠されたのである。だから人々は、スマーチの一族がアイオワの一寒村で近所の人たちから軽蔑と恐怖の目で見られていることや、当の英雄御自身が、数々のおもしろからざる手柄をたてた結果、ウェストフィールドでは厄介もの、ならずもので通っていることなどを知るよしもなかった。新聞記者のさぐり出したところによると、スマーチはハイスクールの校長をナイフで刺したことがある——むろん、殺したわけではないが、刺したのは事実だ。それからまた一度、教会から祭壇の覆い布を盗む現場を見つかり、白百合を飾ったつぼで番人の頭をぶんなぐったこともある。そして、こういう乱暴を働くたびに、彼は少年院に行かせられたのだった。

ニューヨークでもワシントンでも、当局者は内心ひそかに、いかにもむごいようではあるが、理解あまねき神慮によって、このオンボロ飛行機とその輝やかしき搭乗者になにか災害が振りかかってくれないものかと祈っていた。一方、それに反して、文明世界はすべて彼の前人未踏の壮挙をほめたたえる興奮と熱狂の渦中にあったのである。だが、当局者たちは、この名パイロットの人物についてはもはや一点の疑いも持っていなかった。世間からかつぎあげられて衆目を浴びることにでもなれば、彼が先天的なヨタモノで、わが身にあまる名声を精神的にも道徳的にも処理する能力のないことが、いやがおうでも明るみに出てしまう。

「大丈夫さ」と言ったのは国務長官だった。この国家的窮地の打開策を審議するためにたびたび招集された秘密閣僚会議の席上だった。「大丈夫さ。母親の祈りはきっとかなえられるだろう」

彼の言わんとした意味は、エマ・スマーチ夫人が息子が溺死すればよいと希望したことに関していたのだ。けれども、もう間に合わなかった。なぜならスマーチは大西洋も、そしてさらに太平洋も、まるでため池かなにかのように軽くとびこえていたからだった。こうして、一九三七年七月十七日、午後二時三分すぎ、わが修理工氏は間の抜けた愛機をルーズベルト飛行場にみごとに三点着陸させたのである。

このような世界史上に比類のない大飛行士を迎えるのに内輪のささやかな歓迎にとどめることなどは、もちろん問題にならない話で、ルーズベルト飛行場には、世界を震撼させるにたるほどの複雑華麗な式典が待ち受けていた。だがさいわいにして、英雄の方はヘトヘトに疲れ果てていて、たちまち気を失い、飛行機からかつぎ出されなければならぬ始末で、ひと言も口をきくまもなく飛行場から神隠しされてしまった。こうして、彼は第一次歓迎式の尊厳をおかさずにすんだ。なにぶん、その歓迎式に列席していたお歴々は、陸軍長官、海軍長官、ニューヨーク市長マイクル・J・モリアリティ氏、カナダ首相、それからファニマン氏、グローブズ氏、マクフィーリ氏、クリッチフィールド氏という州知事の面々、そのほかヨーロッパ各国の外交団がズラリと勢揃いしていたからだ。

その翌日、市庁舎で用意された盛大なお祭り騒ぎにもスマーチは意識を取り戻さず、出席できなかった。彼は人目に立たぬ小さな療養所にかつぎ込まれ、安静を命じられていた。彼が起きあがれるようになったのは、もっと正確にいうと、起きあがることを許可されたのは、それから九日たってからだった。その間に、当局のお偉方はものものしい会議を開いて、市・州・連邦政府三者連合の秘密懇談会を計画、スマーチをそれに出席させて道徳ならびに英雄的態度についての教育を施そうと思った。

いよいよ当の機械工が起きあがり、服を着て、二週間ぶりにたんまり嚙みタバコを認められた日に、彼は記者会見を許された——目的は彼のテストというわけだ。ところがスマーチはおとなしく先方の質問を待っていたりはしなかった。

「お前《めえ》たちゃよォ」——《タイムズ》の記者はタジタジとなった——「お前《めえ》たちゃよォ、世間のやつらに言ってやってくれよなァ、おいらがよォ、リンドバーグのつらの皮ひんむいてやったってな。そう、そいからよォ、あいつら二匹のバッタども、ザマァ見ろってな」

二匹のバッタどもと言ったのは、二人の勇敢なフランスの飛行士で、世界半周をくわだてたが、二週間前に気の毒にも海上で行方不明になった人たちのことである。《タイムズ》の記者は、このときけなげにも勇をふるって、この種の会見に際しての標準方式をザッと説明し、ほかの英雄たち、とりわけ外国の英雄たちの業績を軽蔑するような傲慢《ごうまん》な言辞はつつしむべきであると進言した。

「クソ、かまうこたねえや」とスマーチは言った。「おいらはやったんだ。なァ？ やったんだからよォ、ジャンジャンしゃべるぜ」そうして実際、ジャンジャンしゃべったものだ。

このときの異例な記者会見の内容は、もちろん、記事にはならなかった。それどころか、新聞は、あらかじめこの時にそなえて設定された、政治家と編集スタッフよりなる秘密幹部会の厳重な指令にもとづき、首を長くして詳報を待望している世間に対し、次のような記事を公表した。

「ジャッキーは（と一方的に呼び名がつけられていた）ようやく口を開いてただひと言、非常に嬉しい、私は誰にでも出来ることをしたまでです、と語った」なお《タイムズ》記者はそれにつけ加えて、「私の成功は多分に誇張されているようです、と彼は申し入れて苦笑した」ということにしていた。

こういう新聞記事は当人の目からは遠ざけられていたが、そんな制約は彼のカンシャクが盛り上がるのを抑えるたしにはならなかった。実際、事態は容易ならぬところに来ていた。というのは、『あいぼう』のスマーチは「早くシャバへ出さねえのかよォ」と言い張ってきかないのだ。それに、そうそういつまでも、国民の目から彼を隠しておくわけにもいかない。国民の方でも、早く彼を祭りあげたいとワイワイ騒いでいるありさまだ。まさにこれは、ルシタニア号の沈没以来、アメリカ合衆国の当面した、最悪の危機だった。

七月二十七日午後、スマーチはひそかに身柄を移されて、関係各市長、各知事、連邦政府首脳部、行動心理学者、編集者たちの列座する会議室へのぞんだ。彼は一人ひとりに、ネチネチした手をさしのべ、チラッといやらしい薄笑いを浮かべては「いよォ」とアイサツした。

スマーチが席につくとニューヨーク市長が立ちあがり、いかにも悲観的な声で、人まえに出たときの話し方や態度はどうあるべきかという点について説明を試み、最後に、彼の勇気と誠実を高くほめたたえて話を結んだ。市長の次にはニューヨーク州知事のファニマン氏が立ち、感動的に信仰心を表明、パリ駐在アメリカ大使館二等事務官のキャメロン・スポッティスウッド氏を紹介した。この人は公式の式典における礼儀作法を彼に教えるために選ばれた人である。

ジャック・スマーチは、薄よごれた黄色いネクタイを片手に、ワイシャツはのどもとまで襟をはだけ、無精ひげを生やし、手巻きのタバコをプカプカやりながら、口もとに冷笑をただよわせて椅子にかけていた。

「わかったったらわかったよォ」といやらしい調子でさえぎる。「つまりだなァ、女のくさったみてえなやつのこったろォ？　おいらにやれってのかい、ボンクラの××××××なリンドバーグのまねを？　ヘン、チャンチャラおかしいや」一同はハッと息をのんだ。ため息と舌打ちが流れた。

「リンドバーグ氏は」と合衆国上院議員の一人が真赤になって言った。「それからバード氏も――」ジャックナイフでつめをそぎ取っていたスマーチが、また割り込んだ。

「バードだと！」とどなった。「なにいってやがる、あんな――」誰かが鋭い声をあげて彼のきたない言葉をさえぎった。新たに部屋に入ってきた人がいたのだ。みんな立ちあがったが、スマーチはつめ切りに夢中で顔を上げなかった。

「スマーチさん」と誰かのきびしい声がした。「合衆国大統領閣下です！」

大統領が親しく臨場すれば、さすがのチンピラ英雄の心もやわらぐのではないかと人々は考え、大統領は、新聞人のめざましい協力により、ひそかにこの秘密の会議室に姿を現わしたのだった。

沈痛な静寂がひとしきり漂った。スマーチは顔を上げて大統領に手を振った。「よォ、どうだい、景気は？」そう言うと、もう一本タバコの手巻きをやりだした。沈黙は重苦しくなった。誰かが無理に咳をした。

「チクショウ、暑いったらねえや」とスマーチはワイシャツのボタンをもう二個はずした。すると、胸毛の中から、ハート形の中に〝セーディ〟と女の名前をあしらったイレズミがのぞいた。居並ぶお歴々は、現代アメリカ史上のもっとも深刻な危機をまのあたりにして、互いに顔を見合わせ憂いの眉をひそめた。どうこの場を進行させてよいのか誰にも見当がつかなかった。

「ヤイヤイ、どうしたってんだよォ。早いとこ、かたァつけようじゃねえか！　おいらはよォ、いつんなったら遊びに行けるんだ、ええ？　そいからよォ、分け前はどうなったんだ？」

彼は親指と人さし指とを、意味ありげにこすり合わせた。

「かねか！」と州上院議員が驚いて青ざめた。

「そうよ、ゼニだよォ」と『あいぼう』はタバコを窓からポイと投げた。「しかもタンマリな」彼はまたタバコを巻き始めた。「ゼニをタンマリだ」と巻き紙の上で眉をひそめた。それから椅子を後ろにかしげて、一人ひとりの顔を流し目で見た。一人ひとりを、自分の力を誇示する野獣の目つきで、小鳥屋や犬屋の店先で野放しにされたヒョウの目つきで、ジロリとにらんだのだ。

「おう、野郎ども、もっと涼しいとこへ行かねえのかよォ。こちとら、三週間もくらい込んで往生してんだからな！」

スマーチは立ちあがると開いた窓の方へ足を運び、そこから九階下の街路をじっと見おろしていた。下から新聞売りの叫び声がかすかに響いてきた。その中から彼の名前が聞きとれた。「カッコいい！」と彼はどなって、嬉しそうにニタニタした。彼は窓わくからからだを乗り出した。

「オーイ、ジャカスカふれ回るんだ！」と彼は下に呼びかけた。「てんでカッコいいぞォ！」

彼の後ろに緊張して立ちつくしていた一団の人々の中に、期せずして異常な衝動がパッと燃えあがった。要請と命令の、声にならない言葉が部屋の中を一巡したようだった。しかし、室内はシーンと静まりかえったままである。ニューヨーク市長秘書チャールズ・K・L・ブランド氏が、たまたまスマーチの一番近くに立っていた。彼は合衆国大統領に目で問いかけた。大統領は、青白い顔をこわばらせて、短くうなずいた。ブランド氏はラトガーズ大学在学中フットボール選手だったことのある、長身で堂々たる体軀の持ち主である。彼は進み出ると、世界最大の英雄の左肩とズボンの尻とをわしづかみにして、窓から外へ押し出した。

「大変だ、窓から落っこった！」と新聞社の人が、機転をきかせて叫んだ。

「帰らしてくれたまえ」と大統領が叫んだ。すぐ数人がそばに駆けより、大急ぎで建物の裏口の方へ護衛して行った。こんなことには慣れっこのAP主幹が後始末を引き受けた。彼はキビキビと指図して、退室する人と居残る人をきめ、ただちに事件のあらましをでっち上げて各新聞の了解を得ることとし、また、二人を路上に派遣して、そちら側から悲劇の結末を取り扱わせることにした。さらに彼は、一人の上院議員に泣くことを命じ、二人の下院議員には取り乱すことを指令した。一口に言って、これからの大仕事にそなえて、彼はたくみに舞台装置を細工したのだ。すなわち、現代のもっとも輝やかしき英雄の不運な事故死の悲報を、悲嘆にくれる大衆に伝えるべき舞台を作り上げたのである。

葬儀は周知のとおり、アメリカ合衆国史上に類のない壮重豪華、そしてもっとも悲しみにみちたものだった。国立アーリントン墓地に立てられた墓石は、真白な大理石の柱で、その台石には簡単な図柄で小さな飛行機の絵がほられている。ここは全国から参拝の人が集まってきて、うやうやしく頭をたれる場所である。世界中の国々はアメリカ最大の英雄ジャッキー・スマーチの逝去をいたみ深い哀悼《あいとう》を捧げた。

国内では、ある時刻をさだめて全国民が二分間の黙禱を行なった。アイオワ州ウェストフィールドの小さな町の住民も、とまどいながらもこの感動的な黙禱に加わった。司法省の係官がそれを厳重に手配したのである。係官の一人はとくに、町はずれの観光キャンプ地の一隅にあるバラック建ての食堂の戸口にいかめしく立っていた。彼のきびしい視線を浴びて、エマ・スマーチ夫人は、焼き網に乗せられた二個のハンバーグステーキがジージー焼けていく上で、頭を垂れ、そして顔をそむけた。それは政府の秘密情報部員の目から、頬に漂う、口もとをゆがめた、どこかで見たような薄笑いをかくすためだった。

空の歩道

The Curb in the Sky

チャーリー・デシュラーがドロシーと結婚すると発表したとき、チャーリーのやつ、たちまち気が変になるぞと言った人がある。すると、御両人のことをよく知っている口達者が、「いや違う、それは順序がアベコベさ」と言ったものだ。ドロシーという女は、まだ小さい時から、ひとの言いかけた文句を横取りして、先に言ってしまう癖があった。ときにはその文句の結びを間違えてしまうこともある、そうなると話していた人はイライラしてくる。また逆に、結びを正しく言ってしまうこともあるが、そうなると話していた人はますますイライラするのだ。

「あれはウィリアム・ハワード・タフトが——」と、ドロシーのうちへ来た客のだれかが言いかけるとする。

「大統領！」とドロシーは声を張り上げるのだ。話し手はほんとうに「大統領」と言うつもりだったかもしれないし、また「若いころで」とか「最高裁の長官のとき」とか言うつもりだったのかもしれない。どっちにしてもまもなくその来客は帽子をかぶって帰って行くことになる。ところが世間の親というものはどこも似たりよったりで、ドロシーの両親も、娘のこんな癖がはた迷惑だということに気がつかないようだった。おそらくは、かえってかわいらしい、いやお利口だとさえ思っていたようだ。だから、ドロシーの母親が初めて「さあドロシーちゃん、おあがり、この――」と言ったときに、すかさずドロシーが「ホウレンソウ」と先回りすると、さっそく母親は会社に電話して父親に報告し、父親はその日は会う人ごとにそれを吹聴し、翌日も、またその翌日もそれが続く、とまあ、こんなことが実際にあったのではないかとまで思われてくる。

ドロシーは成長すると、美しい娘になり、したがってなおさら脅威を与えるようになった。男たちはまずドロシーに心をひかれ、そして心を奪われた。感情の面で彼女は男たちの心をかき立てたが、精神的な面では、すぐに男を疲労させた。十代の終わり頃になると、ドロシーは男たちの言葉づかいを正しはじめた。

「was じゃないわよ、アーサーさん、were よ。were prepared となるのよ、ねえ?」ということになるのだ。彼女の取り巻き連中の大部分はこの癖を我慢した。彼女の美しい容姿に関心があったからだ。だが、時がたち、彼女の方から彼らに寄せる関心が、いつまでたっても教師的であって情緒的でないということになると、男たちはしだいに、もっと頭が悪くてもよいからアラ捜しをしない女性の方へと移って行った。

しかし、チャーリー・デシュラーはセッカチな男だった。うむを言わさず押しきっちまえ式のタイプである。だから、友人たちの忠告もどこ吹く風、せっかくの心配もかえってヤキモチと聞き流し、アッというまに婚約してアッというまに結婚してしまった。そのために、ドロシーのこととなると実は何にも知ってはいない、ただ、美人で、目がパッチリしていて、(当人にとっては)好ましい女性だと思っているだけだった。

むろん、妻となったドロシーははなばなしい開花期を迎えた。彼女はやっきとなってチャーリーの話を訂正するようになったのだ。チャーリーはそれまでに旅行もずいぶんしていたし、見聞も広かったし、それにしんからの話し上手《じょうず》だった。求婚期間中はドロシーも本心から彼に興味を持ち、彼の話をおもしろがった。そのころは、彼の物語る経験談は、どれ一つとして一緒につきあったわけでないから、日にちや地名や人名を間違えてしゃべっても彼女にわかるはずがない。だからドロシーも、ところどころ、動詞が単数か複数かの使い方を教える程度で、大体において干渉しなかった。それに、どっちみちチャーリーの言葉は文法的にもかなり正確だった。if のあとの動詞が were となるべきか was となるべきかを彼はチャンと心得ていた――これが、彼がドロシーの正体を見破れなかった第二の理由である。

二人が結婚してからしばらくの間、私は訪ねて行かなかった。理由は、私はチャーリーが好きだったので、彼がドロシーの魅力の麻酔からさめて現実の最初の苦痛を感じ始めるところを見るのは、どうも気がめいってかなわないと思ったからである。やっと訪ねて行ったときには、もちろん全部予想どおりの事態になっていた。食事のとき、チャーリーは二人で方々回ったドライブ旅行の話をしてきかせてくれた——はたしてどこへ行ったものやら、私には行先の地名がとうとうわからずじまいだった。なにしろ、ドロシーときたら、チャーリーの言うことをほとんど一から十まで否定するのである。

「その次の日は」とチャーリーが言い出す。「ぼくらは朝早く出発して、フェアビューまで二百マイルの道を——」

「ちょっと」とドロシーが口をはさむ。「**早い**とは言えないわよ。旅行に出た最初の日ほど早くはなかったわ、あの日は**七時**に起きたんですからね。それから走ったのはたった百八十マイルよ、わたし、出発するとき、走行距離のアレを見たから覚えてるわ」

「ともかく、フェアビューにつくと——」とチャーリーは続ける。だがドロシーがまた妨げるのだ。

「ねえあなた、あの日はフェアビューだったかしら?」

しばしばドロシーはチャーリーをさえぎるのに、コレコレではありません、と教えないで、コレコレだったかしら、ときくのである。だがどっちにしても結果は同じことで、もし「いや、たしかにフェアビューだったよ」とでも言おうものなら、「ねえあなた、違うわよ」と、話の続きを横取りしてしまうのだ。（ついでだが、彼女は自分と意見の違う人はだれでも「ねえあなた」と呼ぶのだった）

一、二度、私が訪ねて行ったときだったか、向こうから訪ねて来たときだったか、ドロシーはチャーリーに何かおもしろい事件の話をクライマックス寸前までやらせておいて、それから彼がまさにゴールラインを越えようとする瞬間に、いきなり後ろからタックルをした。世の中にこれほど人間の神経と精神にショックを与えることがまたとあろうか。世の亭主族の中には、細君がクチバシをいれると、にこやかに引きさがって——まるで誇しげにさえ見える——そうして細君に話の続きをまかせる連中もある。しかし、こんなのは尻に敷かれた亭主なのだ。わがチャーリー君は女房の尻に敷かれてはいなかった。けれども、彼女のたび重なるタックルには息の根がとまるし、なんとか手を打たなくてはならないと考え始めた。彼の作戦はかなり巧妙なものだった。結婚して二年目の終わり頃、デシュラー家を訪問すると、チャーリーは自分のみた夢について奇想天外な物語を話し出すのだった。いかにドロシーでも、彼の夢の中までは訂正できっこない、そこが彼の狙いだった。こうして、夢が、彼の生活の中で、たった一つ彼に残されたものになってしまった。

「飛行機をとばしてる夢だったんだ」と彼は言うのだ。

「その飛行機っていうのはね、電話線と古革の切れっぱしで出来てるんだな。ぼくは寝室から飛び立って月までとばそうと思ったのさ。ところがだよ、月までおよそ半分のぼったというときにね、税関吏の制服を着込んだだけ、あとはサンタクロースそっくりの男が、手を振って止まれと合図するんだよ――こいつもやっぱり電話線の飛行機に乗ってたんだがね。そこでぼくは雲に横づけにした。そうすると、そいつが『オイ、君がこの結婚式のクッキーを発明した人なら、月まで行くことはまかりならんぜ』と、こう言いやがる。で、そいつの見せてくれたクッキーを見ると、これが結婚式の体裁につくってあるんだな――つまり、メリケン粉を練って男と女と牧師さんの形が小さく出来てる、そうして、まァるいパリパリしたクッキーの上にしっかりとくっついてるんだ」こんな具合に彼は話し続けるのだった。

どこの精神分析医にきいてみてもいい、このままチャーリーがこの方向に進んで行けば、行きつく果ては偏執狂《モノマニア》と呼ばれる症例だということをおしえてくれるだろう。実際だれにしろ、来る日も来る日も、来る夜も来る夜も、幻想の夢の世界に生きながら正気を保つことなんて出来るはずがない。チャーリーの生活からは徐々に実体が消え去り、ついに彼はまったく幻影の中にくらすようになった。ところで、この種の偏執狂《モノマニア》は、最後には、ある特定の同じ話を反覆してくり返すことになりがちなものだが、チャーリーも御多分にもれず、創作能力がしだいに衰えて行き、しまいには、そもそもの最初に語ってきかせた夢の話を幾度も幾度もくり返すようになってしまった。つまり、電話線の飛行機に乗って異様な月旅行をするあの話である。痛々しいかぎりだった。私たちはみんな悲しんだ。

それから一、二カ月して、チャーリーはとうとう病院入りをしなければならなくなった。彼が連れられて行く日、私は旅行していたが、ジョー・ファルツが同行してその様子を手紙で知らせてくれた。「チャーリーは行ったとたんに、あそこが気に入ったようです」と彼は書いてよこした。「落ちつきも出て来たし、目つきもずっとよくなりました」(実はそれまで、チャーリーは狂気じみた、追いつめられた目つきをしていたのだ)「それもそのはず」とジョーは結びに書いていた。「ようやくあの女から解放されたのですからね」

私がチャーリーの見舞いに病院に車を乗りつけたのは、それから二、三週間たってからだった。彼は金網を張りめぐらした大きなベランダで、折り畳みのベッドに寝ていた。青ざめてやつれていた。ベッドの横の椅子にドロシーがかけていた。こちらは、目をパッチリさせて張り切っていた。私は少なくともチャーリーは細君からのがれて安全な場所に身をかくしているものと思っていたから、彼女がそこにいるのを見てなんとなく意外な気がした。彼は完全に狂っているように見えた。私を見ると、すぐさま例の月旅行の話をやり始めた。「こいつもやっぱり電話線の飛行機に乗ってたんだがね」とチャーリーは言った。

「そこでぼくは歩道に横づけに——」

「違うわよ。雲に横づけにしたのよ」とドロシーが言った。「空に歩道があるもんですか。あるわけがないじゃない。あなたは雲に横づけにしたのよ」

チャーリーはため息をつき、寝たまますこし向きを変えて、私の顔を見た。ドロシーも美しい微笑を浮かべて私を見た。

「うちの人ったら、いつでもこの話を間違えてしまうのよ」と彼女は言った。

カフスボタンの謎

The Topaz Cufflinks Mystery

オートバイに乗った警官が、だしぬけに神秘の国から（白バイの警官とはそんなものだ）、音高らかにとばして来たときには、男は道ばたの深々と生えた草の中によつんばいになって、ワンワンと犬のように吠えていた。女は、そこから八十フィートほど離れた所にとまっていた自動車を、ゆっくりと進めていた。そのヘッドライトが男の顔を照らし出した。中年の紳士のとまどっている顔が闇に浮かんだ。男は立ちあがった。

「なにをしてるんだ?」警官が尋ねた。女がクスクス笑った。「酔っぱらいか」と警官は思った。女の顔は見もしなかった。

「なくなったらしい」と男が言った。「どうも——その——見つからなくて」

「なにが?」と警官がきいた。

「いま捜してるものですか?」男は悲しそうに横目でチラリと見た。「いやね——カフスボタン、金の台にトパーズをはめたやつで」男は口ごもった。どうやら警官は疑っているようである。「モーゼル・ワインみたいな色のね」と男はつけ加え、それから、手に持っていためがねをかけた。女はクスクス笑っていた。

「めがねをかけないほうが捜しやすいのかね？」と警官は尋ねた。車が通るので、彼はオートバイを道の端に引き寄せた。「あんたも端に寄せなさい」と警官は女に向かって言った。女は自動車をコンクリートの舗装の外へ出した。

「わたしは近眼なもんでして」と男はさっきの質問に答えた。「遠くのものならめがねをかけて捜すが、近くだと、はずした方がいいんです」警官は男が這いつくばっていた草の中を、重い長靴でけとばした。

「いま吠えていましたのはね」と車の中の女が思い切って説明をした。「あたしに居場所を教えるためだったんですの」警官はオートバイをグイと引いてスタンドを立て、そうして男と一緒に自動車まで歩いて行った。

「どうも納得できないな」と警官が言った。「乗ってる自動車の前方百フィートの所にカフスボタンを落っことすってのは、いったいどういうわけかね。普通、何かをなくしたら、その**先**に車をとめるもんだ。百フィート**手前**で車をとめるなんて、そんなバカな」

女は笑った。夫はおそるおそる車に乗り込んだ。今にも警官から待てと言われそうで、ビクビク顔である。警官は二人をジロジロ観察した。

「パーティの帰りですか？」警官はきいた。もう真夜中を過ぎている。

「わたくしたち、酔ってはいませんわ。そういう意味の御質問でしょう？」と女はニコニコしていた。警官は自動車のドアをコツコツと叩いた。

「あんた方、トパーズをなくしたっていうのは嘘だ」と警官は言った。

「道ばたによつんばいになってはいけないって法律がありますの？　あんなにおとなしく吠えてるのが規則違反ですか？」と細君が返答をせまった。

「いや別に」と警官は答えたが、一向にオートバイにもどってパトロールを続けようという気配は見せなかった。しばらくは、オートバイのエンジンと自動車のエンジンのゴトゴトゴトゴトという静かな音しか聞えなかった。


「わけをお話ししましょう」急にキビキビした口調になって男が切り出した。「実は家内とカケをしたんですよ。いいですか？」

「いいですよ」と警官。「勝ったのはどっち？」また沈黙の中にエンジンの音が漂った。

「家内はね」男はもったいぶって、まるでなにか事業の重大なポイントを新採用の社員に説明してやる時のような態度だった。「家内はね、もし道ばたの、地面スレスレの低い所で、急にわたしと向かい合ったとしたら、わたしの目がネコの目のように闇の中で光ると、そう主張するんです。実はその前に、ネコのそばを通ったら目がギラッと光った。そのあと、何人か人間と出会ったけど、目は**光らなかった**――」

「ヘッドライトより高いからよ、低かったら光るわ」細君が口をはさんだ。「人間の目でもね、もしネコと同じ角度で普通にヘッドライトに入ってきたら、やっぱり光ります、ネコとおんなじです」

警官はオートバイの置いてある方へ歩き、それを持ち上げ、スタンドを足ではね上げると、手で押して戻ってきた。

「奥さん、ネコの目はね」と警官は言った。「われわれの目とはちがうんですよ。イヌとかネコとかスカンクとか、こいつらはみんな同類で、暗やみでも物が見える」

「**まっ暗やみ**では見えません」と彼女は言った。

「いいや、見えるんです」と警官。

「いいえ、見えません。すこしでも光があれば別よ、でも**完全に**まっ暗やみだったら見えないわ」と彼女。「その問題はね、この間の晩にも話が出たんです。ちょうど大学の先生がみえていて、どんなにわずかでもいい、少なくともすこしは光線がないとダメだって言ってらしたわ」

「その点はそうかもしれないが」と警官は、手袋をはめなおす間、しかつめらしく黙りこくっていたが、やがて言い出した。「しかし人間の目は光りませんよ――自分はこの界隈《かいわい》を毎晩走っていて、何百匹のネコ、何百人の人間に出会って知ってるんです」

「人間は地面スレスレの所にいないから」と彼女。

「**おれ**は地べたに這ってたよ」と夫。

「それじゃ見方を逆にして」と警官。「自分は夜、ヤマネコが**木**にのぼってるのを見たが、**やつ**の目は光りましたぜ」

「そうらみろ！」と夫が言った。「それがなによりの証明だ」

「どういうこと？」と細君。また沈黙が流れた。

「つまりだね、木の上にいるヤマネコの目は、人間の目の平面より上にあるんだ」と夫は言った。この論理の展開は、おそらく警官にはわかっただろうが、明らかに細君はついていけなかった。どちらもひと言もしゃべらない。警官はオートバイにまたがって、エンジンをからぶかしし、なにかを考えているようだったが、グリップを回して音を落とした。そうして男の方を向いた。

「さっきめがねを取ってたのは、ヘッドライトでめがねが光っちゃ困るからだね？」

「そのとおり」と男は答えた。警官は得意げに手を振ると、音を立てて走り去った。「頭のいい男だ」と夫は、イライラしながら妻に言った。

「あたし、まだのみこめないわ、ヤマネコがなんの証明になるのか」

夫はゆっくり車を走らせた。

「いいかい、お前の言うのはだよ、**ネコ**の目がどれだけ**低い**か、その点を問題にしてるんだ。ところがおれは――」

「そんなことあたし、言ってませんわよ。あたしが問題にしてるのは、**人間**の目がどれだけ**高い**か……」

ブルール氏異聞

The Remarkable Case of Mr. Bruhl

　サミュエル・O・ブルールは、そこらにザラにいる平凡な風采の一市民である。ただ、子供の頃ころんで馬車の梶棒《かじぼう》にぶつかったので、左の頬にクツの形をした風変わりな傷あとがあった。ある糖液糖菓会社の会計係というチャンとした職につき、大柄な亭主思いの細君と、すなおな二人の娘があり、ブルックリンに結構な家庭を構えていた。九時から五時まで働き、ときたま芝居や映画見物に出かけたり、ヘタの横好きのゴルフをやったりで、たいてい十一時までには床《とこ》につく。ブルール家はまた、バートという名の犬を飼っていたし、小人数ながらつきあい仲間もあったし、それから古いセダンを一台持っていた。つまりこの一家は、刺激はないにせよ、何不自由なく人生に順応して暮らしていたのである。

　だれがどう考えても、サミュエル・ブルールは、なにか平凡な病気で死ぬ日が来るまで、平穏無事に生涯を送ることになりそうだった。彼は自然の女神から、波乱のない一生と、安上がりながらも見苦しからざる葬式と、そしてつつましき墓石とを約束されていたような男なのだ。そのことは、やぼったい彼の日常や、温和な彼の挙動や、スケールの小さな彼の夢などを観察したら、だれにでも予測できたところである。

要するに彼も、ジャッド・グレイ（『スナイダー殺し』共犯者。人妻と姦通、共謀してその夫を殺害）の観察者がジャッド・グレイについて考えていたように、ごく人並みのタイプの市民だったのだ。そうして、おとなしい所帯持ちと思われていたジャッド・グレイが突如として身分不相応な悲劇の渦中に投じられたのとまったく同じように、このサミュエル・ブルールもまた、突然に幾百の凡人どもの中から選び出されて、突拍子もない予想外の末路をたどる運命となったのである。

おかしなことだが、彼が思いもよらず因果の女神ネメシスの天罰に追われる羽目になったのは、実は例の左の頬にあるクツ型の傷あとのせいだった。もし彼の心に曇りがあるとか、良心にうずくものがあるとかいうのなら、話は変わってくる。そういう感情上や精神上の欠点のためなら、たとえどのような苦悩にあわされようとも、責めはブルール自身が負うべきであろう。しかし、幼年時代の事故のほかには何一つ過ちをおかさなかった人間が、報復の女神たちに踏みにじられるというのは、思えば皮肉なことである。

サミュエル・O・ブルールはジョージ（通称『クツあざ』）・クリニガンとうり二つだった。クリニガンも左の頬に同じように風変わりなクツ型の傷あとがある。身長も体重も顔色も、だいたいそっくりだ。もっとも注意して見れば、クリニガンの目がうさんくさく、ブルールの目が澄んでいること、また糖液糖菓会社会計係氏の方は暴力団のヤクザ氏とくらべて、口もとも愛きょうがあり、額も広いということがすぐにわかるはずだが、一見したところでは二人はいちじるしく似通っていた。

もしクリニガンが天下に悪名をはせなかったなら、この造化のイタズラもわからずじまいになっただろうが、いかんせん、クリニガンは有名になってしまい、何十人という人が、彼がブルールそっくりなことに気がついたのだ。なにしろ、新聞にはクリニガンの写真が、狙撃された日はもちろんのこと、その翌日も、そのまた翌日も、連日のったものである。まもなく糖液糖菓会社ではクリニガンはブルールさんそっくりだ、驚くほどそっくりだ、とだれかがだれかに言い出し、やがて会社中ネコもシャクシもそのことを話し合い、ついには御当人の耳にも伝えられた。

初めのうち、ブルール氏はどちらかというと笑いとばしたものだ。だが、クリニガンが病院入りして一週間ほどしたある日のこと、会社からの帰りみちで警官にジロジロ見つめられたことがあった。それからは、この会計係氏は、大勢の見知らぬ人々が驚愕と恐怖の入りまじったまなざしで自分に注目しているのに気づいた。一人、色の浅黒い小柄な男があわてて片手を上着のポケットに突っこみ、かすかに顔色を変えたこともある。

ブルール氏も気になってきた。あれやこれやと想像をめぐらすようになった。

「このクリニガンというやつは、治らないといいな」と彼はある朝、朝食のときに言った。

「こいつは悪党だ。死んだ方が身のためだ」

「アラ、治るわよ」と朝刊を読んでいた細君が言った。「治るって書いてありますわよ。でも、どうせまた撃たれるだろう、きっとまた撃たれるだろうって書いてあるわ」

さて、クリニガンがひそかに病院の裏口から抜け出して夜の巷《ちまた》に消えて行ったあくる朝、ブルールは勤めを休むことにした。

「きょうは気分がよくないな。会社へ電話して病気だと断わってくれないか」と彼は妻に言った。

「顔色が悪いわね、本当にお顔の色がよくないわ」と妻は言い、「おりてよ、バート」とつけ加えた。ちょうど犬が彼女の膝にとび乗って鼻をならしたのである。この愛犬にも、何となく様子のおかしいのがわかっていたのだ。

一日中うちでブラブラしていたブルールは、その夕方の新聞で、クリニガンは行方をくらましたが市内のどこかに潜伏しているとみられる、という記事を読んだ。少なくとも高飛び資金を作るまでは、関係している雑多なヤミ商売に顔を出す必要がある。なぜなら、彼は病院を出た時は一文なしだったからだ。新聞はなお、敵方のギャングはかならずや彼を捜し出し、追いつめ、もう一発くらわせるだろうと報じていた。

「くらわせるって何をでしょうね」とブルール夫人は、これを読んだとき問いかけたのだが、夫は「なんかほかの話にしようぜ」と言った。

ブルール氏がビクビクしているのを最初に発見したのは、糖液糖菓会社の給仕をしているジョーイ君だった。ジョーイはテニス靴をはいて歩き回っていたが、あるとき急に会計係の部屋に入った。パッとドアをあけて何か話しかけたのだ。

「なんてこった！」とブルール氏はイスから腰を浮かして叫んだ。

「オヤ、どうかしたんですか、ブルールさん」と、ジョーイはきいた。

ほかにもいくつか小さい事件があった。ある日の午後、交換嬢がブルール氏のデスクに電話して、グローブさんというかたが面会に来ていると告げた。グローブという名前に心当りのないブルールが「どんな人だ」ときくと、「小柄で色の黒い男のかたです」と交換手が答えた。「小柄で色が黒いって？　留守だと言ってくれ、カリフォルニアへ出かけたと言ってくれ」とブルールは言ったものだ。

社員たちはいろいろ話し合った末、会計氏は『クツあざ』と間違えられてバラされるのを恐れているのだと結論した。もっとも本人にはひと言も言わなかったが、それはオリー・ブライトホフターに口止めされたからである。この男はフトッチョの事務員で、うまずたゆまず新しい種を工夫しては、人をかついでいる悪ふざけの名人だった。実は彼には計略があったのである。

クリニガン狩りは進行したが、相手はなかなか、発見されて殺されるまでには至らなかった。それにつれて、ブルール氏は体重が減り、極度に落ちつきをうしなってきた。通勤するにも、たとえば二回も別々の連絡線に乗らなければならないような、新しい道筋をいくつも考案した。昼食も会社の中で食べたし、ベルが鳴っても応答しようとはせず、誰かが何かを落とすと悲鳴を上げ、流しのタクシーの運転手が声をかけると、商店にでも銀行にでも駆け込んだ。

ある朝、細君が家の中を片づけていて、彼の枕の下にピストルを見つけた。

「あなたの枕の下にピストルがあったわよ」と、その晩細君は夫に伝えた。

「この近所は強盗がぶっそうだからなあ」と彼は言った。

「ピストルなんか持ってちゃいけないわ」と細君は言った。

夫はイライラして、妻はソワソワして、二人は寝る時間まで言い争った。

ブルールがドアというドアに錠をおろし、掛け金をかけて、さて寝ようと服をぬぎかけたとき電話が鳴った。

「サム、あなたよ」と細君が言った。

夫はのそのそと電話の所へ足をはこびながら、バートのそばを通りすぎた。「お前が羨ましいよ」と犬に話しかけ、そして受話器を取り上げた。

「ヤイ、『クッあざ』、覚えておけ。やっとキサマのいどころをつきとめたぞ。もう観念しろ」と言うドスをきかした声、そして相手は電話を切ってしまった。ブルールは大声でわめいた。

妻は走り寄って、「なんですの、サム、何でした？」と叫んだ。ブルールは真青な顔をして、病人さながら、ガックリとイスにくずおれていた。

「見つかった、見つかっちまった」と彼はうめいた。

長い時間をかけ紆余曲折《うよきよくせつ》のあげく、ようやくミニー・ブルールは夫の口から、彼がクリニガンと間違えられて観念させられたことを聞き出した。ブルール夫人は頭の回りの早い方ではなかったが、ある程度のカンは持ち合わせていて、この時もねまき姿で震えながら、ゲンナリした御亭主を見おろしているうちに、これはオリー・ブライトホフターのしわざであると直感した。彼女はすぐさまオリー・ブライトホフターの奥さんに電話をかけ、その場で先方から真相を引き出した。電話の主はまさしくオリーだったのである。

マスコンセット糖液糖菓株式会社の会計係氏は、ギャングが自分をつけ狙っていないと知って胸をなでおろした。翌日会社では、オリーのやつにちょっとの間かつがれたよ、とあっさりカブトをぬぎ、その日一日続いた爆笑や冗談口にみずから仲間入りした。それからさき一週間ばかりは、この温厚な彼氏は比較的平静な心で過ごした。今はもう新聞もクリニガンのことはほとんど書き立てなかった。彼は完全に行方をくらまし、さしあたってはギャング同士の戦闘も一応下火になっていた。

ある日曜日の朝のこと、ブルール氏は夫人と二人の令嬢を連れてドライブに出かけた。ブルックリンの町なかをおよそ一マイルも走ったころ、ブルール氏が頭上のバックミラーをチラッと見ると、すぐ後ろから青色のセダンがついて来ていた。次の角《かど》で横町に曲がると、セダンも曲がって来た。ブルール氏がまた角を曲がる、するとセダンも曲がる。

「あなた、いったいどこへいらっしゃるつもり？」と夫人が尋ねた。

ブルール氏は返事をせずスピードを上げた。ものすごい速さですっとばし、うしろの車輪がビューンと宙に浮くくらいに乱暴に角かどを曲がっていく。交通巡査がどなり、下の娘は黄色い声をあげる。それでもブルール氏は委細かまわず、右に左にと町並みを縫うようにしてビュンビュンとばす。とうとう細君が声を荒立ててなじった。「気でも狂ったんですか、あなた、あなた」

ブルール氏が振り返ってみると、セダンはもう見えなかった。彼はスピードを落として、「帰ろう」と言った。「もうたくさんだ。こりごりだよ」

何の事件もなく（というのは、もっぱらブライトホフター夫人のおかげであるが）一カ月が経過し、サミュエル・ブルールは落ちつきを取りもどしかけた。彼がほとんど常態に返ったある日、『パンチ男』ペンシオッタ、またの名『殺し屋』ルイス、またの名『ひねり首』ケチュキという男が撃たれた。『パンチ男』は、『クツあざ』クリニガンを仕止めてみせると豪語したギャング一味の頭目だったのだ。

新聞はただちに暴力団闘争史の続篇を記事にし、クリニガンの写真がふたたび掲載された。新聞は、ペンシオッタ暗殺事件の結果は火を見るより明らかである、これで、『クツあざ』クリニガンの運命はきわまったと伝えた。これを読んだブルール氏は、またもやしだいに神経がズタズタになっていくのだった。

それから一週間というもの、コソコソかくれまわったり、ちょっとした物音にもビクついたり、一度そばで自動車のエンジンがバックファイアをやったときはあやうく気絶しかけたり、そんなことを続けているうちに、サミュエル・ブルールは驚くべき変貌を呈し始めた。

彼は唇の隅っこでものを言い、うろんな目つきをするようになった。つまり、ますます『クツあざ』クリニガンに似て来たのである。細君をビシビシどなりとばし、あるときなど『かあちゃん』と呼びかけたりもした。これまで彼は妻のことをミニーとしか呼んだことがなかったのである。彼は妻にキスするのに、異様な新式の手を編み出し、野蛮といってもいいほどの荒っぽいキスをした。会社では意地わるで横柄になった。またいっぷう変わった言葉を使うようになった。

ある晩、ブリッジをするのに友人を――クリーガン老夫妻を――家に招いたとき、ブルールは真紅のパジャマ姿でいきなり二階から、口にはタバコ、手にはピストルという恰好で現われ、いばりくさった口調でなにやら二言三言かん高くわめいたかと思うと、暖炉の棚の置時計めがけて一発ぶっぱなした。弾丸はみごとその中央に命中した。ブルール夫人は悲鳴を上げ、クリーガン氏は卒倒し、台所でバートは吠え立てた。するとブルールはどなった。

「ヤイ、どうしたってんだよォ、そろいもそろった腰ぬけめ！」

まったく偶然のことから、ブルール夫人は押入れの中に、暴力団やギャングに関する本を十冊ばかり、ブルール氏がかくし込んでいるのを見つけた。『アル・カポネ伝』とか、『敗北への道』とか、『民衆の敵一万人名鑑』とか、そういう本がたくさんあってどれもが手あかでよごれていた。もはやなんらかの手を打つべきころあいだと夫人は御主人のために医者を迎えることにした。すでに二、三日というもの、ブルール氏は勤めを休んでいた。赤いパジャマを着込み、タバコをふかしながら、寝室でゴロゴロと日を過ごしていたのである。会社からは一、二度電話がかかって来た。細君が、ねえあなた、起きて服を着て会社へ行ったらどう、と促すと、彼は笑って、妻の頭を荒っぽく小突いてこう言った

「大物を狙ってるんだからな。ゼニはタンマリ入《へえ》るんだぜ。会社なんてクソくらえさ」

さて、いよいよ医者が来て、ブルールの寝室にソッと入っていったが、出て来た時の顔はすごく深刻だった。

「明らかに精神異常です。御主人は幻想の世界に住んでいらっしゃる。なにかを恐れて心の中で奇妙な防衛機制を作り上げてしまったのです」

そう言って医者は、精神分析医を呼ぶことを勧めた。だが医者の帰ったあと、夫人はブルール氏を旅行に連れ出そうと決心した。

マスコンセット糖液糖菓株式会社はこの点についてきわめて寛大だった。スカリー氏は、もちろんですとも、と言い、「ブルール君はわが社にとって掛けがえのない人物です。一同御全快を祈ってますよ」と言ったが、それにもかかわらず、彼は夫人が帰ってからブルール氏の会計帳簿を調査させたものである。

ふしぎなことに、サミュエル・ブルールは旅行の案にさからわなかった。「うん、おれは休養しなくっちゃ。お前の言うとおりだよ。早いとこ、ずらかろうぜ」と言うのだ。

そして、グランド・セントラル駅に向かって出発する時までは彼も常人のようだったが、いざその場になると、どうしても百二十五丁目駅（一つ北に寄ったさびれた駅）から乗るのだと言い張った。

細君は、そんなバカな、と反対した。すると、この愛妻家はくってかかったものだ。

「チクショウ、よりによってとんだアホウをイロにしちまった」と、彼はミニーに向かって苦《にが》りきって、「万一ズドンとくらってオダブツってなことにでもなってみろ、その責任はオイラのカカアってわけか。オイ、どうしてくれるんだよォ」そう言いながら妻をタクシーの床《ゆか》に押さえつけた。

彼らは山の中の小さな旅館に行った。あまり快適な所ではなかったが、部屋は清潔で食事もよかった。ただ、娯楽設備となるとまるっきりお手上げで、ベビー・ゴルフ場とデコボコのテニスコートがあるばかりだった。でもブルール氏は気にかけなかった。どっちみち外は寒すぎると言って、屋内にこもって本を読みタバコを吸っていた。夕方には食堂の自動ピアノを鳴らした。好んで幾度も幾度も《片思い》という曲をかけた。

ある晩のこと、九時ごろ、彼が七つ目か八つ目の五セント玉を入れている時、四人の男が食堂に入って来た。ひっそりとした連中で、そろって外套を着て、めいめい楽器のケースのような物を持っている。そのケースからキビキビとあざやかな手さばきでさまざまの銃器を取り出すや、四人は歩調を合わせてブルール氏の方へと歩み寄る。ブルール氏が振り向くと、彼らはちょうど一線に並び、ブルール氏めがけて狙いを定めるところだった。部屋にはほかに誰もいない。ババババーンという号音、パパパッと閃光。そしてブルール氏は倒れ、四人の男は一列になって、ひと言も口をきかず、足早に出て行った。

ブルール夫人と州警察の人とホテルの支配人とで、負傷したブルール氏に話をさせようとした。もよりの町の警察のウィッツニッツ署長も試みた。だがダメである。彼はガミガミと、向こうへ行け、ほっといてくれ、とかみつくばかり。最後にニューヨーク市警察のオドネル長官が病院に到着し、どんな男たちだったかとブルール氏に尋ねた。

「どんなやつか知るもんか、知っとったってキサマらにゃ言わねえぞ」とブルールはがなった。そしてしばらく黙っていたが、また口を開いて、「ポリ公め！」と苦々しく言った。

長官はため息をつき顔をそむけて、「みんなこんな調子ですな」と部屋に居合わせた人々に話しかけた。「絶対に口を割らんのですよ」

その言葉を聞くと、ブルール氏はニッコリと会心の笑みを浮かべ、そうして目を閉じた。

マクベス殺人事件

The Macbeth Murder Mystery

「こんなばかばかしい間違いってあるかしら」場所はイングランドの湖畔地方、泊っていたホテルで知り合いになったアメリカ人の女がそんなことを言い出した。「でも、ほかのペンギン叢書と一緒に並んでたんですもの――ホラ、例の六ペンスの文庫本――だからあたし、頭っから推理小説だと思い込んじゃったのよ。だってほかのはみんな推理ものでしょう。それがしかも全部読んだものばかり。だからつい、中もろくに見ないで買ってしまったってわけよ。ところがどう、シェイクスピアじゃないの、おわかりになるでしょう、あたしもうすっかり頭へきちゃって」

私はもっともだとばかり、なにやらつぶやいた。

「だいたいペンギン叢書の会社では、なんでまたシェイクスピアのお芝居を、大きさから何から何まで、推理小説そっくりにして売り出すのかしらねえ」と相手はしゃべり続けた。

「たしか表紙の色が違うと思いましたけど」と私は言った。

「サア、気がつかなかったわね」と、その女は言った。「それはともかくとして、その晩、あたし、のうのうとベッドにもぐりこんで、いざ、ゆっくりミステリーを楽しもうと、開いてみたらビックリもいいとこよ、『悲劇マクベス』——高校生の読む本じゃないの、『アイバンホー』みたいに」

「『ローナ・ドゥーン』みたいにね」と私。

「まったくよ」とその御婦人。「しかもこっちはちょうどアガサ・クリスティーか何かを読みたくてムズムズしていたときよ。だってあたし、エルキュール・ポアロのすごいファンなんですもの」

「ああ、あのウサギみたいにオドオドした？」と私。

「いいえ」とわが犯罪小説専門家はこたえた。「ベルギー人の探偵よ。あなたのおっしゃるのはピンカートンでしょう、ブル警部と組んでる人。あれもわりかしいいけどね」

相手は二杯目のお茶を飲みながら、完全にシテヤラれた探偵小説のプロットを話し始めた——どうやら最初から主治医があやしかったらしいのだ。だが、そこで私は口をはさんだ。

「ところで、『マクベス』はお読みになったんですか？」

「だって仕方ないでしょう。部屋じゅうさがしたって、ほかに読むものは全然ないんだし」

「で、どうでした？」と私はきいた。

「つまらなかったわ」と彼女はキッパリ言った。「まず第一に、マクベスがやったとはとても考えられないわ、あたし」

私はポカンとなって顔を見た。「やったって、なにを？」

「あの人が王様を殺したなんて全然考えられないわ」と相手は言った。「それからマクベスのおかみさんがグルになってるとも思えないわね。もちろん、だれでもあの夫婦が一番あやしいと思うでしょう、ところがあやしいのにかぎって絶対シロなのよ――ともかくシロであるべきなのよ」

「ぼくにはどうも、その――」

「おわかりにならない？」と、このアメリカの婦人は言った。「だって読んですぐ犯人だとわかってしまったら話はぶちこわしだわ。シェイクスピアは利口よ、そんなヘマをするもんですか。あたし、前になにかで読んだけど、『ハムレット』の謎を解決した人はまだ誰もいないんですってね。そのシェイクスピアが、あなた、『マクベス』を書くのにそんな見えすいた手を使ったりしないわよ」

私はパイプにタバコをつめながら、もう一度考え直した。

「犯人はだれです？」と私はいきなり切り込んだ。

「マクダフです」と彼女はズバリと答えた。

「へええ、これはこれは！」私は静かにつぶやいた。

「だって、たしかにマクダフよ」わが殺人マニアはそう言うのである。「エルキュール・ポアロなら簡単に見つけちゃったでしょう」

「どうやってそれがおわかりに？」私は尋ねた。

「そうね」と彼女。「実はあたしもちょっと迷わされたわね。初めはバンクォーかと思ったの。でもむろん、あとになってこの人も殺されてしまったでしょう。あすこんとこはうまく出来てたわ、あの点は。第一の殺人の容疑者は、かならず第二の殺人の被害者になるってことに相場はきまってるんですもの」

「そうですか」と私はつぶやいた。

「そうですとも」と消息通は答えた。「たえず読者のウラをかく必要があるんです。さあそこで、第二の殺人が起こってからというもの、さすがのあたしも、しばらくは犯人の見当がつかなかったわね」

「マルコムやドナルベーンはどうです、王様の息子たちは？　たしかぼくの記憶では、最初の殺人のあったあとすぐ逃げ出したと思いますけど。あれはくさいな」

「くさすぎるわ、あまりにもロコツよ。逃げ出したら、その人は犯人じゃありません。それだけは絶対保証します」

「あのね、ぼくブランデー飲みます」と私はボーイを呼んだ。

私の話相手は、目をキラキラ輝かせ、紅茶のカップをふるわせて、ひとひざ乗り出して来た。「ダンカンの死体を発見したのはだれだとお思いになって？」

私は、残念ながら忘れてしまった、と答えた。

「マクダフが見つけるんです」と彼女の言い回しは文法でいう歴史的現在にかわった。「そうして階段を駆けおりてきて叫ぶんです。『破壊の手が神の宮居《みやい》を切り破った』とか、『極悪非道の大逆が業《わざ》を成しとげたぞ』とかペラペラまくし立てるんです」このアメリカのおばさんは私の膝をポンと叩いた。「全部あらかじめ用意していた言葉よ。さもなけりゃ、ブッツケにあんな調子でペラペラ言えますか、あなた――死体を発見したっていう場合にさ」彼女はギラギラした目で私をじっと見すえた。

「いや――」と私は言い出した。

「無理ですとも！」と、彼女は言った。「とっても無理よ！　前もって練習しておかなければ。『大変だ、人が死んでる！』って言うのが普通でしょう、もしその人がシロだったら」彼女は重大な秘密を打ち明けたという目つきで、椅子にそり返った。

私はしばらく考えていた。「しかし、第三の刺客という人物についてはどうお考えですか？」と私はきいた。「第三の刺客の身もとについては、過去三百年、『マクベス』の研究家が首を傾げてきたところですが」

「それはね、マクダフのことに思いおよばなかったからよ。あれはマクダフです、絶対に」と、相手は言った。「そこらのくだらない二人組のヤクザに殺されるなんて、絶対にあり得ないわ——犯人はかならず重要人物でなくっちゃ」

「しかし、宴会の場面はどうなります？」ややあってから、私は質問した。「バンクォーの幽霊が入って来て腰かけたときのマクベスのあわてかた、あのうしろ暗さ、あれはどう説明するんですか？」

彼女はまた前へ乗り出して、私の膝を叩いた。

「幽霊なんて出なかったのよ。あんな頑丈な男が、やたらにオバケなんか見てたまりますか——第一、あんなに煌々《こうこう》と明るい宴会場で、しかも何十人もの人がまわりにいるときによ。マクベスはね、幽霊が見えたふりをして、**だれかをかばったんです！**」

「だれをかばったんですか？」と私。

「奥さんよ、もちろん。マクベスは妻が犯人だと思ったのね、それで自分が身代わりに立とうとしたのよ。妻に嫌疑がかかると夫はきまってそうするんです」

「でもそれなら、夢遊病の場面は？」

「それもおんなじ、立場が逆になっただけ。あの場合は**妻**が**夫**をかばおうとしたのね。眠ってやしないわ、ちっとも。だって覚えてらっしゃる？『マクベス夫人、蠟燭を持って登場』って書いてあったわよ」

「ええ」と私。

「夢を見て歩き回る人は、**絶対に明かりを持つはずがないんです！**」旅先で知り合いになった女はそう言ってのけた。「そういう人は一種の透視力を持ってるんです。だってあなた、夢遊病の人が明かりを持って歩くなんて、聞いたことおありになって？」

「いいえ、ありませんな、まだ」と私。

「だから眠っていたんじゃない証拠よ。マクベスを助けるために、あやしいふりをしてみせただけよ」

「ぼく、もう一杯ブランデーやります」と私はボーイを呼んだ。ブランデーがくると、私はすばやく飲んで立ちあがった。「たしかに、お話をうかがってると、ごもっともで。ひとつ、その『マクベス』を貸してくれませんか。今晩ぼくもざっと読んでみます。なんだかどうも、まだ本当には読んでなかったような気がして」

「お持ちしましょう」と彼女は言った。「でも、あたしの説が正しいってお思いになるわよ、きっと」


その晩、私は注意してその戯曲をひと通り読んだ。あくる朝、食事のあとで、私は例のアメリカ婦人をさがした。彼女はゴルフ練習場にいた。私は黙って後ろから近づいて、その腕をとった。彼女はハッとして驚きを声に出した。

「おりいってお話したいんですが、二人っきりで」と私は低い声で言った。彼女は慎重にうなずくと、私にしたがって人気《ひとけ》のない場所までついてきた。

「なにかおわかりになりました？」と彼女は息をはずませた。

「ええ、わかりましたよ、殺人犯の名前が！」と私は胸を張った。

「マクダフじゃないんですか？」と彼女。

「あの連続殺人のいずれも、マクダフはシロです。マクベスも、マクベスの細君も同様です」私は持ち合わせていた本のページを繰り、第二幕第二場をひらいた。「ホラ、ここをごらんなさい、マクベス夫人のセリフ、『短剣はあそこに出しておいたのだもの、見つからぬはずはない。あの寝顔が父に似てさえいなかったら、私がやってしまったものを』ね、どうです？」

「わからないわ、あたしには」と彼女はそっけなく言った。

「だって、こんな簡単な！」私は大声で叫んだ。「むかし読んだ時はつい見落としていたんだ。あのね、ダンカン王がマクベス夫人の父親の寝顔に似ていたという理由はね、**それが本当の父親だったからです！**」

「マア！」と相手は低い声を出した。

「王様を殺したのは、マクベス夫人の父親です。だれかの来る足音が聞こえたもんだから、死骸をベッドの下に押し込んで、自分が代わりにベッドにもぐり込んだ」

「でも、筋の中にたった一回しか顔を出さない人を犯人にするのは無理ですわ、それは無理よ」

「知ってます」と私は、第二幕第四場を開いた。「ごらんなさい、『ロス、一人の老人とともに登場』さあ、この老人というのは正体不明の男です。ぼくの推理では、これはマクベス老人で、彼には自分の娘を王妃につかせようという野心があった。殺人の動機も立派にある」

「それでもやっぱり」と相手の女性は叫んだ。「登場人物の中では端役《はやく》ですわ！」

「いやいや、さにあらず」と私は頬を輝かせた。「この老人はさらに、**妖婆の一人に変装しているんだ！**」

「あの三人の妖婆の中の？」

「さよう」と私は言った。「老人のセリフを聞いてごらんなさい。『思えば先の火曜日のこと、一羽のタカが誇らかに天空高く舞い上がったが、ネズミをとるフクロウめの、爪にかかってあえなく死んだわ』このセリフ、はたして誰のセリフに聞こえますか？」

「そういえば、妖婆のセリフに似たところもあるわね」と私の相手はしぶしぶ認めた。

「さよう！」と私はまた言った。

「そうねえ」とそのアメリカ婦人は言い出した。「おっしゃるとおりかもしれないけど、でも――」

「絶対間違いなしです。さて、これからさきのぼくの計画、おわかりになりますか？」

「いいえ、なんですの？」

『ハムレット』を買うんですよ」と私は言った。「そうして謎を解いてみせる、**ハムレットの！**」

彼女は目を輝かした。「それじゃ、ハムレットじゃないってお思い？」

「ええ、彼ではないと断言していいですね」

「ではだれが？　だれがあやしいの？」

私はなぞめいた目つきで女の顔を見た。「だれもかれもね」そう言って、私は、来たときのように忍びやかに小さな木立ちの中に姿を消した。

大衝突

Smashup

トミー・トリンウェイは十五歳のとき、家族乗りの四輪馬車を、モードという名のその家の年とった牝馬《めうま》にひかせて、コロンバス市の馬車屋のビッツァの店へ御《ぎょ》して行こうとした際、馬車のランプを落としたことがある。

ねぐらに近づいたモードは、突然に走り出し、若いトリンウェイの手から片方の手綱がすっぽ抜けて、そのため馬がぐいと左に向きを変えた。その拍子に、馬車屋の入口のところでランプが落っこちてしまったのだ。それは遠い昔のこと——一九〇九年のこと——なのだが、その時のショックはいつまでもトミーの心に残っていた。そのあと、彼はモードを御することを禁じられたのに——モードは胴のよく肥えた、おとなしい、十六歳の馬だった——弟のネッドの方にはそれが許されていた。それもまた彼には一つのショックだった。やがてトミーは、外へ出たり仲間と遊んだりするのをやめて、家にこもって本を読むようになり、母親に心配をかけた。

トリンウェイ家でランブラーを一台買ったとき、トミーは、いつぞやの馬車の事件のことが過去の記憶からふたたびよみがえってきて、心を悩ました。彼はもう十九歳だった。だが、みんなは口を揃えて、そんな臆病ものに自動車の運転は出来ないぞ、と言うのだ。トミーはあえて反対しなかった。たしかに自動車を運転するのはこわい。夜、彼は夢の中で、バーニー・オールドフィールド（自動車レースの優勝者）のように運動帽を後ろ向けにかぶって、時速六十マイルのスピードで、そのランブラーを走らせることがときどきあった。でも、大体にして、自動車を建物のどてっぱらに突込み、屋根から落っこちる夢が多かった。ときたま、朝御飯のときに、もうすこしのところで、ぼくは自動車の運転を習うよ、と口の端まで出かかる――この当時は、自家用車にランブラーを持っていて自分で運転するとなったら、たいしたものだった――だが、グズグズしているうちにいつも決定的瞬間は過ぎ去り、勇気がくじけてしまって、ついに一度もキッパリと言い切ったことがなかった。

彼は成長して勉強好きの青年になった。思索派で、行動派ではなかった。一時は、テニスの腕前も相当なもので先の見込みもあったし、ダンスもかなりうまくこなしたのだが、その後はめったにテニスをしなくなり――テニスをすると、ネッドに負けるのだ――またダンスには全然行くことがなかった。母親だけは相変わらず彼のことを心配していたけれども、ほかの人は違う。トミーはまわりからは、じっと机にむかっていることの好きな青年、持って生まれた学者タイプと思われていたのだ。

トミーは二十代でいくぶん頭の毛が薄くなり、めがねを掛けるようになったが、魅力のない方ではなかった。少なくとも、ベティ・カーターにとってはそうだった。彼女は彼が好きになった。トミーがむっつりと考え込んでいたり、眉をひそめたり、ゆっくりとあやふやな笑いを浮かべたりすることの裏には、なにか深遠な、とまではいかなくても、何か奥ゆかしいものがあると感じたのだ。ときたま、ベティは彼をダンスに誘い出し、踊り方がすてきだとほめた。彼には将来性があると思っていた。トミーはベティからほめられると、多少明るい顔をした。トミーが二十八のとき、ベティは彼を夫にした。

トミー・トリンウェイは、妻が買えと選んでくれたけれど、自動車の運転はいやだった。けれども彼はそれを買って、運転を習った。朝早く、町はずれの公園へ行って練習をした（ベティのいる所では一度もやらなかった。ヘマをしてマゴマゴするところを見せたくなかったからだ）。こうして運転だけはまずまずできるようになったが、一向に好きにはなれなかった。町なかへ出るといつだって落ちつかない。後ろの車の運転手はカンシャクを起こしてクラクションをブーブー鳴らす、ときには左側を追い抜くときにどなりつけたりもする。ときどき、バックミラーで後ろに大きな車が追いついてきているのを見ると、彼は先へ行けと合図をし、スピードを落として道路の端に寄るのである。それをベティはおかしいと笑って、ばかな人ねえ、とおもしろそうに言うのだった——ただしそれも初めのうちだった。ベティ自身はすごいスピードでとばした。ピーンと精神を張りつめ、パパッと反射的に行動し、そしていかにも楽しそうだった。ベティが運転しているときには、トミーはつい彼女を観察してしまうのである。見るからに自信ありげな引き結んだ口つき、ギラリと光るまなざし、それを見ていると、トミーはいささかどぎもを抜かれる思いがした。

とうとう車の運転は、全面的にベティが引き受けるようになった。トミーが運転台の横の席にすわり始めたのは、ブロード通りでついぼんやりしてギヤをバックに入れてしまい、後ろに駐車していたピアスアローにぶつけたときからである。彼がどうしていいかわからずポカンとしていると、ベティが「ハンドル、貸しなさい」とキッパリ言った。そこで彼は位置を変えて、ベティにハンドルをまかせた。それからというもの、どこへ行くにもベティが運転した。彼女は運転するたびにスピードがあがっていった。しょっちゅう列からビューンととび出して前の車を追い抜く。トミーはいつ正面衝突するかとおっかなびっくりで日を送っていた。ときどきベティも夫の緊張に気がつくことがあった。

「ほんとにどうかしてるわ」と妻は言うのだ。「ネコみたいにビクビクして」

こんなひやかしも新鮮なうちこそ、彼も笑って冗談を言い返したりもする、また時には、彼女の方も、ややあってから彼の肩をやさしく叩いたりもする。しかし、そのうち、彼は返事をしなくなり、彼女は両手でハンドルを握ったきりになってしまった。

ベティが左手の手首をくじいた——十年の結婚生活で初めてのベティのけがだった。それはコッド岬のウェストデニスへ避暑に行った夏のことだった。

「車は**どうしても**あなたが運転してくださらなくちゃ」とベティが言った。

「ああいいとも。おれがやるよ」とトミーは答えた。

だが食事の時になると彼は黙りこくって、悲しそうだった。彼は心の中で、いつぞやベティの留守の間に、ガレージから車をバックして出してすこし乗り回そうと思った日のことを思い出していたのだ。あの日は、ベティはレートンの家の車で、どこかへテニスをしに行ったのだった。トミーはそのとき三十九になったところで、どういうものか三十九歳という年齢が自動車を運転してやろうという気を起こさせたのだった。エンジンをかけるのにだいぶ骨を折り（イグニション・キーを回すのをしばらく忘れていたのだ）、それからギヤの入れ替えを練習した。そうしているだけでも、からだが小刻みに震えているのに気づいた。そのうちヒョイとクラクション・ボタンに手首がさわったかと思うと、いきなりけたたましい音が鳴り響き、それに驚いてギクリとしたはずみに、足がクラッチから離れ、車はガクンと前にとび出した。エンジンがとまるまで、彼は相当にキモを冷やしたものである。この事件のことは、彼はベティには話さなかった。彼女も以前ならただ笑いとばすだけだろうが、この頃では違う、と考えたのだ。

さて、二人がニューヨークへ向けて出発する日が近づくと、トミーは朝早く、乗り物のまだ混まない時間を選んで、車を道路に乗り出してみた。なんとかうまくやることはやれたけれども、頭と手足の働きがなかなか一致しなかった。一、二回、クラッチを切らないままでブレーキを強く踏みすぎて、エンストさせてしまった。彼はわが身の無力を思い知らされ、臆病風にとりつかれて、ふたたびエンジンをかけようともせず、長いことじっと坐っていた。すると、思い出されてくるのは、馬車のランプを落としたときのことだ。あの馬車屋のビッツァ、いまもハッキリと頭に浮かぶ、なんていやなやつだったろう――ずんぐりして、ガニマタで、あごひげをのばして。あの日、トミーは帰宅してもランプの出来事のことは家族に話さなかったが、翌朝になってビッツァのやつが告げ口したのだ。トミーはうちのものに話すのがこわかったのである。それはちょうど、ガレージから車を出そうとした日の事件をベティに話すのがこわいのと同じ気持ちだった。

ある朝、外で運転練習をしていたとき、彼は一直線の広いコンクリート道路に出た。すると、いつのまにか、自分でもあれよあれよと驚くうち、彼はスピードを時速五十マイル、そして五十五マイル、六十マイルと出していた。彼はしばらく六十で走っていたが、うなりをあげて驀進《ばくしん》を続けているうちに、どうしたわけか、急に「ベッティ＝ビッツァ＝ばかったれ、ベッティ＝ビッツァ＝ばかったれ！」と声をあげて歌い出した。スピードをあげたのもだしぬけなら、落とすのもだしぬけで、やがて彼は速力をゆるめ、歌うのをやめた。彼は上機嫌で帰宅して朝食をとった。「このコーヒー、強すぎるわね」とベティが言った。「いや、すごくうまい」と彼は言った。彼女は、目をまるくした。「ママ！　今日は強気だこと！」二人は笑ったが、その笑いはいくぶんわざとらしく、初対面の人たちのあいそ笑いに似たところがあった。

いよいよ、みずからハンドルを取り、妻を横に乗せてニューヨークへ向かって出発した日、トミー・トリンウェイは、二人の生活の将来がいま眼前の路上に暗く不吉に立ちふさがっていることをおぼろげに感じた。多少ギクシャクしていたけれども、彼の運転は着実で、スピードもおそかった。ほかの車は一時はブーブー不平をこぼすが、すぐゴーッと追い抜いて行った。ときたま、トミーがまごつくことがあると、ベティはいかにも自分でハンドルを取りたそうに腰を浮かしかけて、そこで思いとどまるのだった。「ママアマア！」とさもじれったそうに言い出しては、やめてしまう。彼らは途中ほとんど無言で走り続けた。

何時間も何時間も運転したとトミーが思い、何度も何度もムダに車をとめたとベティが思うころ、彼は静寂のハッチンソン・リバー・パークウェイを後に、喧騒と混乱のフォーダム通りに入った。ブロンクス区の雑踏が行く手を脅かしている。彼はあやうく車を道の片側に寄せてとめようとしたが、思いとどまった。彼はのろのろと走らせた。彼はつかれはてていた。思えば長い道のりを走らせてきたものだ、立派な道路、細い曲がりくねった道路、その中をずうっと前こごみに身をかたくしていたので、肩がこって痛む。そしていよいよ大ニューヨーク市のブロンクス区が眼前に迫ってきたのだ。子供のとき夢にうなされた記憶がよみがえる。ただあの時は、さめてしまえばそれっきり忘れてしまえたが、いま目前にはどこまでも果てしなく続く、都会の騒音と叫声があった。頭上には高架鉄道が轟音を立て、幅広い醜い街路が四方八方に折れ曲がって錯綜《さくそう》し、がらの大きな女どもが汗にまみれて乳母車を押し、上着をぬいだ男たちが苦い顔でしゃべり合い、トラックが地響きを立てて通り過ぎ、タクシーが前後左右を走り回り、信号灯が鉄のヒサシの下で赤に緑に明滅し、巡査が巨大な手をひろげて恐ろしい身振りをする。

　しかし、なんとか通り抜けた。一度、警官がピピピピッとせっかちに笛を吹いたけれども、わきでベティがすかさず、「早く通って！　じゃまになってるわ！」とガミガミ言うので、彼は速力を出し、洗濯屋のトラックの前フェンダーをかすめて、運転手からきたない言葉でどやしつけられた。

「ああ、あたしが運転できればいいんだけど」とベティが言う。だが、トミーの心臓は苦しく波打ってのどをしめつけ、返事の言葉が出なかった。ベティは途中の曲がり角を一つ一つ教えてやらなければならなかった。「アラアラ、よく見てよ、**信号！**」と叫んだこともある。やっと彼は百十丁目のセントラル・パークの入口にたどりついた。そこから公園の中を抜けるときは、ベティもようやくくつろいでため息をもらした。

「どうやら命に別状なく行き着けそうね」と彼女は言った。

「ああ」と、トミーは固くなって答えた。

「お願いだから、もっとらくになさいな」

「大丈夫だよ、おれは」とトミーは、ピシリと言い返すつもりだったが、そうはいかなかった。彼はちっとも大丈夫ではなかった。


彼の車の行く手に、突如として死神がとび出してきたのは、六番街と四十七丁目通りの交差点だった。死神の手は、一人の六十ばかりのやせこけた女の命と、トミーとベティの命とにつかみかかってきた。それはまたたく間の出来事だった。その女は東側の歩道寄りの、高架鉄道の鉄柱の線のところまでやって来ていて、そこから西側の歩道へ渡ろうとしてためらっていた。タクシーが一台、北へ向かってそのすぐ横を通り抜けた。ばあさんは後続の車が来ないと見てとると、矢のようにとび出し、反対方向へ行くトミーの車の進路へ走り出たのだ。恐怖感が電光石火のごとく彼を襲った。建物も人間も、彼のまわりをグルッとのたうち回り、車という車のブレーキがキキキーッと音を立てた。すると、都会の騒音がピタリと停止した。すべてが停止したのだ。

「たいした運転ぶりじゃないか」という声が聞こえたので、トミーが顔を上げると、警官が彼の車のドアの横に立っていた。警官は車の後方へ歩いて行った。トミーはドアをあけて、からだをのり出し、目で警官のあとを追った。男の人が、そのやせこけたばあさんをささえていた。ばあさんはまのぬけた笑いを浮かべていた。

「大丈夫らしいですよ」と、その男が警官に説明した。「見てたんです。ぶつからなかった、かすっただけ」

「運のいい人だねえ、おばあさん」と、警官が言った。「あの運転のおかげで命拾いをしたね。あそこの信号が赤のときはチャンと歩道で待ってるんですよ。ここは運動場じゃないんだから」

自動車が方々でクラクションを鳴らし始め、市街電車もカランカランとやっていた。警官はトミーにバックしろと合図をした。そのときになって、トミーは初めて、自分の車が急角度に右に回り込み、高架鉄道の鉄柱からほんの二、三インチのところで停車していることに気がついたのだった。

「まったくスレスレだったわね」と、ベティが言った。「とんだ人騒がせ」

トミーは後退しようとした。

「ハンドブレーキ、ゆるめなくちゃ」と、ベティが言った。

トミーは不機嫌な顔で非常ブレーキを前に倒した。それからいったん後退して、向きを直し、前進させた。

「あやうくセーフ」と通りすがりのタクシーの運転手がニヤリとした。

「飲む資格あるだろうね、今日は」とトミーは、ホテルのロビーに入ると口を開いた。いましがた、自動車をホテルのドア係に預けたとき、彼は大得意で深い息を吐いたものである。重荷がスッポリと抜け落ちたような気分だった。

「あたしたち、二人とも飲む資格じゅうぶんよ」とベティが答えた。

二人はロビーの隅の大きな椅子に腰をおろし、スコッチのハイボールを注文した。トミーはグッタリと両脚をのばした。

「いやあ、ともかく誰も死ななかった」と彼は言った。

「ええ、さいわいにして」とベティが言った。「でもほんとは**死ぬところ**だったのよ、あたしがハンドブレーキを引かなかったらね。あなたはハンドブレーキのことなどぜんぜん頭にないんだもの。あの鉄柱にまともにぶつかって、あたしたち二人とも今頃は天国行きだったわ」

トミーは冷たい目でベティをにらんだ。「だから、**どうなんだ？**」と彼は言った。

そのただならぬ声音《こわね》に驚いて、彼女はムッと眉をつり上げた。タバコにちかづけていたマッチの火が消えた。

「どうなさったの、あなた？」

給仕が飲み物を運んで来て、テーブルにおき、引き下がって行った。

「どうもしちゃいないさ。気分はいたって爽快《そうかい》」とトミーは答えた。

彼女はタバコ越しに夫の顔を見つめ、二本目のマッチをすりながらも、まだ見つめたままだった。トミーも妻をにらみ返した。彼は、今までにない敏捷《びんしょう》な手つきで、ぐいとスコッチを飲みほし、グラスをおくと立ち上がってフロントの受付へブラリと歩いて行った。

「ブレント君、今夜はね、ひとり部屋《べや》を二つにしてもらいたいんだが」と彼は受付の人に声をかけた。

ブレント氏がけげんな顔をしてめがねの上から見ていると、トミーは受付簿にサインをして、足どり軽く回転扉から街頭へ、陽気に口笛を吹いて出て行った。

142列車の女

The Lady on 142

汽車が二十分おくれていたのは、切符を買った時にわかったので、私たちはコーンウォール・ブリッジ駅の小さな待合室のベンチに腰をおろした。日なたはとても暑くて外へ出られたものではない。この真夏の土曜日は朝からむし暑く、午後の三時にもなると、腰をかけていてもじっとりと汗ばんできてやりきれなかった。

ピッツフィールドから来る列車を待っていたのは、シルビアと私のほかにもまだ何人かいた。黒人の女が《デーリー・ニュース》の新聞紙で顔をあおいでいる。二十代と見える若い女性が本を読んでいる。日やけしたやせ形の男がものうげに火のついていないパイプの柄《え》をしゃぶっている。待合室の中央では、高い鉄のラジエーターに寄りかかって、一人の少女が、口をポカンとあけて、まるで人間というものを初めて見るような顔で、ジロジロと私たちを一人ひとり観察していた。あたりにはいかにもいなかの駅といった心地よいにおいが、つまり木と皮と煙の混合したような一種独特のにおいが漂っていた。出札口の向こう側のせまい所では、電信機がとぎれとぎれにカチカチと音を立てていた。また一度か二度電話が鳴って駅長がそれに手短かに応答したりしていたけれども、話の内容までは聞こえなかった。

こんな日に、私たちの行先がこの線の三つ目の駅のゲーローズビルで、たった二十二分の距離だということはさいわいだった。駅長はゲーローズビル行きの切符を売ったのは私たちが初めてだと言っていたが、そんなささやかな特例のことをぼんやりと考えていると、遠くで汽笛が鳴った。私たちはみんな立ち上がった。しかし、小部屋から駅長が出て来て、それはわれわれの乗る列車ではなく、ニューヨーク発十二時四十五分の北行きだと告げた。まもなく列車はハリケーンのような轟音を立てて入って来て重苦しいため息をつくと止まった。駅長はプラットホームに出て行き、一、二分してから戻って来た。列車はふたたびケーナンに向かって、重々しく動き出した。

私がタバコの箱をあけているとき、また駅長が電話をかけている声が聞こえてきた。今度は彼の話し声はハッキリと聞きとれた。同じ言葉を何度もくり返している。「手配の御婦人は、一四二号のリーガン車掌が乗せてます」と言っているのだ。電話の相手方にはその内容がつかめなかったようである。駅長はもう一度くり返してから電話を切ってしまった。どういうものか、駅長自身にも内容がわかってないのではないかと私には思われた。

シルビアは、クリスマス・ツリーの飾り物をどの箱にしまい込んだかを一生けんめいに思い出そうとしている時のように、ぼんやりと考え込んだ目つきをしていた。黒人の女も、若い女性も、パイプの男も、表情を変えていなかった。ジロジロしていた少女はいなくなってしまっている。

私たちの汽車が来るまでにはまだ五分あった。私はゆったりと腰を落ちつけて、一四二号の御婦人のこと、車掌のリーガンが乗せているという、手配の女の件についてつじつまを合わせようと考えはじめた。私はシルビアのそばへ寄ってささやいた。

「きみの時刻表には列車番号がのってないかい？」彼女はハンドバッグから時刻表を取り出して中を見た。

「一四二号というのはね、ニューヨーク発十二時四十五分のだわ」つまり、さきほど通った列車のことである。「だれか女の人が病気になったのよ」とシルビアは言った。「きっとお医者か家族の人に迎えに来てもらうように手配してるんだわ」

黒人の女がちょっと彼女の方へ目をやった。ガムをかんでいた若い女性はかむのをやめた。パイプの男は気にとめていないようである。私はタバコに火をつけ、考えにふけった。

「一四二号の女はね」と私はやがてシルビアに言った。「あらゆるケースがあり得るが、絶対に病気じゃないよ」私の顔をジロリとにらまなかったのはパイプの男だけである。シルビアは、体温を計ってくれる時のような不安とも当惑ともつかぬ目つきで私を見た。ちょうどそのとき、私たちの列車の汽笛が鳴って、一同は腰をあげた。私はカバンを二つ持ち上げ、シルビアはコネル家の人たちのためにつんできたサヤエンドウの袋を手にとった。汽車がカランカランと音を立てて入って来たとき、私はシルビアの耳もとにささやいた。

「きっとそばにすわるよ、見ててごらん」

「え？　だれが？」

「あの見なれないやつ。パイプの男さ」と私は言った。

するとシルビアは笑った。「なにが見なれない人なもんですか。ブリードさんのうちで働いてる人よ」違うことは確実なのだが、どうも女というやつは、人間をいちいち何かにあてはめたがる、知らない人を見てもかならず誰かを思い出すのだ。

私たちが座席に落ちついたとき、パイプの男は通路の向こう側の三つ前の席に腰をかけていた。私は頭を動かして合図をした。シルビアは旅行カバンの一番上から本を取り出して、それを開くと、「いったいどうしたっていうの、あなた」ときいた。私は返事をする前にあたりを見回した。通路をはさんで眠そうな男女がいる。すぐ前の席には、二人の中年の女がいて、中の一人が胃かどこかの炎症で猛烈な痛みを経験したことをタネに話し合っている。やせた黒目の若い女が私たちの後ろの席にすわっている。その女には連れがなかった。

「どうも女というやつは」と私は切り出した。「なんでもかんでも病気のせいにしてしまうんで困るね。ぼくの説によればだ、もしだよ、ジェファソン大統領の細君がさ、亭主が熱を出したと思って寝かしつけるようなことをしなかったら、おそらくわれわれの独立記念日は五月の十二日、いや四月の十六日なんてことになってたぜ」

シルビアは自分の読むページを見つけた。「そんなことはとうに話しずみじゃない。それに、どうして一四二号の女の人が病気であっちゃいけないの？」

それは簡単明瞭だ。私は説明をした。「リーガンという車掌はね、コーンウォール・ブリッジで汽車から降りて駅長に伝えたんだぜ。『手配の女が乗ってます』ってね」

シルビアが口をはさんできた。「『御婦人』て言ったわよ」

私は、彼女のいやがるような笑い声を立ててやった。「車掌はみんな『御婦人』ていうことになってるんだ」私はそう説明した。「ところでだ、もし女の人が汽車の中で病気になったのなら、リーガンはどう言うだろう。『この列車に乗ってる女の人が病気です、手配してください』そうだろう？　だから、事実は、リーガンはケントとコーンウォール・ブリッジの中間のどこかで、当局が捜している女を発見したということになる」

シルビアは本を開いたまま、顔を上げてこう言った。「乗る前から病気だったかもしれなくてよ。だから鉄道では心配してたんだわ」彼女はこの問題に少しも細かい注意を払っていない。

「乗ったと最初からわかってるんなら」と私は辛抱強く言った。「なにも見つけたら知らせろなんて車掌に頼むもんか。乗ったときにチャンと車掌に言っとくだろう」

シルビアはまた本を読み始めた。

「よしましょうよ、こんな話。わたしたちに関係したことじゃないわ」

私はガムがないかと探したが見当たらなかった。「関係したことかもしれないぜ。われわれみんなに、国民のすべてにとって」

「いいわよ、いいわよ。あなたはその女がスパイだって思ってるんでしょう。わたしはね、やっぱり病人だと思います」

私はそれを無視した。「この線の車掌は一人残らず言い渡されてるんだ、その女を捜すようにってね。そうしてリーガンが発見した。だから出迎えるのは家族じゃなくて、ＦＢＩさ」

「あるいはＯＰＡ（物価管理局）ね」とシルビアは言った。「そんなヒッチコック好みの事件は、ニューヨーク＝ニューヘーブン＝ハートフォード線には起こりませんわよ」

私は客車の向こう端から車掌が歩いてくるのを認めた。

「よし、車掌に言ってやろう、一四二列車のリーガンが女を見つけたって」

「およしなさいったら。かかりあいになるもんじゃなくてよ。それに、どっちみちもう知ってるでしょう」

車掌は、背の低い、ずんぐりした、銀髪の男で、黙って私たちの切符を受取った。ものやわらかなイキス（政治家、内務長官を長くつとめた）に似たところがあった。緊張していたシルビアは、私が一四二列車の女のことをひと言も言わずに車掌を行かせたのでほっとなった。「いかにも『マルタの鷹』の隠し場所を知ってますって顔だったわね」シルビアは私のいやがる笑い声を立てた。

「しかしだね」と私は指摘した。「たった今きみは、あの車掌は一四二号の女のことを知ってるだろうと言ったね。もしただの病気だったら、どうしてこの列車の車掌に知らせる必要があるんだ？　実際に逮捕したとわかるまではぼくは安心していられないよ」

シルビアは聞こえないふりをして、本を読み続けていた。私は座席の後ろに頭をもたせかけて目を閉じた。

汽車がそうぞうしい音を立てて速度を落とし、乗務員が「ケント！　ケント！」と叫んでいるとき、私は肩にひんやりと、何かが軽くふれるのを感じた。

「あのちょっと」と後ろの席の女の声がした。「あなたの席の下に《コロネット》誌を落としたもんですから」そう言って女はからだを近づけて来たが、急にその口調は低くきびしくなった。「ここで降りなさい」と彼女は言った。

「ぼくたち、ゲーローズビルまで行くんですが」と私。

「お二人ともここで降りるんです」と女。

私は棚の上のスーツケースに手をのばした。

「どうしたの、いったい」とシルビアが尋ねた。

「ここで降りるんだとさ」と私。

「ほんとに気が狂っちゃったの？　まだケントなのよ」

「いいからいらっしゃい」と女の声。「奥さん、旅行カバンと豆をお持ちなさい。御主人は大きい方の荷物」

シルビアはカンカンに怒った。**「だから**言わないこっちゃない」と私に向かって言った。「事もあろうにスパイの話なんか大きな声で」

それを聞いて私も腹が立った。「スパイのことを言い出したのは君だぞ。ぼくじゃない」

「あんたったら、いつまでもそのことをペチャクチャペチャクチャ」

「さあ降りなさい、二人とも」ときつい冷たい声が命令した。

私たちは列車を降りた。シルビアがステップを降りるとき手を貸してやりながら、私は言った。「知りすぎてしまったんだよ、ぼくたち」

「口をきかないでよ」とシルビアは言った。

私たちはそう遠くまで行く必要はなかった。大きな黒のリムジーンが数歩さきに待っていた。がっちりした外国人が運転台にすわっている。残忍な唇、小さな目をしている。私たちを見ると苦い顔をした。

「人が行くと、ボス、おこるよ」と彼は言った。

「かまわないのよ、カルル」と女は答えて、「乗りなさい」と私たちに言った。

私たちは後ろの座席に乗り込んだ。女は私たちの間に腰かけた。手には拳銃がある。立派な、宝石で飾ったデリンジャー銃だった。

「ゲーローズビルの駅にアリスが迎えに出てるわよ、この暑さの中を」とシルビアが言った。

ポプラ並木のドライブウェイの突き当りに、長細い低い曲がりくねった建物がたっていた。

「荷物はそのまま」と女が言った。シルビアはサヤエンドウと本を手に取り、私たちは車を降りた。二頭の大きなマスチフが、テラスから駆けおりてきて、うなった。

「おさがり、マータ！　行きなさい、ペドロ！」と女が言うと、猛犬はまだうなりながら、コソコソと帰って行った。

シルビアと私は、立派な調度品のある大きな居間に入り、並んでソファに腰をおろした。私たちの向こうには、背の高い男が椅子にのんびりくつろいでいた。重いまぶたの黒目、長いしなやかな指の男である。私たちの入ってきたドアに寄りかかっているのは、やせた小柄な青年で、両手を上着のポケットに入れたまま、下唇からダラリとタバコをぶらさげている。この青年は血の気のない顔をゆがめ、小さな目を薄く見開いて、つまらなそうに私たちを見つめていた。また部屋の一隅には、ずんぐりした色の浅黒い男がラジオのダイアルをひねくり回していた。さっきの女は長いホールダーでタバコをくゆらしながら、部屋の中を歩き回っていた。

「ところで、ゲール」とのんびりした男がおだやかな声で女に話しかけた。「これはいったいどういう風の吹きまわしなんだね?」

ゲールは歩きつづけていた。それからやっと言った。「サンドラがつかまったんです」のんびりした男は顔色を変えなかった。「だれにつかまった?」と静かにきいた。

「一四二列車のリーガンです」ゲールが答えた。

ずんぐりした色の黒い男がパッと立ち上がった。「エジプト、いつも言ったよ、リーガン殺せって」彼はさけんだ。「いつもエジプト、そう言ったよ、リーガンばらせって!」のんびりした男は顔を見なかった。「おすわり、エジプト」彼は静かに言った。色の黒い男は腰をおろした。ゲールは話し続けた。

「このトンマがベラベラしゃべるんです。感づいたんです」と女は言った。私はドアに寄りかかっている男を見た。

「あんたのことよ」とシルビアが笑った。

「女のほうはマヌケだから、汽車の中でだれかが病気になったと思ってるんですわ」とゲールは続けた。

私は笑って、「きみのことだよ」とシルビアに言ってやった。

「男のほうが汽車中に聞こえるようにわめき立てるもんで、やむをえず連れて来ました」

膝の上にサヤエンドウをのせていたシルビアは、サヤのすじを取り始めた。

「ハハーン、奥さん」とのんびりした男が言った。「ちょいとした家庭的ムードだね」

「モード、なに?」エジプトが尋ねた。

「ムードだよ」と私は教えてやった。

ゲールは椅子に腰をおろした。「この二人はだれが消しますか?」と尋ねた。

「フレディ」とのんびりした男が言った。エジプトがまた立ち上がった。

「だめ、だめ!」と、彼はどなった。「あのトンマ、だめ！　これまで、六人、七人、みんなあのトンマ、ばらしたよ」

のんびりした男は彼の顔を見た。エジプトは青ざめて腰をおろした。

「トンマって、あんたのことかと思ったわ」とシルビアが言った。私は冷やかに彼女を見た。

「ぼくは前にきみを見たことがある」と私はのんびりした男に向かって言った。「一九二七年、ユーゴスラビアのザグレブだった。ティルデン（米国のテニス選手）にストレートで負けたろう。六ゼロ、六ゼロ、六ゼロと」

男の目が光った。「よし、この野郎はおれがかたづける」

フレディは歩み寄ると、のんびりした男に自動拳銃を手渡した。このとき、それまでレディが寄りかかっていたドアがサッと開くと、パイプの男が大声でわめきながら走り込んで来た。

「ゲール！　ゲール！　ゲール！……」

「ゲーローズビル！　ゲーローズビル！」と乗務員が叫んでいた。シルビアが私の腕をゆすぶった。「よして、モグモグするのは、みんな見てるわよ」私はハンカチで額をふいた。

「さあ急いで！　停車時間は短いんですからね」私はカバンを引きずりおろして汽車から降りた。

「豆は持って来たかい」私はシルビアにきいた。

アリス・コネルが迎えに来ていた。車で先方の家へ向かう途中、シルビアはアリスに一四二列車の女のことを話し出した。私はひと言も言わなかった。

「主人たら、その女がスパイだと思ったりして」とシルビアが言い、女二人は笑った。

「きっと汽車の中で病気になった人がいたのよ」とアリス。「駅までお医者さんに迎えに出てもらうように手配してたんでしょう」

「私もそう言ったのよ」とシルビア。

私はタバコに火をつけた。「一四二号の女はね」と私はキッパリと言った。「絶対に病気なんかじゃない」

「アラアラ」とシルビアが言った。「また始まった」

ツグミの巣ごもり

The Catbird Seat

月曜日の夜、マーチン氏はブロードウェイのいちばん混雑しているタバコ屋で、キャメルを一箱買った。ちょうど劇場の混みどきで、七、八人の男がタバコを買っていた。店員はマーチン氏の顔に一べつもくれなかった。彼は外套のポケットにタバコをおさめると店を出た。もしF&S社の社員の誰かが、彼のタバコを買う姿を見かけたとしたらびっくりしたにちがいない。なにしろ、マーチン氏がタバコを吸わないことはひろく知れわたっているし、事実、一度も吸ったことはなかったからである。だが、彼を見た人は誰もいなかった。

マーチン氏が、アルジン・バローズ夫人を消そうと心にきめたのは、ちょうど一週間前のこの日だった。「消す」という言葉が気に入った。誤りを訂正するというほどの意味しか連想しないからである。誤りといっても、この場合それはフィットワイラー氏の誤りである。この一週間の間、マーチン氏は毎晩、その計画の立案と検討に時を過してきた。いまも家路をたどりながら、彼はもう一度ねり直してみるのだった。もう何十回となく繰り返したことだけれども、このプランの中の精密を欠く部分、推量のわくからはみ出す部分が考えるたびに腹立たしくなる。彼の立案したところでは、この計画は行き当たりばったりの大胆なもので、それだけに危険も相当大きい。実行の途中のどこででも、なにかのミスが起こり得るのだ。しかしまた、そこにこそ彼の企画の妙味があるというものである。あの慎重にして細心なるF&S会社文書課長アーウィン・マーチンの手が下されているとは誰も思うまい。実際、いつかもフィットワイラー氏が彼のことでこう言ったものだ。「ヘマをするのは人間、しないのはマーチンさ」だから、誰一人として彼を疑うものはないだろう、現場をおさえられないかぎりは。

アパートに帰って腰をおろすと、ミルクを飲みながらマーチン氏は七日間毎晩していたように、アルジン・バローズ夫人に対する彼の起訴事実を復習してみた。まずそもそもの最初から始めた。あのアヒルのような話し声とロバのような笑い声が、初めてF&S会社の建物をけがしたのは一九四一年三月七日のことだった（マーチン氏は日付を覚える才がある）。人事課長のロバーツが、社長フィットワイラー氏づきの、新任の特別顧問として彼女を紹介した。マーチン氏はこの女をひと目みるなりぞっとなったが、そんなそぶりはオクビにも出さず、気のない握手をし、いかにも仕事に精を出しているという顔でかすかにほほえんでみせた。すると彼女は、マーチン氏の机の上の書類を見ながら、「ママアア、荷馬車を溝《みぞ》から引っ張りあげてるところ？」と言ったものだ。

いまミルクを飲みながらその時のことを思い出して、マーチン氏はちょっとモジモジした。目下はこの女の特別顧問としての犯罪に焦点をしぼるべきで、性格的な欠点を論告する場合ではないからだ。しかし、心の一方でいくら異議を申し立てそれを認めたとしても、こればかりはそう簡単に割り切れない。彼の頭の中では、女としてのこの女の欠点が、まるで始末におえない証人のようにとめどなくおしゃべりを続けている。なにしろ、もうかれこれ二年というもの、この女にいじめられ通しだった。廊下でも、エレベーターの中でも、いや彼の事務室の中へでもこの女は時々サーカスの馬のごとくに踊り込んで来て、ひっきりなしに愚劣な質問を浴びせかけるのだった。「溝《みぞ》から荷馬車を引っ張りあげてるところ？　豆畑をほっくり返してるの？　まるで天水桶《おけ》をのぞいてどなってるって図ね？漬物樽《だる》の底をガサゴソやってるってわけ？　なあにその恰好は、ツグミの巣ごもり？」

こういうチンプンカンプンな表現の意味を説明してくれたのは、マーチン氏の二人の部下のうちの一人、ジョーイ・ハートだった。

「あの人はおそらくドジャーズのファンなんですよ」と彼は言った。「レッド・バーバーがラジオでドジャーズの試合を放送してて、ああいった言い回しを使うんです——南部で覚えたんですな」そうしてジョーイは一つ二つ解説してくれた。「豆畑をほっくり返してる」というのは大暴れに荒れ狂っていることで、「ツグミの巣ごもり」というのは最高にゴキゲンなこと、たとえばバッターがノー・ストライク、スリー・ボールのカウントのときなどをいうのだそうだ。

こんな思い出をマーチン氏は努めて忘れようとした。シャクに障ったこともたしかだし、気も狂わんばかりの目にもあわされたけど、いくらなんでもこんな子供じみたことで人を殺す気になるほどあやふやな男ではない。バローズ夫人にたいする主要な訴因を考えていくと、これまでの辛抱ぶりは、さいわいにして、われながら上出来だったと思う。彼はうわべだけはいつも丁重にふるまって来たのだ。だからもう一人の部下のミス・ペアードが、あるときこんなことを言った。「まあ、課長さんたらあのおばあちゃんがお好きなのかと思っちゃいますわ」彼はただ薄笑いを浮かべただけだった。

マーチン氏の心の中で裁判官の槌《つち》の音がして、彼はふたたび本筋に呼びもどされた。アルジン・バローズ夫人は、故意に、悪辣《あくらつ》に、執拗に、F&S会社の事務能率と機構を破壊しようと試みたかどにより起訴されている。この際、彼女が出現し勢力の上昇をはかった過程を振り返ってみるのは、正当であり、重要であり、本件に関連ありと認めてよいのだ。マーチン氏はこんな話を、ミス・ペアードから聞いた。そういえば、ミス・ペアードという人はいつだって情報を仕入れてくる才能があるようだ。彼女の話によると、バローズ夫人はあるパーティでフィットワイラー氏に出会い、その席上で彼をたくましい体格の男の手から救い出したというのである。その男は酔っ払っていて、F&S会社の社長を、引退したある有名なミドル・ウェスタン連盟のフットボールのコーチと間違えて、抱きついて来たのだった。彼女は社長をソファに連れて行き、どういう手管によったものか、奇怪な魔法にかけた。老社長は一足とびに、この婦人は異常な才能の持ち主で、自分にとっても会社にとっても最善をもたらす人だと、即断してしまった。そして一週間後に、彼はこの女を自分の特別顧問としてF&S会社に入れてしまったというわけである。

その日が混乱のそもそもの始まりだった。ミス・タイソンやブランデージ氏やバートレット氏がくびにされ、マンソン氏が帽子をかぶってこれ見よがしに会社を出て行き、そのあとで辞表を郵送するという事態になると、ロバーツ人事課長もだまっていられず、勇をふるって社長に交渉に出かけた。彼はマンソン氏の課は「すこしガタがきて」しまったとつたえ、これまで通りのやり方にもどすほうが多分よろしいのではないでしょうか、と言った。フィットワイラー氏は、とんでもない、わしはバローズ夫人の意見に絶大の信頼を寄せている、と言い、「ちょっぴり薬味をきかせる必要があるんだ、ほんのちょっぴりな」とつけくわえた。それでロバーツ氏はあきらめてしまったのである。いま、マーチン氏はバローズ夫人によって巻き起こされた社内の変革をつぶさに検討した。彼女は、はじめのうち、会社という建物の軒の飾りを打ち砕こうとしていたが、今や土台石めがけてそのツルハシを振るっているのである。

さて、マーチン氏は論告を要約するにあたって、一九四二年十一月二日月曜日——ちょうど一週間前だ——その午後のことを思い浮かべていた。あの日、午後三時、バローズ夫人は彼の事務室に踊り込んで来たのだ。「ヘーン！」とわめいた。「漬物樽《だる》の底をガサゴソやってるってわけ？」マーチン氏は緑のまびさしの下から彼女の顔を見たきり、何も言わなかった。彼女は突き出た大きな目玉をギョロつかせて、部屋の中をぶらつき始めた。「これだけの書類戸棚が**全部**ほんとうに入り用なの？」と、いきなり切り込んできた。マーチン氏の心臓はギクリとした。「このファイルはどれもこれも」と彼は声を平静にして答えた。「会社の運営上必要欠くべからざる役割を果たしているのです」彼女はガミガミした声で、「豆畑をほっくり返さないでちょうだいね！」と、言って戸口へ行き、そこから大声を張り上げた。「それにしてもまあ、なんてギョウサンな紙屑の山かしら！」

いよいよわが愛する文書課にまで触手が伸びてきたことは疑問の余地もなかった。彼女のツルハシは第一撃を下すべく高々と振り上げられたのだ。その一撃はまだ下されていない。このけがらわしい女に魂を奪われたフィットワイラー氏からは、彼女の入れ知恵による下劣な指令を書きつけた青いメモはまだ回って来ていない。しかし早晩それがやってくることに、マーチン氏は心中疑いを持たなかった。すみやかに行動しなければならない。すでにもう貴重な一週間が過ぎ去っている。マーチン氏は、ミルクのコップを手にしたまま、すっくと居間に立ち上がった。

「陪審員諸君」彼は心の中で叫んだ。「かかる恐るべき人物に対し、私は死刑を求刑いたします」

翌日、マーチン氏はふだんのように、おきまりの仕事をした。もっとも、いつになく何度もめがねをみがいたり、一度は御丁寧にも、すでにシンのとがっている鉛筆をまたとがらせたりもしたが、さすがのミス・ペアードも気づかなかった。一回だけ、目ざす相手の姿を見かけた。彼女は廊下ですれちがいざま、横柄な口調で「いかが！」と声をかけてサッサと通り過ぎた。五時半になると、彼はふだんのように家まで歩いて帰り、ふだんのようにミルクを飲んだ。それより強い飲み物は――ジンジャー・エールを数えるとすれば話は別だが――彼は生まれてこのかたまだ口にしたことがなかったのだ。故人になったサム・シュロッサー氏、この人はF&SのSにあたる人だが、数年前のこと、幹部会議の席上でマーチン氏の節制ぶりをほめたたえてこう言ったことがある。

「わが社のもっとも有能な社員は酒もタバコもつつしんでいる。結果は語らずして明らかだ」並んですわっていたフィットワイラー氏も、そうだそうだとうなずいた。

その晴れがましい日のことを思い出しながら、マーチン氏は五番街四十六丁目近くのシュラフト食堂へ歩いて行った。着いたのはいつものように八時だった。いつものように九時十五分前に、食事もすませ《サン》紙の財政欄も読み終えた。食後に散歩をするのは彼の習慣だった。この日は五番街を南の方へゆったりと歩いて行った。手袋をはめた手は汗ばんで暑苦しく、逆に額はひんやりしていた。彼はキャメルの箱を外套のポケットから上着のポケットへと移しかえた。そうしながら、タバコで苦労するなどムダなことではないかとも考えた。バローズ夫人はラッキーストライクしか吸わないのだ。彼の計画は、キャメルをスパスパやって（相手を消してからのことだが）、彼女の口紅のついたラッキーの吸いがらが乗っている灰皿でそれをもみ消し、そうして捜査の方向を迷わせるのが狙いなのである。だがこれは名案とは言えないかもしれない。だいいち時間がかかる。むせるかもしれない、大きな咳をして。

バローズ夫人の住む西十二丁目の家をマーチン氏はまだ見たことがなかったが、ハッキリと心に描くことはできた。さいわいにして、彼女は会う人ごとに、そのすごく感じのいい赤レンガ三階建の一階にある、すごく快適なアパートの自慢話をして聞かせていたのだ。入口には守衛も管理人もいない、いるのは二階と三階の住人だけだ。マーチン氏は歩きながら、このぶんでは九時半前に着きそうだということに気づいた。実ははじめ、彼はシュラフト食堂から五番街を北にとり、適当な所まで行って引き返し、彼女の家に十時に着くように予定していたのだった。その時間なら人々の出入りも少なそうに思われたからだ。だがそれでは、せっかくきめた、行き当たりばったりの直線コースの途中に、ぶざまな輪が出来てしまう、そう思って、彼はこの操作を断念したのだった。それに、どっちみち、いつどんな人がその建物に出入りするかは予想がつかないのだ。時間を何時にしてみても危険は大きい。もし誰かに出くわしたら、アルジン・バローズ抹消の件は永久に未決ファイルにおさめてしまうまでのことだ。また、かりに誰かが彼女のアパートに居合わせたとしても同じことになる。その場合は、通りすがりにふとお宅をお見かけしたのでちょっとお寄りする気になって、と言えばよい。

マーチン氏が十二丁目通りに曲がったのは九時十八分すぎだった、一人の男が通り過ぎ、それから男女が話しながら通った。彼がその一画の中ほどの目的の建物にやって来たときは、そこから五十歩以内のところに人影はなかった。彼は時を移さずステップをのぼりせまい玄関先に立ち、〈ミセス・アルジン・バローズ〉という名札の下のベルを押した。表扉の自動錠がカチリとはずれるとみるや、彼はサッと扉めがけてとび込んだ。すばやく中へ入り、扉をしめた。ホールの天井からクサリでつりさがっている電灯がものすごく明るい光を投げているような気がした。前方から左手の壁にそって上る階段には誰も人がいなかった。と、ホールの右手の壁のドアが開いた。彼はすばしこく、つまさき立ってそちらへ向かった。

「マアこれはこれは、いったいどなたかと思ったわ！」とバローズ夫人がバカ声を張りあげた。彼女のロバのような笑い声はまるで銃声のようにあたりに響き渡った。彼はフットボールのタックルのように、体当たりをして突き進んだ。「ちょいと、押さないでよ！」

と彼女は言って、後ろ手でドアをしめた。

二人のいる所は彼女の居間で、そこは百個もの電灯であかあかと照らし出されているかのようにマーチン氏には思われた。

「誰に追っかけられたの？　ヤギみたいにビクついて」と彼女は言った。

しゃべろうとしたが声にならなかった。心臓がのどもとまでとび出してゼーゼー鳴っているようだ。「その――実は」とやっと彼は声に出した。彼女は何やらベチャベチャと笑いながら、外套をぬがせようと手を出してきた。

「いやいや、ここにおきます」と彼は外套をぬぐと、ドアのそばの椅子の上においた。

「帽子と手袋もね。ここは女性のすまいですからね」

彼は帽子をぬいで外套の上にのせた。バローズ夫人はおもったよりも大柄である。手袋ははめたままにした。「通りすがりにね、ふっとお宅に気がついて――誰かほかにいますか？」

彼女はますます高らかに笑った。「いいえ、わたしたちだけよ。あんた、顔の色が真青じゃない、おかしな人。いったいどうしたっていうの？　ホット・ウイスキーでも作ってあげましょうか？」彼女は部屋の反対側のドアの方へ行きかけた。「スコッチのハイボールでいいかしら？　あ、そうそう、あんたは飲まないんだったわね」彼女は振り返るとおもしろそうに彼を見た。

マーチン氏は元気を取り戻した。「ハイボールでいいです」と言う自分の声が耳に入った。台所で笑っている彼女の声が聞こえてきた。

マーチン氏はすばやく室内を見回して、凶器を物色した。何か手頃なものがあるだろうと、アテにしてきたのだ。暖炉の薪の台と、火かき棒と、それから隅に、体操に使う棍棒のようなものがある。どれも役に立ちそうにない。そんなはずはあり得ないのだ。彼は室内を歩き始めた。そして机のところに来た。机の上に、柄《え》に飾りのついた金属製のペーパーナイフがある。はたして刃は鋭いだろうか。彼は手をのばしたが、そのはずみに小さなシンチュウのつぼを倒した。中から切手がこぼれ出て、つぼは床《ゆか》に落ちカチャンと音を立てた。

「ちょっと」とバローズ夫人が台所から叫んだ。「豆畑をほっくり返してるの？」

マーチン氏は奇妙な笑い声を立てた。ナイフを手に取ると、左の手首に先を押しあててためしてみた。なまくらである。役に立たない。

バローズ夫人がハイボールを二つ持って戻って来たとき、マーチン氏は、手袋をしたままそこに突っ立ち、自分の作りあげた夢の世界を強く意識した。ポケットにタバコ、自分のために飲み物——とてつもないことだ、いやそれどころではない、まるで嘘みたいじゃないか。すると、心の奥底のどこかで、一つの考えがおぼろに動き出し、芽生えていった。

「お願いだから手袋をおとりなさいな」とバローズ夫人が言う。

「うちの中では手袋をすることにしてるんです」とマーチン氏。

その考えはしだいに、異様なみごとな花を咲かせていった。彼女はグラスをソファの前のコーヒー・テーブルにおくと、ソファに腰かけた。

「こっちへいらっしゃいな、へんな人ねえ」

マーチン氏はそっちへ行き、彼女のとなりに腰をかけた。キャメルの箱から一本タバコを引き抜くのは骨が折れたが、なんとかやってのけた。

彼女は笑いながら、マッチをつけてくれた。「ママアマア」とグラスを渡しながら言った。「とっても信じられないわね。あんたが、お酒を飲んで、タバコを吸うだなんて」

マーチン氏はスパスパ煙を出した。割合とじょうずに出来た。それからハイボールをゴクリと飲んだ。「ぼくはいつだって酒もタバコもやってるんだ」そう言うと、グラスを彼女のグラスにカチンと当てた。「あの大ボラフキのフィットワイラーをのろって乾盃」と言って、またグイとあおった。ひどい味わいだったけれど、しかめっつらはしなかった。

「まああきれた、マーチンさん」と彼女は声も態度も一変していた。「社長さんに対して何という言いぐさ?」バローズ夫人はもはや全面的に社長特別顧問になりきっていた。

「ダイナマイトを仕掛けようと思ってるんだ、あのくそじじいを天空高くふっとばしてやるのさ」とマーチン氏は言った。

彼はまだほんの少ししか飲んでいなかったし、そう強い酒でもなかった。だからアルコールのせいであるはずがない。「麻薬かなにか使ってるの？」とバローズ夫人は冷やかにきいた。

「ヘロインだよ。あのオイボレをバラすときゃ、たんまり打ってしびれてるぜ」

「マーチンさん！」と彼女は立ち上がって叫んだ。「もうたくさんです。帰ってください」

　マーチン氏はグラスからもう一口ガブリと飲んだ。タバコを灰皿の中でもみ消し、キャメルの箱をコーヒー・テーブルにのせて、それから腰を上げた。彼女は立ってにらみつけている。彼はドアの所へ歩き、帽子をかぶり外套を着た。

「だれにも内緒だよ」と彼はひとさし指を唇にあてた。バローズ夫人が声に出すことのできたのは、「あきれた！」のひと言だけだった。マーチン氏はドアのとってに手をかけた。「おいらはいま、ツグミの巣ごもりってえとこさ」と彼は舌を突き出してみせ、そうして出て行った。彼の出るところを見た人はいなかった。

　マーチン氏は歩いて帰り、十一時よりよほど前に自分のアパートに着いた。彼のはいるところを見た人はいなかった。歯をみがいてからミルクを二杯飲むと、彼はすごく浮きうきしてきた。酔ったからではない、足もとはしっかりしている。いずれにせよウイスキーのききめなんか、歩いている間にすっかりさめてしまっていた。彼は床《とこ》に入り、しばらく雑誌を読み、十二時にはもう眠っていた。

翌朝八時半、ふだんのように、マーチン氏は会社に出た。九時十五分前になると、それまで十時前には出勤したことのなかったアルジン・バローズが彼の事務室にツカツカと入って来た。

「これから社長さんに報告します！」と、彼女はどなった。「たとえ警察に突き出されたとしても、それが当然の報いですよ、あなたには！」

マーチン氏は寝耳に水といった顔をしてみせ、「なんのことでしょうか？」と言った。バローズ夫人がフンと鼻を鳴らして部屋からとび出して行くのを、ミス・ペアードとジョーイ・ハートは目を丸くして見送った。

「あのおばあちゃん、どうしたんですか？」とミス・ペアードがきいた。

「さっぱりわからんね」とマーチン氏は言って、仕事にもどった。ほかの二人は彼の顔を見、それから互いに顔を見合わせた。

ミス・ペアードが席を立って出て行った。彼女はフィットワイラー氏の部屋のドアの外をゆっくりと歩いた。中ではバローズ夫人ががなり立てていたが、ロバのような笑い声は聞こえなかった。ミス・ペアードにはこの女の言っていることが聞き取れなかった。彼女は自分の机にもどって来た。

四十五分後に、バローズ夫人は社長室から出て、自分の部屋にはいりドアをしめた。それから三十分ばかりたって、フィットワイラー氏からマーチン氏に呼び出しがかかった。文書課長は襟をただし、おだやかに、いんぎんに、社長の机の前に立った。フィットワイラー氏は青ざめていらいらしていた。めがねをはずして、いじり回した。それから、のどの奥で、軽い咳払いをしてから切り出した。

「マーチン君、君はわが社に勤めてから二十年以上になるね」

「二十二年でございます」とマーチン氏。

「その間、君は仕事ぶりといい、――アー――態度といい模範的だった」と社長は続けた。

「ハア、そう心がけております」とマーチン氏。

「ところでマーチン君、君は酒もタバコもやらん人だと理解していたが」

「さようでございます」とマーチン氏。

「なるほど」フィットワイラー氏はめがねをみがいた。「マーチン君、きのう会社がひけてから何をしたか話してくれたまえ」

ほんの一瞬たりとも彼はあわてててためらったりはしなかった。「承知いたしました」とマーチン氏は答えた。「うちまで歩いて帰りました。それからシュラフトへ食事に行って、そのあとまた歩いて帰りました。早目に寝床に入りまして、しばらく雑誌を読んで、十一時前には眠ってしまいました」

「なるほど」と社長は繰り返した。文書課長に向かってどう話を持ち出したらいいかと、ちょっとの間、口をつぐんでいた。

「バローズさんはだね」と彼はやっと切り出した。「バローズさんは一生けんめい働いてくれた、一生けんめいにな。そして、はなはだ不幸なことに、強度の神経衰弱にかかってしまってね。被害妄想におちいって、いたましい幻覚を見るようになったんだ」

「それはお気の毒な」とマーチン氏。

「バローズさんは、ゆうべ君が訪ねてきて、君がきわめて――アー――見苦しいふるまいをしたという妄想をいだいている」彼は手をあげて、マーチン氏の小さい悲痛な叫びを制した。「こういった症状にあってはだね、およそ見当外れの、およそ悪気のない人をつかまえて――アー――迫害者と思い込むのが通例だ。このへんのイキサツは凡人にはちょっとわかりかねるんだが、わしはたったいま電話で、かかりつけの精神分析医のフィッチ博士と話したところでね。もちろん断言はしなかったが、わしの観測を十分に立証するだけの概念を与えてくれたよ。けさバローズさんがそういう――アー――夢物語をしおわったときにも、わしはフィッチ先生の所へ行くようにとすすめたんだ、すぐそっちの病気じゃないかとピーンときたからな。ところが残念なことに、向こうはカンカンになっちまって、君を呼んで追及しろと、わしに要求――アー――要望する始末だ。君は知らんだろうが、マーチン君、実はバローズさんは君の課を再編成するプランを立てていたんだ――もちろん、わしの決裁を得た上でだよ、わしの決裁を得てからだ。だから君のことがだれよりも一番念頭にあったんだろう——いや、こいつもフィッチ先生の扱う現象で、わしらの関係したことじゃない。ともかく、マーチン君、そんなわけでバローズさんのわが社における役目はこれで終わりを告げたというわけだ」

「非常に残念に思います」とマーチン氏は言った。

ちょうどこのときだった。ガスの本管が爆発したときのようにだしぬけに社長室のドアが開いて、バローズ夫人が矢玉の勢いでとび込んで来た。

「シラをきってるんですか、この悪党は？」と彼女は金切り声をあげた。「言いのがれは許しませんからね！」

マーチン氏は立ち上がり、用心深く社長の椅子の横の方へ動いた。

「あんたはわたしの部屋で、お酒を飲んでタバコを吸って」と彼女はマーチン氏にどなりかかった。「嘘だとは言わせないわ！　社長さんのことを大ボラフキと言ったでしょう、ヘロインをたんまり打ってしびれたらダイナマイトでふっとばすって！」そこで彼女は口をつぐんで息をついだ。出目金の目玉が、ギラリと異様に光った。「相手があんたみたいにぐうたらな能なし男でなかったら、あれは全部お芝居だとおもうところよ。どうでしょう、舌を出して、ツグミの巣ごもりでございって、きっとわたしが説明してもだァれも信じてくれないと思ったんでしょう！　まったくもってうますぎるわ、あんまり！」彼女はヒステリックにロバのように高笑いをした。するとまた怒りがこみあげてきた。彼女はフィットワイラー氏をにらみつけた。「だまされてるのがわからないの、モウロクして。みんなこの男が仕組んだペテンよ」

だが、フィットワイラー氏はひそかに、机の裏板についたボタンを全部押していたのだった。だからF＆S会社の社員が続々とこの部屋になだれ込んで来ていた。

「ストックトン君」と社長は言った。「君とフィッシバイン君と二人で、バローズさんを家まで送って行きたまえ。パウエルさん、あなたも一緒に行ってください」

高校時代にフットボールをすこしやったことのあるストックトンは、バローズ夫人がマーチン氏に向かって襲いかかるのをさえぎった。社長室からタイピストや給仕のむらがる廊下へ彼女を連れ出すのには、彼とフィッシバインとの二人がかりの力を必要とした。彼女はまだマーチン氏をのろって、ギャーギャーと支離滅裂な言葉をわめいていたが、その騒音もついに廊下のかなたへと消えて行った。

「こんなことが起こったのはまことに遺憾だ。ひとつ忘れてもらえないだろうか、マーチン君」とフィットワイラー氏が言った。

「はい」とマーチン氏は「もう行ってよろしい」という社長の声を予想してドアの方へ向かった。「忘れることにします」

彼は部屋を出てドアをしめた。廊下を歩く彼の足どりは軽快だった。文書課に帰ると、彼は歩調をゆるめてふだんの足どりにもどり、静かに部屋を横切ってW20のファイルの所に歩み、そうして、仕事に精を出しているという顔をした。

妻を処分する男

Mr. Preble Gets Rid of His Wife

プレブル氏はスカーズデールに住む中年の肥満した弁護士である。彼はよく秘書の速記嬢をつかまえては、かけおちしないかとからかっていた。「ひとつ、おれとかけおちしないか」と、速記をとらせながら、合い間にそんなことを言うのである。すると「いいわよ」と彼女は答えるのだった。

ある雨の月曜日の午後、プレブル氏はいつになく真顔だった。

「かけおちしようぜ」とプレブル氏は言う。

「いいわよ」と速記嬢。そこで、プレブル氏はポケットの中でかぎをジャラつかせて、窓の外を見た。

「ワイフのやつ、おれがいなくなるとせいせいするだろうな」

「でも離婚させてくれるかしら、奥さんは？」

「無理だろうね」と彼が言うと、速記嬢は笑った。

「そんならまず奥さんのこと、処分してからでないと」と彼女は言った。


その晩、食事のときに、プレブル氏は珍しく無口だった。コーヒーがすんで三十分ぐらいすると、彼は新聞に目を落としたまま、こう言い出した。

「地下室へ行こうよ」

「なにしに？」と細君は、本に目を落としたまま、きき返した。

「ただなんとなくね。近頃はちっとも地下室へ行かないじゃないか、以前みたいに」

「わたしたち、一ぺんも地下室へ行ったことなかったわよ、わたしの記憶では」と細君。

「地下室なんか行かなくたって、わたしは一生のんびりくらして行けますわ」プレブル氏はしばらく黙っていた。

「かりにだね、おれにとっては非常に重要な問題だとしたら？」とプレブル氏は言い出した。

「あなた、いったいどうなさったの？」と彼の妻はきいた。「下は寒いわよ、それに第一、なんにも用がないんだし」

「石炭を拾えばいい。石炭のカケラでなにか遊びができるだろう」とプレブル氏。

「いやよ、わたし。ともかくいま、本を読んでるんですから」

「ねえちょっと」プレブル氏は立ち上がって、部屋を歩き回った。「どうだね、地下室へ行ってみたら？　あすこだって本は読めるぜ、読もうと思えば」

「暗いじゃないの、あそこ。ともかく、わたしは行きませんよ。ですからどうぞそのおつもりで」

「なんてやつだ！」とプレブル氏は絨毯《じゅうたん》の端をけとばした。「よそのうちの女房は地下室へ降りて行くぜ。どうしてお前はなんにもしたがらないんだ？　いいかい、おれは一日じゅう働いて疲れはててもどってくるんだ、それなのにお前ときたら一緒に地下室へ降りようともしない。なにも遠方へ行くわけじゃあるまい——映画へ行こうのなんのって誘ってるんじゃないんだよ」

「わたしは**行きたくない**んです！」とプレブル夫人はどなった。そこで、プレブル氏はソファの端に腰をおろした。

「いいよそんなら、**いいとも**」そう言って、彼はまた新聞を取り上げた。「だけどもうすこし、おれの話をきいてくれればいいのにな。こいつは——いわば玉手箱なんだが」

「もうおよしになってよ、その話は」とプレブル夫人は言った。

「あのねえ」プレブル氏はパッと立ち上がった。「遠回しに言っていても始まらない、単刀直入にわけを話してやろう。おれはお前を処分して、秘書と結婚しようと思ってるんだ。

どこか特に不都合な点があるかい？　世間じゃ毎日やってることだぜ。愛情というものは、人間の思い通りになるもんじゃないし――」

「そのことはサンザン言い合ったでしょう」と夫人は言った。「またここで蒸し返すのはまっぴらです」

「いやただ、現状を説明しておきたかったんだよ。それなのに、お前ときたら、いちいち文字通りに解釈するんだからな。一体全体、おれが本気で地下室へ行って、石炭のカケラやなんかでばかげた遊びをするとでも思ったのかい？」

「だれが思うもんですか、そんなこと」と夫人。「こっちは最初っからわかってたわよ、あんたがわたしを地下室へつれ込んで、埋めてしまおうとしてるって」

「いまだからそう言うんだ――説明をきいた後だから。おれが言わなかったら全然考えつかなかったろう」

「あんたが言ったんじゃありません、わたしが言わせたんです」と夫人。「ともかくわたしはいつだって、あんたより二歩も三歩も先回りしてるんですからね」

「おれの考えからは、いつだつて一マイルも遠く離れてるくせに」

「そうかしら？　あんたがわたしを葬ろうとしていることぐらい、今日お帰りになったとき、すぐピーンときました」プレブル夫人は夫をジロリとにらみつけた。

「まったく大げさだ、でたらめにもホドがある」プレブル氏は相当いら立っていた。「そんなことがお前にわかるもんか。だいいち、実を言うと、おれだって今の今まで考えてもいなかったんだぜ」

「いいえ、少なくとも心の底ではそうでした。きっとそのファイル係の女にけしかけられたんでしょうよ」

「いや味を言うのはよせ。ファイルするだけならほかにいくらだって人はいる。それにだよ、あの人はこの計画はまるっきり知らないんだ、関係ないんだ。おれは、ただ、お前が友だちに会いに出かけて、崖から落ちたとかなんとか言うつもりだったんだ。あの人はおれに離婚させせたがってるだけさ」

「マア、笑わせる」と細君。「笑わせるじゃない。たとえわたしを葬ることはできても、離婚は絶対にできないわよ」

「それは承知だ！　チャンと話をしといたよ。いやその――離婚できないってことは話しておいたよ」

「アラ、おそらくわたしを葬る計画についても、話がついてるんじゃないの？」

「違うったら」プレブル氏は威厳を示した。「それはわれわれ二人の間の問題であって、だれにも言うつもりはなかった」

「どうせおしゃべりするでしょうよ、世界中に。だってあんたのことだもの」プレブル氏は葉巻を吸った。

「いっそ早いとこ葬られて万事解決しちまってりゃいいんだ」

「おばかさんねえ、つかまるとは思わないの？　そんなことをしたら、かならずつかまってしまうのよ。さあもう、お床《とこ》に入ったら？　ほんとに、なんにもならないことで大騒ぎして」

「おれは床《とこ》には入らんぞ。どうしてもお前を地下室に葬っちまう。もう腹はすっかりきまってるんだ。いったいどうやって説明したらわかってくれるのかなあ」

「あなた」と、細君は本を捨てて叫んだ。「もしわたしが地下室へ降りて行ったら、それで御機嫌直して静かにしてくださる？　わたしが地下室へ行けばいいんでしょう？　そうしたら静かにしてくれるわね？　ほっといてくれるわね？」

「うん。しかしそんな態度に出るから不愉快なんだ」

「はいはい、わたしのすることは、すべて不愉快ですのね。こっちはせっかく読んでる本を中途でやめるのよ。あとがどうなるか、わからないのよ――でもまあ、どうせあんたには痛くもかゆくもないことだし」

「その本を読めと言ったのはおれかい？」とプレブル氏は言った。そして地下室のドアを開いた。「さあ、先に行くんだ」

「ブルルル」とプレブル夫人は階段を降りかけた。「おお、**寒い！**　すこしは考えてくれりゃいいのに、こんな季節に！　よその御主人は、奥さんを葬るには夏を選ぶものよ」

「こういったことは希望通りにはいかないもんなんだ」とプレブル氏が言った。「なにしろおれがあの子を好きになったのは、秋も終わり頃だったたんでね」

「ほかの人だったら、もっとずうっと前に好きになってるわよ。もう何年も勤めている人でしょう？　あなたってどうしてそういつも、人の尻についてばかりいるのかしらねえ。ママアマアなんてきたたないんだろう、ここは！　あなた、なにを持ってらっしゃるの？」

「このシャベルで、お前の頭をなぐろうと思ってたんだ」

「へーエ、そうなの？」と細君。「やめたほうがいいわよ。考えてごらんなさい、そんなもの目の前においといたら、最初にやって来た刑事がすぐ感づいちゃうわ、まるで事件を解く鍵ですと言わんばかり。外へ行って往来から鉄の棒かなにか捜してらっしゃいな――このうちの物じゃない物を」

「ううん、そうか。だが、往来に鉄の棒なんかありゃしないぜ。どうも女っていうやつは、どこへ行っても鉄の棒がころがってると思ってるらしい」

「チャンとした場所を捜せば見つかるものよ。それからね、早く帰っていらして。タバコ屋なんかへ寄り道しちゃダメよ。こんな寒いところに一晩中じっと待っていられないわ、凍え死んでしまう」

「よしよし」とプレブル氏が言った。「急ぐからな」

「ちょっと、その**ドア**、キチンとしめて行ってよ！」と細君は黄色い声をあげて呼びとめた。「なんてだらしないんでしょう、あんたいったいどこで生まれたの――家畜小屋？」

クイズあそび

Guessing Game

貴殿御出立後、御滞在ノ御部屋ニテ遺失物一個発見致候　ツイテハ、右ニツキ御心当リノ有無ヲ御一報下サレタク、マタモシ貴殿ノ御紛失物ニ候ワバ、ソノ形状明細ヲ御書添ノ上、イカナル処置ヲ御希望ナサルルヤニツキ御指示賜リタク願上候　当方手ゼマノ為、遺失物ハスベテ二カ月以内ニ処分致スベク候エバ念ノ為

ニューヨーク市レキシントン街四十八丁目
ホテル・レキシントン　遺失物係
(代)　R・E・デーリー

親愛なるデーリー氏
　この一件は御想像以上に複雑なものになりそうです。御通告のおハガキを頂いてより、

二週間近く私はお返事をさしひかえておりました。それというのも、私にはどんな品物を忘れてきたのか思い出せないからです。今となっては、この問題をあっさり忘れてしまわなかったことを、むしろ悔やんでおります。実のところ、忘れようと努力はしたのですが、たえず頭の中に浮かんでくるのです。とうとう私はアルファベット順に考える習慣におちいってしまいました。夜も眠れず、一人で品物の名前をならべたてる始末です。Bの部でいうなら、化粧着《バスローブ》、香油《ベーラム》、本《ブック》、自転車《バイシクル》、革帯《ベルト》、あかんぼう《ベイビー》、等々という具合。かかりつけの精神分析医のプリル先生は、思い切って出かけて行って、あなたとこの問題を話し合えとすすめてくれました。

これまでのところ、確信をもって除外できた品物はたった二つだけです。私はパジャマとヘアブラシを持って出かけた記憶はまったくありませんから、あなたの発見したものがパジャマやヘアブラシであるはずがありません。しかしこんな程度ではまだまだ前途リョウエンです。もっとも、私はうちじゅうを引っくり返して、たくさんの物が紛失しているのを知りました。だが、はたしてその中のどれを（そのなかにあるとしてですが）、あの晩ホテル・レキシントンへ持って行ったか、覚えていません。たとえば、青の背広のベスト、生命保険証書、スコッチテリアのジーニー、自動車の道具箱の中のジャッキ、台所のひき出しの中にあるべきセン抜き、コーヒー沸しのガラスの蓋《ふた》、アスピリンの箱、父から来た手紙で兄のウィリアムのシアトルの転居先をおしえてくれたもの、二A型コダック・カメラ用のロールフィルム一本（ただし撮影ずみ）、書類カバン（ただし一九二七年来紛失中）、等々。そこでお手もとの品はこのなかのどれでもあり得るというわけです（書類カバンは別として）。あの金曜日の日の私の精神状態では、一日じゅう手に自動車のジャッキを持って歩き回っていたということも、まったく不可能なことではありません。

ところで、いま最大の心配は、もしかして部屋に忘れてきたものが、なくなっていても私がまだ気づかず、あなたが何かヒントを与えてくれなければいつまでも気づかずにいるような物だったらどうするか、ということです。それは、動物ですか、植物ですか、鉱物ですか？　私ぐらいの大きさですか？　二倍ぐらい？　人の手より小さい？　ネジこみの蓋がついてますか？　活動している時に規則正しくカチカチと音を立てますか？　新品で買うと百ドルぐらいしますか？　それとも千ドル？　あるいは五十セント？　歯痛どめの薬ですか？　使ったあとのカミソリの刃ですか？　カミソリの刃は私はわざとおいてきたのですが。以上のような質問はきわめて公正なものだと私には考えられます。むろん、次のような質問だって思いつくのですが、これはお尋ねしないでおきましょうね。ただ、例としてあげておくだけ。それは青の背広のズボンと上着とでひと揃いになっているものですか？　それは吠えることが出来ますか？　それは自動車の車輪を地面から持ち上げることが出来ますか？　それはビンのセンをあけることが出来ますか？　それは痛みをやわらげますか？　それはだれかの手紙ですか？　私が死ぬと、それによってだれかがお金をもらいますか（ただし払い込みを継続しているとして）？

そこで、第一群の質問に対してあなたがイエスなりノーなり答えてくれる意志があるかないかを、ぜひ教えていただきたいと思います。この種のクイズではそれがきまりなんですからね。だって考えてもごらんなさい、ただじっと突っ立って、ポカンとした顔をして、頭を振って、くり返しくり返し、「さあ、なんだろう、わかりませエん。わかりませエん！」と言ってるだけだったら、たまったもんじゃない、どうともなれだ。たとえそれがダイヤの指輪だって、だれがかまうもんか。

もちろん私が泊った部屋に本当に何かを忘れて来たとしての話ですが、かりにそうではなくて、これが単なるクイズ遊びで、その正解がロバート・E・リー将軍の馬だなんてことになってごらんなさい、このさきまる一年というもの、あなたが何気なく電話に出ると、どっこいその相手は私で、作り声を使い偽名を使って何十という部屋を予約したり、二十三階が火事だと知らせたり、銀行預金の残高が赤字だと通告したり、かと思うと、のどの奥からしゃがれ声を出して、ブルックリンでジョー親分を撃ったお返しに今度はキサマの命を貰ったぞ、とギャングもどきにおどしたり、そういう危険がかならずつきまとうと覚悟してくださいよ。

言うまでもなく、今のやり方では、私はいささか腹が立ってるんです。かりにあなたが私の家に訪ねてきたお客で、時計とか鍵束とかを忘れて帰ったとします。私は一セントのハガキに、何を忘れたか当ててごらん、などと書いて出すとお思いですか？　今ならやりますよ、もちろん。だが、このことの起こる前にです。もしみんながそれ式のことをしたらどうなるでしょう。もし、あなたをかわいがっている大金持ちのおじさんがいて、あなたに電報を打ったとする。「ライゲツグランドセントラルエキニック」ムカエタノム」いや、これならまだしもだ、もし裁判所が罪名をハッキリ記載した出頭命令を発行せずに、ハガキに「覚えてろ、今に見ていろよ！」と書いてよこしたとしたら、いかがです。われわれみんなノイローゼになってしまいますぜ。

どうやら、さしあたって私のなすべきことは、仰せのごとく、部屋にわすれてきた品物の形状明細をおしらせすることしかないようです。では申しましょう。その物は、大きいかさばった鉄製品で、通常台所のひきだしにしまっておくもので、私の死亡に際しては妻に対しある金額を受け取る資格を与えるもので、活動しているときには吠え、これを使用しなければコーヒーが沸騰《ふっとう》点に達したときに液体がコンロにこぼれ、私の父の署名があり、光線に感じやすく、神経の痛みを取り去り、そして色は紺色であります。

もちろん、あなたがいだいておられるらしき疑いを、私もいだいているのです。つまり、その品物を忘れたのは私ではなく、私の前にその部屋を使った人か、あるいは私と同時にその部屋を（お互いにそれと気づかずに）使っていた人であるのかもしれない。わけを御説明しましょう。私がそちらのホテルに泊った晩、フロントの人が私の部屋の鍵を取り出すとき、私の箱から伝言のメモを取り出したものです。宛名はドノバンという人になっていました。私がそれを見て、私あてではないと言うと、「ドノバンさんというかたは御一緒じゃないんですか？」ときくのです。違うと答えたのですが、本当にしてくれないようでした。ひょっとすると、私の部屋の忘れ物はドノバンさんのかもしれませんよ。彼の手紙が私の郵便受けに入っているからには、結局、彼と私は同時に同じ部屋に泊っていたのかもしれないという気がするのです。たぶん、私が部屋を出た直後に彼は部屋に入って来て、私が帰る直前にいつも出て行くと、そんなことだったのでしょう。ニューヨークというのはそんな都会ですからね。

いずれにせよ、ありがたいことに、その品物が保険会社にもどされるなり、野犬収容所に送られるなり、どうなりするまでには、まだ二カ月あるのですから、その間にじっくり考えてみましょう。

ビドウェル氏の私生活

The Private Life of Mr. Bidwell

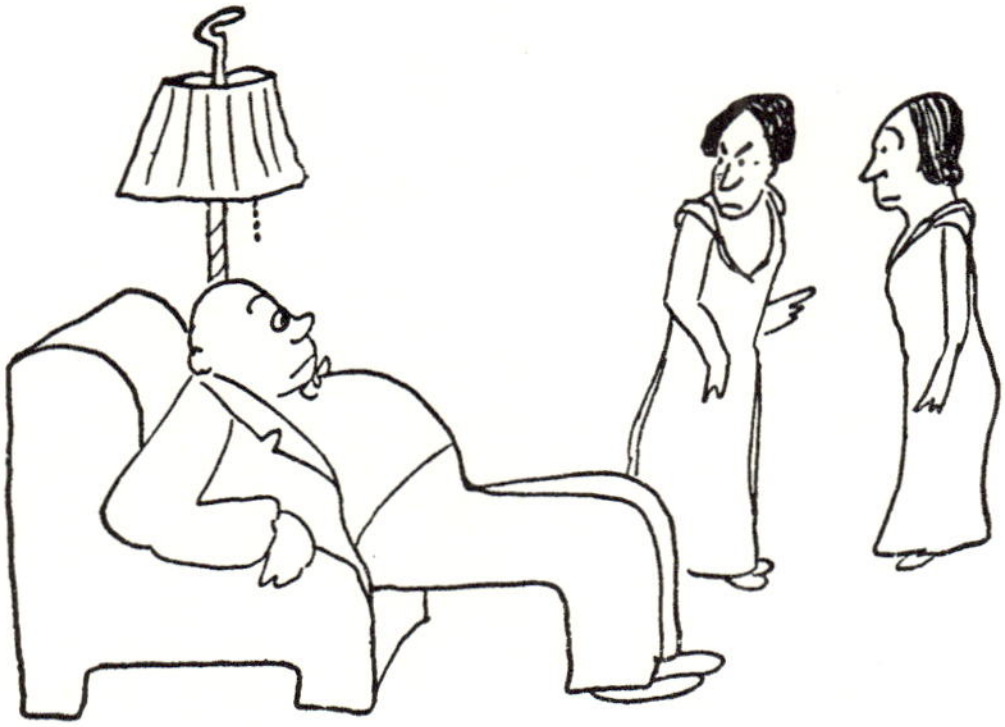

いますわっている場所からは、ビドウェル夫人は夫の顔を見ることが出来なかったが、それでも彼女は奇妙な緊張感を覚えた。夫がなにかをたくらんでいる。

「なにしてらっしゃるの、ジョージ？」と彼女は、目を本に落としたまま、問いかけた。

「ム？」

「どうなさったの？」

「パアアアアアハア」とビドウェル氏は、気持ちよさそうに長い息をはいた。「息をとめてたんだ」

ビドウェル夫人は腰かけをキーッときしらせて、からだを回すと、夫の顔を見た。夫はいつものお気に入りの席、つまり細君の後ろに腰をおろしていた。昔のニューヨークの街頭風景の絵をかいた羊皮紙の電気スタンドの下である。

「いま息をとめてたんだよ」と夫はもう一度言った。

「お願いですから、おやめになって」とビドウェル夫人は読書にもどった。五分間ほど沈黙が続いた。

「ジョージ！」とビドウェル夫人が言った。

「ブワアアアアア」とビドウェル氏。「なんだね？」

「それやめてくださいな。イライラしてくるわ」

「お前がイライラすることないじゃないか。おれは呼吸をしちゃいけないのか？」

「呼吸をするのに、なにも息をとめなくたっていいでしょう、まるでグープみたいね」と夫人は言った。〝グープ〟というのは彼女の好きな言葉で、彼女はこれを何にでも応用してかなりザツな使い方をしていた。それがまたビドウェル氏をいら立たせた。

「深呼吸はね」ビドウェル氏はじれったそうに言った。彼が妻に何かを説明しているときはきまってこの調子なのだ。「いい運動になるんだ。もっと運動する必要があるんだよ」

「いいからわたしのいる所では、なさらないでくださいな」細君はふたたびゴールズワージーの小説に目を落とした。

それから一週間たって、カワン家のパーティで、部屋中の人がガヤガヤしゃべりまくっている最中に、リーダ・キャロルと話をしていたビドウェル夫人が、まるで誰かに声を掛けられたかのように、急にクルリと後ろを振り向いた。部屋のずっと隅のあたりで、椅子にかけて、ビドウェル氏がじっと息をとめていた。彼は胸をふくらませ、ぐっと顎を引いている。異様なまなざしで一点をにらみつけ、顔はいくぶん紫色を帯びている。ビドウェル夫人は位置を変え彼の視線のなかにはいると、鋭く刺し通すような目でにらみつけた。彼はゆっくりと息を吐き、顔をそむけた。

そのあと、帰りの車の中で、御両人ともひと言も口をきかずに一マイルほども走ったころ、ビドウェル夫人が言い出した。「ひとさまのうちへ行ってまで息をとめるだなんてどうでしょう、もうすこし気を配ってくださってもいいと思うわ」

「ひとのじゃまにはなるまい」

「バカに見えるわ！　ヘンタイに見えるわよ！」運転していた妻はスピードをあげ始めた。興奮したり憤慨したりしたときはいつもそうなのだ。「みっともないったらないわ——からだじゅう風船玉みたいにふくらまして、目を突き出してるあのかっこう！」

「風船玉だって、まさか」ビドウェル氏は腹を立てていた。

「まるでグープそっくり」と妻は言った。車は速力を落とし、ため息をもらし、そしてガックリときて、ピタリととまった。

「ガソリンが切れたわ」と彼女が言った。身を切るような寒さ、ユウウツなみぞれが降っていた。ビドウェル氏は腹いっぱい深呼吸をした。

ビドウェル家における呼吸の事情はギリギリの限界点に到達した。ビドウェル氏が、眠っている間でも、息をゆっくりと吸い込んでおいてから吐くときに「ウウウウウウ」と長く尾をひいたうなり声を立てるようになったからだ。ふだんは熟睡するタイプのビドウェル夫人も（ただしどろぼうが入ると確信した晩はろくに眠らなかった）目をさまし、手をのばして「あなた！」と夫をゆり起こすのだ。「ホオオオオオ」とビドウェル氏はねぼけ声で言う。「なん、どうしたん？」夫が寝返りをうってふたたび眠りこけてしまうと、そのあと夫人は眠れずに物思いにふけるのだった。

ある朝、朝食のとき、彼女は言った。「あなた、私はもう一日だってがまんできませんわ。フグみたいにふくれあがって高イビキ、あれをおやめにならないかぎり、私、このうちを出て行きます」ビドウェル氏の心臓はちょっと軽くときめいたが、彼はさも驚いて気を悪くしたような顔をした。

「よしよし、もうその話はやめよう」と彼は言った。

夫人は次のトーストにバターを塗りながら、夫にイビキの模様を説明した。夫は新聞を読んだ。

相当に努力をはらって、およそ一週間ばかりは、ビドウェル氏も息を吸うのに胸をふくらませないでいた。だがある晩、マクナリーの家で、ふと、いったい何秒間息をこらえていられるものか計ってやろうと思いついた。いずれにせよ、マクナリー家のパーティには、いささか退屈しきっていたのだ。彼は居間のはるか奥まった一隅で、腕時計を見ながら時間をはかりだした。するとそれまで台所で、ビー・マクナリーを相手に子供の話や服の話をしていたビドウェル夫人が、急に話をやめて、そうっと居間へひっ返して来た。彼女は音もなく夫の椅子の後ろに突っ立った。夫は細君の気配を感じ、目立たないように静かに息を吐き出した。

「わかってます」と彼女は低く冷たい声で言った。ビドウェル氏はパッと立ち上がった。

「なぜほっといてくれないんだ？」

「お願いですから大きな声を立てないで」と彼女は、もし人に見られても夫婦喧嘩だとは気づかれないように、頬に微笑を浮かべながら言った。

「ああもうアキアキだ、うんざりしちまったよ」と彼は低い声で言った。

「おかげで、せっかくの気分がメチャメチャだわ！」と彼女はささやいた。

「こっちもおかげでメチャメチャさ！」と彼もささやき返した。夫婦は互いに相手の頭から腹まで上半身を、鋭い視線でえぐり合っていた。

「なによ、グープみたいにすわり込んで、息をとめてるなんて」と彼女が言った。「ひとが見たらアホウだと思うわ」彼女は笑い声を立てると、向き直って、ちょうどそのとき近づいてきた御婦人を迎えた。

その翌日の午後は暗いじめついた日だった。ピドウェル氏はオフィスで、鉛筆でコッコツ机を叩きながら、苦虫をかみつぶしていた。

「いいよそんなら、出て行くんなら出て行け！　かまうもんか」とブツブツやっていた。彼は細君が自分を捨てて出て行く場面を心に描いていたのだ。何回かそれを繰り返してから、ようやくなんとなく満ち足りたような思いで仕事にもどった。もう決心した、あいつがなんて言おうと、おれは好きなように息をするんだ。そう腹をきめると、ふしぎなことに、ごく自然に、彼は息をとめることに興味を失ってしまった。

それから一、二カ月というものは、ビドウェル家でも万事がかなりスムーズにいった。ビドウェル氏も、べつだん細君の気をそこねるようなことはしなかった。せいぜい、細君の化粧テーブルの上にカミソリを置き忘れたり、床《とこ》に入るときにホールの電灯を消すのを忘れたりするくらいがオチだった。ところが、いよいよ、ベントン家のパーティの夜がやってきたのだ。

ビドウェル氏はいつものように退屈しきって、部屋の奥まった隅に腰をおろしていた。正常の呼吸だった。彼の妻はベス・ウィリアムソンとネグリジェのことで会話がはずんでいた。と突然に彼女は声をひそめた。不安げな表情が目に浮かんだ。ジョージがまたなにかをたくらんでいる。彼女はクルリと後ろを向いて夫を捜した。おそらくビドウェル夫人以外の人が見たら、世間の普通の御亭主がおとなしく椅子にかけているようにしか見えなかったろう。ところが、細君は唇をキュッと一文字に結び、さりげなく夫の方へ足を運んだのである。

「なにしてらっしゃるの？」と彼女はきいた。

「うん？」と彼はポカンとして妻の顔を見た。

「**なに**をしているのよ？」と、彼女はふたたび問いかけた。彼はギラリと憎しみの目を妻に投げつけ、妻もギラリとにらみ返した。

「掛け算を暗算でやってたんだ」と彼はゆっくりと平静に言った。「知りたいというのなら教えてやる」

二人はそれから黙りこくったまま、目の筋肉のほかはからだをビクとも動かさず、じっと長い間にらみ合いを続けていたが、そのうちに二人とも、これまでの長い忍耐がいよいよ終局に来たことを、石のように氷のように悟った。二人を結びつけていた奇妙なキズナがプッツリと切れたのだ——どちらにとっても案外にあっけなく、切れてしまった。その晩、寝ようとして服をぬぎながらビドウェル氏はゆったりした気分で、掛け算の暗算をした。ビドウェル夫人は、しばらく片手にストッキングを持ったまま、夫をひややかににらんでいた。もうわざわざ声を荒立ててなじることもしなかった。彼の方も全然気にかけていなかった。すべては完全に終わってしまったのだ。

ジョージ・ビドウェルはいま独身である（細君は再婚した）。彼は二度とパーティなんかには行かないし、旧友たちもめったに会いに来ない。この前、友人のだれかが彼を見かけたときは、彼はいなか道を、ヨロヨロした頼りない足どりで歩いていた。彼は、目をつぶったままで、何歩歩くことができるか、ためしていたのだった。

愛犬物語

Josephine Has Her Day

ディキンソン家の子犬は失敗だった。ブルテリアで、しかもメスで、その上衰弱しているときてる。長い一生がまだこれからというときに、急に衰えをみせてきたのだ。

「やつれてきたぜ」とディックが言った。「騎士《ナイト》に捨てられたおひめさまってとこだな」

「違うわよ」とエレンが言った。「そんなロマンチックなもんじゃないわ。ブローチを盗んで見つかった女中っていうとこよ」

ともかくこの犬の肉体的かつ精神的衰弱の原因は見当がつかなかった。三週間前は元気よくじゃれ回って、まるまるとしていた。小鳥屋の店先で、腹を立てたオウム女史の意地わるそうな緑のシッポにキャンキャンと吠えかかっていたところを見かけたエレンは、思わず、マアかわいい、コロコロして、と言っただけでない、かわいいわ、ズングリムックリ、などと言ったものだ。

これがつまずきの第一歩だった。彼らはスコッチテリアを買おうというそもそもの意図を一瞬わすれ、メス犬でしかもブルテリアという大罪を見のがし、ついにはとうとうこの犬を買い込んでしまったのである。そしていま、アジロンダック高原の別荘《コテージ》へ送られて来たのが、全身うすよごれて硫黄《いおう》にまみれた、あの当時の子犬の名残りなのだ。犬が届いて最初の一時間というもの、彼らは犬の上にかがみこんで、苦い顔で首をひねっていた。

「ちょうどいま伸びざかりなのかもしれないよ」とディックが望みありげに言った。

「とんでもない、だれが見たって縮んでるわ」とエレンが言った。「しょうがないわ、どうしたってブルテリアだもの」

「今はブルテリアにゃ見えないぜ」

「でも、たしかにブルテリアだったわよ。しかも、メス犬！　いったいなんてことをしたんだろう」

「コロコロしてかわいいって言ったのは君だよ」とディックがボソボソ言った。

「買ったのはあなたよ」とエレンが言い返した。「とにかく、食べさせなくちゃね。入れられてきた箱には何にも食べ物が入ってなかったし」彼女はそう言って子犬をつまみあげた。ゲッソリと肉が落ちて皮がたるんでいたから、目からあごにかけての奇妙な黒のふちどりのせいもあって、よけい深刻でユウウツそうに見える。

犬は目の前におかれたミルクに浸したパンを、浮かぬ顔でたった二回なめただけだった。

それからヨロヨロと居間の隅のストーブへ行き、フラフラしながら三回まわると、目をとじて悲しそうな吐息をついた。

「よしよし、いい子だ、いい子だ」と、ディックはやさしく言って、そばへ寄ろうとした。

「よしよし、いい子だ」だが細君がさえぎった。

「ダメよ、あなた」と注意した。「子犬の本に書いてあるわよ、正常なる睡眠を妨げてはいけないって」妻は子犬の飼い方を説明したきれいな本を買っておいたのだ。さし絵には活発そうな子犬の写真がついていた。

夫妻が床《とこ》に入ったとき、犬は台所の隅に特に作ってやった寝床でスヤスヤと眠っていた。どうやらガタガタゆられ通しの長旅の疲れを安心していやしているらしかった。しかし、この安心も朝までは続かなかった。まだ空には星がきらめいているというのに、ディキンソン夫妻はキャンキャンというやかましい声で眠りからさめた。あんな元気のない子犬にしては思いもよらぬ、威勢のいい堂々たるなき声だった。

「なんてこった！」とディックはうなった。「どうしたんだろ？」

「最初の三、四日は、かならず夜中に吠えるんですってよ」と細君は眠そうに言った。

「人間の正常なる睡眠を妨げない方法ってのは、本に書いてないのかい？　下へ行ったらおとなしくなりゃしないかな、どうだろ？」

「ダメよ。吠えればきまって反応があると思わせてしまったらダメ。そんなふうにしてご機嫌とりしてると、今になめられてしまうわ」

「しかしこの調子でやられたら、結局なめられてるとおんなじさ」ディックはマクラの両端を耳の穴に詰めながらぼやいた。「その本を書いた人は、おそらく全国子犬組合から買収されたんだろうよ」

翌朝タイプライターに向かったディキンソンは、いくら仕事に集中しようと思っても、心が少しずつ、しかし容赦なく、わき道へそれて行くのを感じた。何かが頭の中を叩くのだ、なんだか遠くの方で一定のリズムで太鼓《たいこ》が鳴っているような気がする。「おいで……おいで……おいで」

それは「密室」から聞こえてくる妻の声だった。次第にその声音《こわね》の中にとげとげしさが忍び込んできた。やがてガサゴソしたものが床《ゆか》を引きずられる音がした。また「おいで」が繰り返され、静かになり、またガサゴソが聞こえる。それから、しつこく「おいで」がひとしきりあって、そのあとガサゴソが聞こえなくなった。

「死んじゃったのかい？」とディックは希望にみちて呼びかけた。

妻がユウウツそうな子犬を抱いて部屋に入って来た。まだからだじゅう硫黄《いおう》で黄色くなっている。これは「虫よけ」の措置として、ものはためしと、ディックが全身に浴びせかけてやったものだ。

「この犬、いかにも大儀そうなのよ」と細君が言った。「一番ちっちゃく生まれたのかしら。本には、同じ腹の兄弟で一番小さいのはやめろって書いてあるわ」

「ナポレオンも一番チビだったぜ」とディックが物知り顔で言った。

「でも、兄弟いっぺんに生まれたわけじゃないでしょう」

「あ、そうだ！」といきなりディックが叫んだ。「いい名前があるよ！　ジョセフィンて呼ぶことにしよう」

「ジョセフィン？」

「うん。かの有名なるチビッチョ、ナポレオンの妻の名をもらってね。彼女も出だしは大いによかったが、末路はおちぶれちゃったからな」

細君はものうげに椅子にかけると、犬を床《ゆか》においた。「あたし、午前中かかって、『おいで』をしこもうとしたのよ、だけどこの犬ったら、全然渋い顔して床《ゆか》ばっかりにらんでるの」

「きっと気が進まなかったんだろう」

「そんなはずないわよ。本にはチャーンと書いてあるもの、確実だって――ちょっと待って、読んであげる」彼女は手にしていた子犬の本を開いた。「ここよ、『最初の訓練の際でも、犬の敏捷《びんしょう》な理解は思いがけないときに突然に現われてあなたを喜ばせることは確実である。彼らは、あなたの命令を法律とみなしていることがわかるだろう』どう？」

二人は、子犬がつまらなそうに絨毯《じゅうたん》を見つめている様子を見つめた。

「無法もの、チビッチョか」とディックは考えていた。「こいつ、前足で絨毯《じゅうたん》の模様をたどりだしたりしないか気をつけて見てよう。そうなりゃ一巻の終わりだが」

「そううまくいくもんですか」エレンは苦々しげに言った。

ディックは子犬に近寄ってかがみこんだ。「オイ、ジョセフィン！」と大声で、だが重々しくどなった。すると犬は顔を上げて彼を見た。その様子は、汽車の中で老婦人が、乗り越したら大変だとたえずオドオドしながらまわりののんきそうな乗客の顔をキョトンと見るような感じだった。「ともかく名前はわかったらしい。これで妙な考えさえ引っ込めてくれたら、あるいは理解して敏捷《びんしょう》なりなんなり、犬らしくやるだろう」

「あたしはね、この犬、低能なんだと思うわ」エレンはプリプリして声を張りあげた。

「でも――本にはよ、冷静で寛大で理性的であることが子犬の訓練には絶対必要だって書いてあるし」

「そんなチッポケな本のわりには、ずいぶん欲ばったことが書いてあるんだな」とディックが言った。

「そうよ、こんなチッポケな犬のわりにはね」と妻は軽蔑したように言うと、ジョセフィンを抱いて外へ出て行った。


日がたつにつれて、ジョセフィンはチビッチョの汚名に恥じず、忠実にその主義をまもり通すようだった。からだは一向に発育しないし、ディキンソン夫人に言わせれば、頭の方もご同様である。訓練を受けている間も、石のように鈍感で、子犬の本にある規則などはどれ一つとして守ろうとしない。「持ってこい」の楽しい冒険にも、ジョセフィンは何の興奮も感じないらしく、おそらく、いったいなんだって紙玉をまるめて何度も何度もほうり出すのだろうと、妙な顔をするぐらいがオチなのだ。

とうとう、小雨しょぼ降るある肌寒い月曜日のこと、ディキンソン夫妻はサジを投げた。ジョセフィン皇后は来てからもう三週間以上になるが、お気に入りのことといったら、ストーブのそばでユウウツそうに震えていることなのだ。一度だけ、まきの燃えがらを足で引っかけて倒したことがあったが、それっきりで終わった。

「どこかこの近所のうちへくれてやろうよ」とついにディックが言い出した。「みんな、子供がたくさんいるからきっとほしがるだろう」

「ええ、ところがみんな、犬もたくさんいるしね」とエレンが言った。「しかも、大きくてたくましくて元気のいい犬ばかり。おまけに、ほしがるとしても、このへんでは猟犬だわ」

「しかし、引き取ってくれるうちは、どっかにあるだろう。たとえば飼い犬がたまたま死んだとか」

「みんな二匹や三匹は飼ってるわよ。全部が全部、死ぬもんですか」

「いやわからんぜ」とディックは望みを捨てない。「タマのこめてあるのを知らないで猟銃にじゃれるってこともある」

「チビ犬なんて相手にする人ないわ、しかもメスを。第一、こんなものを連れて歩いてたら笑われるわよ」

「歩かなきゃいいだろ――ブランチャードのとこのボロ自動車借りて、こいつのために宿を捜して回るんだ」とディックの計画は遠大になっていった。

そこで次の朝、日がのぼるとさいわい晴れそうな空模様なので、彼らはジョセフィンをつれて出かけた。からだも頭も成長しないのろわれた子犬は、身を切る風に当惑して、顔をしかめてふるえていた。何マイルか走ったが、どの家にも一頭や二頭、あるいは三頭もの、足が太くて耳の長い猟犬が、鼻をピクピクさせて這い回っていた。しかし、運だめしと舗装道路をはずれた裏道に入ったとき、ようやく崖っぷちにすすけた小さな家が一軒見つかった。その付近からはうら悲しい吠え声は聞こえてこない。

ディックはその前をすこし行き過ぎてから車をとめ、犬をかかえこんで外へ出た。そこで彼は立ち止まった。春の季節に北部の山々を群れをなしてあわただしくかすめとぶ暗雲が、さっきまで照り輝いていた太陽を覆ってしまっていた。ポツリポツリと降り出している。ディックは外套の襟を立てた。

「うちでいらなくなったわけをどう説明しようか？」と彼は妻にきいた。

「気前がいいっていうふうに思わせなさいな」と彼女はほがらかに笑った。「きっとサンタクロースが舞い込んだと思うわよ」

だがこの企てに対するディックの自信は、雨にぬれると急にショボンとなってしまった。悄然と震えている子犬を抱いて、彼はひっそりした古ぼけた家の門に向かって足を進めた。郵便受けはネズミ色によごれ、風雨に叩かれてあわれにもかしげている。だがちょうどそこまで行きついたときに、ジョセフィンが奇妙な動作をやりはじめた。あとでディックの語ったところによると、腹をピョコピョコ上下動させるのである。彼はうしろを向いて、大急ぎで細君のところへ連れ戻った。

「大変だ、死にそうだ」と彼は犬を妻に手渡した。

「シャックリよ、バカねえ」とエレンは言った。「すぐ治るわ、なんでもない」

「シャックリしてる犬なんか、まともならうちじゃ貰ってくれないよ」とディックは断固として言った。

そこで彼らはケイレンの発作が終わるまで待つことにした。だがいつまで待っても、いっかなおさまるものではない。どうやらジョセフィンはシャックリの達人とみえた。しばらく間隔が長引いていよいよ終わりかと希望を持ちかけた頃、やけに大きなシャックリが飛び出して、これでは永久に続くのではないかとハラハラさせる。とうとうディックは思い切って、パイプを叩いて灰を捨てると車から降り、ジョセフィンをかかえ降ろした。彼は犬を道ばたに置いた。そして急に犬に飛びかかってワンと吠えた。

犬は道ばたの溝の中にころがり落ちた。びっくりして耳を裏返しにしている。ディックはあわてて走り寄り、ビショぬれで泥まみれのジョセフィンを引き上げた。

「気でも狂ったの、あなた?」と妻がどなった。だが彼はジョセフィンをつまみ上げて、しさいに観察した。シャックリはとまっていた。

「どうだい、家庭療法もまんざら捨てたもんじゃないな」と彼は言った。

彼はもう一度その家へ足を向けた。今度は犬を小わきにかかえてキビキビと歩いた。慎重にドアを叩いているとだいぶあってから、ようやくほんの少しだけすきまがあいて、やせこけたきつい顔の女が顔をのぞかせた。

「なんですか?」と彼女はけわしい声でつぶやいた。ジョセフィンもけわしい声でうなり返した。

「実は——その——」とディックは切り出した。「これは——エー——アー——ここからデールまであとどのくらいですか?」

デールというのは、ディキンソン夫妻の住んでいる町の名である。彼らはその町はずれに住んでいるわけで、今そこから来たところなのだ。女は親指をグイと突き出した。

「二マイル」と口の中で言った。

ジョセフィンがうなった。女は、パタンとドアをしめた。ディックは妻のところへ引っ返した。

「ご亭主が犬ぎらいなんだとさ」と彼は説明した。「なんでも、そのおやじさんが一度嚙まれたことがあるそうで、男は代々犬ぎらいの血を受け継いでるんだそうだ」

その次の家で戸口に現われたのはやさしそうな婦人だったが、両手をあげて丁寧に拒絶した。とんでもない、たくには二匹もいるんですのよ！　それにレックスの方は足にオデキができてる始末。足のオデキはどうしたらいいかご存じありませんかしら、と言うのだ。ディックは、うちのジョセフィンは足にオデキができたことなどありません、と威張った。

「デールの町でお店を出してるイーライ・マデンさんなら引き取るでしょう」とややあってからその夫人はつけたした。「あすこの犬は牛の角《つの》に刺されたんですの、一週間ばかり前に——いいえ、二週間になるわ、この月曜日で。あすこへ行ってごらんになったらいいかが？　そういえば、うちのレックスもヤマネズミに嚙まれたんじゃないかって思うこともあるんですけど」ディックは、うちのジョセフィンはヤマネズミに嚙まれたことなどないと言って、お礼を述べて引きさがった。

彼らは車をもと来た道にもどして、自分らの山荘から程遠からぬマデンの店に向かった。たまたま学校のひけどきで、道路は学童たちでいっぱいになっていた。夫妻が車を降り、ジョセフィンを地面に降ろしてのびをさせていると、急に子供たちが、動き回る手間をはぶいて、どっとまわりを取り囲んできたようだった。ジョセフィンはいきなり押しよせてきたほこりの大軍に眉をひそめて考え込んでいた。

「見ろ見ろ、ライオンだ」と男の子がさけんだ。「ウォー、ウォー！」

「おじさん、これなんていう犬？」と二人目がきいた。

「へえ、犬だって、これが！」と三人目がひやかした。

「これはね」とディックは言った。「とてもすばらしい犬なんだよ。おじさんはこれをつれて世界中を回って歩いてるんだ。この犬は鍵を食べるんだぜ」

「ディック！」と細君が言った。

「鍵を食べる？」と子供たちは大合唱をした。

「トランクの鍵でござれ、ドアの鍵でござれ、ナンキン錠の鍵でござれ——鍵と名のつくものなら何でもいい」とディックは言った。「まず食べる前にガチャガチャゆすぶるんだ」

ディキンソン夫人はすっかり腹を立てて、ジョセフィンを抱き上げるとマデンの店に入って行った。疑り深い子供たちがひやかし半分に騒ぎ立てるのを尻目にドアをしめると、「あきれた！」と夫をなじった。「もうよして下さいな、あんなまねは。こんな犬がいるだけでも困ってるのに、見物人までよせ集めて」

彼女がカウンターの所まで行くと、イーライ・マデンが奥から店に出て来た。「なんでも最近」と彼女は甘い声で切り出した。「おたくで犬をなくされて、代わりのを捜してらっしゃるようにうかがってまいりましたんですけど」

「牛の角《つの》に引っかけられてね」とマデンは言った。

「ここにとてもすばらしい子犬をつれてきてますの、アメリカン・フォックステリアでして」と彼女はニコニコと続けた。ディックはあわてて大きな咳払いをした。

「いや、これはね――アメリカン・ブルテリアです」とディック。「よろしかったら差し上げます」

「せっかくですが」とマデンは、犬を抱き上げ、まるで自動車の部品か何かを観察するようにして言った。「わたしが飼うにしちゃまだちっちゃすぎますな。だが、フロイド・ティモンズなら、あるいは飼うかもしれませんぜ。宿なしがいりゃかならず飼うって男だ。なんなら今夜にでもわたしが連れてってやりましょうか。どうせフロイドの牧場の前を通るから」

「お願いいたしますわ」とエレンは勢い込んで言った。

ちょうどそのとき、ジョセフィンがクシャミをした。

「病気じゃないんでしょうな、この犬？」とマデンはふしんそうな顔をした。

「クシャミしたのは初めてですわ」とエレンは大声を出した。

「ジステンパーかもしらん」とマデンはつばを吐きながら言った。ジョセフィンはクフンと鼻を鳴らして哀れっぽい顔をした。

そうに、おカゼひいちゃって」

「マアア、おカゼをひいちゃったのね」とエレンは犬を抱いて猫なで声を出した。「かわい

彼らはマデンと打ち合わせて、カゼがすっかりなおってからまた連れてくることにした。しかしそれから一週間というものは、ジョセフィンはほとんどひまなしにクシャミをしたりクフンクフンやったりで、鼻はいつも熱を帯びていた。ディキンソン夫人は寝床を暖かくしてやることにし、下に敷くショールを暖め、その下に毛布を置いてやった。毎日、肉スープをつくってやり、そのほか犬の本を調べてさまざまの手当をしてやった。八日目になると、ジョセフィンはクシンクシンをやめ、これまでになく元気そうになった。すこしはじゃれるようにもなり、エレンがエプロンのひもを目のまえで振って見せると、とびついたりもした。「やっぱりブルドッグの血を引いてるんだな」とディックは感心して言った。

前庭につれ出すと、犬は草の上でしばらくはね回っていたが、そのうち紙屑が風にとぶのを見てワンと吠えたりもした。うら悲しい吠え声だった。夫妻がおもしろがって眺めていると、一人の男が馬車を家の前まで乗りつけてきた。

「いらない犬がいるんだって?」とその男は陽気に大声で話しかけた。「あっしゃティモンズっていうもんで」ディキンソン夫妻はベランダの椅子から腰を上げた。

「そうです」とディックは丁重に答えた。「ええ――そうなんです」

男は馬車を降り、家の方へ歩いてきた。するとジョセフィンは、すぐさま主人夫婦のそばへ引きさがって、うなった――小さいヘンテコなうなり声だった。

「なかなかたいした番犬だ」と男は言った。「オイ、コラ」彼はかがみ込んで犬を抱き上げた。犬は狂おしい目をエレンの方に向けながら、抵抗をやめた。「今でも手放す気ですかい？」

「ほんとうはスコッチテリアがほしいんです」とディックが説明した。「それで、手放すことにしたんですが」

「なるほど」男は窮屈そうな犬を抱き直した。

「寝る所は暖かくしてやってくださいね」とエレンはティモンズのあとを馬車までついて行った。「まだ家の外で寝かしたことはないんですのよ。とても寒がりなんですの。それにカゼをひいて、いまやっと治ったばかりですし。そうね、うちで使っていた寝床もお持ちになりません？」

「いや、寝床にするもんなら、あっしんとこにゃいくらだってありますよ。そうね、陽気が暖かくなるまでは、夜は台所に寝かせやしょう」

「まだお肉はたくさんやってはいけないんですのよ。ときどきスープを作ってやったり、お肉も脂身《あぶらみ》でないところを細かくきざんでやるようにお願いします。それからミルクは合わないようですから、うちではたいしてやっておりませんの」

ティモンズは犬をひざかけにくるんで自分の横においた。ジョセフィンはいぶかしそうに、まず新しい主人の顔をのぞき、それからこれまでの女主人の顔を見つめた。

「さてと、ただでいただくわけにもいかないが。だってね、ブルテリアは牝牛《めうし》の世話にもってこいなんでね。今いる犬が、年とったり死んだりしたときゃ、こいつが役に立つ」

「いやご心配なく」とディック。

「とんでもない、そんな」とエレン。「それから、名前はジョセフィンです」と彼女はつけ加えた。

「ああ、結構ですよ」と、ティモンズはおっとりと答えた。彼が馬に声をかけると馬車は動き出した。彼らには座席の端からこちらを見つめているジョセフィンの姿がチラリと目に入ったが、すぐ手がのびて犬は見えなくなった。

「さあ、これでサッパリしたろう、長い間ご苦労さま」とディックは明るく言い、妻はそれにうなずいた。


ところが、それから数日の間は、二人とも一時間として、なにかにかジョセフィンのことを思い出さずに時をすごすということはなかった。まず、今は無用となってしまった例の犬の本。それから、隅には犬の寝床があって、これにけつまずく。棒の先に紙きれをゆわえたものは、エレンが犬の遊び道具に作ってやったものだし、うちの内外には犬のビスケットが散らばっているありさまだ。それでも一週間もすると、ディックは仕事に没頭し、犬のことはほとんど忘れてしまった。昼ご飯のとき、彼は妻にいま書いているシナリオのあらすじを話してきかせていた。国境の山道に舞台をとり、酒の密輸団の一味に保安官の一隊、そしてそのまっただ中を、赤塗りのロードスターで突っ走る美女というお膳立て。つまり自動車を縦横に駆使したスリルとスピードの大活劇である。

「そこでだ」とディックは説明を続けた。「そのあばら家にはまさか人は住んでいまい、そう思って近づいてみると、突如としてけたたましい犬の吠え声――」

「チャンとしたもの、食べさしてるんでしょうね」と妻が言った。

思わずディックは驀進《ばくしん》する説明にブレーキをかけた。「食べさせるって、だれが、だれにさ？」

「ジョセフィンよ」

「まだ皇后陛下のこと考えてるのかい、え？」

「男のひとって、とかく細かいことが抜けてるんですもの。あたし、あの人の奥さんに話しておけばよかった」

「大丈夫だよ」とディックは明るく言って、イチゴジャムの皿をエレンの方に押しやった。

「秋になったらニューヨークへ帰ってスコッチテリアを買う、そうすりゃ、あのチビッチョのことなんか忘れちまうよ、いい飼い主が見つかってよかったと思うようになるさ」

「貰われて行った日はすごく元気そうだったわね」と妻は思い出していた。「あの人が来たらウーってうなったわよ。それにしても、あれ以上大きくなりそうにはないけど」

「ならんね。ニューヨークへ行ったら、たちまち近所の毛並みのいい犬に、よってたかって食い殺されてしまう」

「あのねえ」とエレンは、ややあって、皿を積み重ねだすと、話しかけた。「やっぱり病気のあいだ世話してやったせいかしら、あたし……」彼女はため息をもらした。ディックにはそのため息の意味がわかった。

「どうだい、あの男の牧場へひとっぱしりとばして、様子を見てきちゃ？　かげながらそれとなく見るってことで」

「いいわね」とエレンはすばやく言った。「ちょっと立ち寄って様子をきくだけでも。それからあたし、あの人の奥さんに会って、スープのことや脂身《あぶらみ》でないお肉のこと、よく話しておくわ」

そう話がまとまったので、ある日の午後、彼らはまたもやブランチャードの自動車を借りた。まずイーライ・マデンの店へ寄ってティモンズの牧場へ行く道をきき、それから車をとばして行くと、大きな曲がりくねった建物の正面の灰色の郵便受けにティモンズという名の書いてあるのを見つけた。

ティモンズは牛小屋の中の一室にひざまずいて、何かの道具をえりわけているところだった。

「やあ、こんにちは」とディックは額にしわをよせて心配そうに声をかけた。「犬がどうしてるかと思って、ちょっと寄ってみたんです」

「そいつがあんた、ノーブ・ギブスの野郎が持ってったんでさ」と言いながらティモンズは立ち上がった。「いつかフラッとここに寄った、酒をくらってね。いやな男ですぜ、ノーブってやつは。この界隈《かいわい》じゃ札つきのゴロツキだ。ところでね、そのとき、おたくの犬がちょうどうちの前をはね回ってたんです。ノーブの野郎、それに目をつけやがった。あっしゃね、よそさまからちょうだいしたもんだから売るわけにいかないって言ったんです。ところがやっこさん、からかうみたいにして、貰いもんなら売るわけにゃいくまい、おれも貰ってくぜってね。持ってきやがった。あっしがとめようとしても笑って相手にしないんだ」

「保安官か誰かに言って取り戻すことは出来ないんですか？」とディックはきいた。

「保安官の事務所はずうっと遠くの郡庁のある町だし、この辺にいる副保安官てのはギブスの野郎とグルみたいなもんでね。だァれもさからったりしやしない。血も涙もないやつで」

それは弱ったというふうに手を振って、最後にディックはティモンズに、犬のいなくなったことは誰にも言わないでくれ、村の話題になってはいいことがないから、と頼み込んだ。それから彼は妻の所に引っ返した。

「どう、見た？」と妻は早くききたそうにほほえんだ。

「いいや」とディックは、つとめて気軽な様子を装って言った。「でも達者だそうだよ、そう言ってた」

「そうでしょうね。あたし、ここの奥さんによく説明しといたわ、ジョセフィンの癖やなんかを。では……そろそろ帰らなくちゃね。なんだか降り出しそう」

実際、降って来た。しのびやかな陰ウツなこぬか雨だった。帰りみち、ディックは一生けんめいに、気軽に陽気に取り繕おうと努めたが、彼の心は何度となく、ジョセフィンの苦境の上をかけめぐるのだった――そしてそれは同時に、彼の苦境でもあるのだ。ことによると、案外簡単にティモンズのために買い戻してやることが出来るかもしれない。しかし、どうやったら女房に気づかれないでその男と会えるというのか？　いろいろ考えているうちに、それと交錯して彼の心の底を別の気持ちも流れていくのだった――第一に、あんなくだらない犬のためにこれほどまで心配してやるのが腹立たしい、まだ顔を知らないがそのゴロツキのやり口もいまいましいったらないし、それから、なんとなくこわくもある。

彼は頭の中であれこれと、ティモンズのために、犬を取り戻してやる計画をねり続けた。

翌日、タバコを買いにマデンの店へ行くときも、まだその問題を考えていたのだ。だから、頭にこびりついて離れないこの未知の男について、その出入りする場所とか習癖とかを、ついでに店主にきいておこうという気を起こしたのである。

「ノーブ・ギブスですか?」と、マデンは問い返して、「そこにいますよ」と親指をヒョイと曲げてみせた。

ディックが振り向いてみると、店の隅に三人の男がいて、ボソボソ話し合っている。二人はパイプをスパスパやり、もう一人はのんびりとカウンターにもたれかかっていた。

「オイ、ノーブ!」とマデンが呼びかけた。

ディックの方ではまだ何にも考えがまとまっていなかったし、どう話しかけたらよいのかもきまっていなかった。それなのにパイプの男の一人が軽く頭を回して店主の方を向いたものだ。

「あんたに会いたいっていうお客さんだ」とマデンは続けて言った。

ディックは心臓が早鐘《がね》のように高鳴り、指先から急に血の気が引いて行くのを覚えた。ブラリと歩み寄ってくる男は、いかにもひとくせありげで、ガッチリしたからだつき、大きな丸顔、その頬には傷あとがある。コールテンの服、膝まで編み上げた革長靴。胸の厚みはものすごく、袖口から見える手首には黒い毛がモジャモジャだ。ディックは詰めかけのパイプをポケットにしまった。

「おれに用かい？」とギブスは、右手の太い指で首すじをかきながら問いかけた。

「その――」とディックは切り出した。「ええ――そうです。実は――おたくにいる犬を譲っていただきたいんですが、もしよろしかったら」

「どんな犬？」とギブス。

「ティモンズさんのところからお持ちになったという子犬です」ディックはニッコリしようと思ったが、その顔はひきつり、出る声は力なく、舌はもつれた。

「ああ、あの犬かい。ウン」彼は両足を開いて立ち、パイプを口の隅でくわえ、帽子をややアミダにかぶり直した。「それで？」

「その、あの犬は私がティモンズさんに差し上げたんですが、先方も――いや――つまりですね、家内と考えなおしましてね、あれを――あの犬がですね――またほしくなりましてね。元気にしてますか？」言ってしまってから、こんな質問は愚劣で場違いだという気がした。

「元気だよ」と大男はけだるそうに答えた。「なかなかいい犬になりそうだ。だがその話なら断わるぜ、あの犬を手放す気はないな」

「売っていただけませんか？」

「いやだね」

「五十ドルじゃどうです？」とディックは思い切ってぶつかった。ことによるとティモンズも買い戻しに賛成して、ひと肌ぬいでくれるかもしれないと思った。最初いくらか払ってもよさそうな口ぶりだったのだから。

「金はいらんよ」とギブスはぶっきらぼうに言った。

「実は——あの犬が非常にほしいんですけど」

「そんなら自分で取りに来たらどうだ」ギブスの声は高くなった。「そのかわり、来るとなったら覚悟して来いよ」

彼は連れの仲間の方を振り向いて、いいカモがいるぞとばかり目くばせした。彼らは黙って聞いていた。はかりでくぎを量っていたマデンは、眉をあげてこちらを見上げた。

「おれんとこにゃ、手頃な薪《まき》ザッポウが山と積んであるんだぜ。コソドロってやつは虫が好かねえんでね」高笑いを残して、彼は仲間の方へ戻った。マデンはくぎをはかりにかけなおした。ディックは顔がほてるのを感じた。

「それじゃ、どうしてもあの犬は?」ディックの舌はもつれた。

「だから取りに来いと言ったろ?」とギブスはジロリとにらみつけておいてから、短いパイプに親指でタバコを詰め、カウンターに寄りかかった。連れの一人が横へ寄って彼にタップリと場所をあけてやった。

「じゃ行きましょう」とディックは言った。なんだかすこし身震いがして、足が妙にひきつっているのがわかった。

「そいじゃ張っ倒される覚悟で来いよ、キサマの犬だってときどき叩きのめしてやってるんだからな」彼はげびた笑い声を立て、それから仲間の方に向かってニヤリと歯を見せた。ディックの目の前が、おぼろにかすんでいった――あたりがかすみ、そして赤味を帯びていった。頭の中にメラメラと炎が燃えた。この野郎がおれの犬をぶんなぐったのだ……ああ、ジョセフィン……

やにわに、二回はずんだとみるや、ディックのからだは部屋を横にすっとんだ。彼は力の点では相手にかなわないにせよ、速さとしなやかさではまさっていた。カウンターに寄りかかっていたギブスが、組んでいた足のカカトを床《ゆか》に降ろしきらないうちに――手のパイプをしまいきらないうちに――ディックは渾身《こんしん》の力を右手にこめて、ビューンと一発、まともに相手の口にパンチをあびせた。

そのあとに続く格闘の模様は、その後何年にもわたって村人たちの語りぐさとなるに違いない。ジャガイモの袋と何かの大樽との中間にスッポリと尻もちをついたギブスは、自分の図体と着衣の重みで一瞬マゴマゴしていたが、いったん立ち上がると、手負いの闘牛さながら、猛然とディックめがけてとびかかった。この巨人の襲撃はすさまじかった。恐怖のあまり、ディックは身をひるがえして、戸口へ駆け出した。だが、そこでクルリと向きなおるや、死にもの狂いで彼は相手の足もとに力いっぱい全身をぶつけていった。学生時代にフットボールの練習で人形めがけて飛び込んで行った経験はムダではなかった。ブランブランとゆれ動く皮張りの人型《ダミー》に、補欠要員として——いや、二軍選手として——敢然と烈しい体当たりをいどんだあのときのように、彼はいま、この男の足首のすぐ上に突っ込んだのだ。

ギブスはだらしなくよろめいて、ズッテンドウと床《ゆか》に倒れた。彼の倒れたすぐ横に、あけたばかりのかなづちの箱があって、青光りする鉄の頭と、白い紙を巻いた柄《え》がギラリと目を射た。ギブスがかなづちを一ちょうつかんで膝を立てようとする間に、ディックはゴロゴロころがって先に立ち直っていた。敵は狂暴にかなづちを投げつけてきたが、狙いはそれてカウンターの上方高くつるしてあった火のついていないランプに命中、ガチャンとガラスが乱れ散って、ランプは左右にゆれ動きキーキーと陰気な音を立てた。ギブスがやっと立ち上がったとき、ディックは店の片隅の、大きなストーブのかげにある椅子に向かって横っとびにとんでいた。ギブスの方では、ディックがストーブのかげに隠れるものと思ったらしい、もう一ちょうかなづちをつかむと、唇にザマァ見ろとばかり、うす笑いを浮かべて迫ってきた。

だが、ディックは隠れたのではない。戦いの興奮にとりつかれていたのだ。ギブスが近づくと見ると、すかさず椅子を振り上げて、脱兎《だっと》の勢いで飛び出した。相手はいくぶん虚をつかれて、あわててかなづちを振りおろすと、それが上を向いた椅子の脚にぶつかり、彼自身がわきの下を二本の脚の間にガッシリはさまれてしまった。彼は何やら毒づいて、かなづちを投げ捨てた。それから反対の手で傷ついたひじをかばい、椅子を下に落とした。それを取ろうと身をかがめた瞬間、またもやディックがタックルをしたので、ギブスはさかさになった椅子の上につんのめった。ディックはその背後に立ち、足で狙いをつけてギブスを踏みつけると、相手はますます椅子の中にめり込んで醜態をさらした。そこへ踊りかかって、後頭部をさんざんになぐりつけた。

「立て！」ディックは逆上して叫んだ。「立つんだ、この犬どろぼう、この犬殺し、この――！」

男はやっともがいてともかくも腰をつき、目の下の傷口からボタボタ垂れる血を袖でふいた。だが、その動きは異常にのろくさく、ばかでっかい図体がわざわいして一気に応戦できないでいる。だからそのひまに、足もとの備えのない巨体に向かって、両手でコブシの雨を降らしながらわめきにわめいていたディックの興奮も、どうやら静まった。

しかし今は、相手は両膝をつき両手をピッタリ床《ゆか》に置いて、立ち上がる構えを見せている。ディックの理性はよみがえった。彼はカウンターによろめくように走ると、ジワジワ迫ってくる恐怖のかたまりに向かって物を投げつけ始めた。箱であれ、缶であれ、飾り棚であれ、手当たりしだい。グレープフルーツやトマトが宙を飛び始める。桃の缶づめがギブスの胸にまともにぶち当たる。種子の飾り枠《わく》が肩に当たってはね返り、紙袋がいっせいにザザザッと床《ゆか》にちらばる。マデンがびっくり仰天、カウンターの裏に捨てて逃げたくぎの山が、ひとにぎりずつ、うなりを上げてギブスの耳もとをかすめ、壁や床《ゆか》にパラパラと散弾のように飛び散る。けれどもついにギブスは立ち上がった。矢玉を椅子で受けとめながら、のっしのっしと前進して来た——凶悪、獰猛《どうもう》、凄惨《せいさん》……「叩っ殺してやるぞ！」彼はあえぎあえぎ吠え立てた。「首根っこ、へし折ってやる！」

「さあこい！」とディックもどなった。が、それはなかば恐怖の叫びでもあった。というのはカウンターの上にはもう投げるものは何も残っていないからだ。いきなり彼は戸口へ逃げ出した。そして倒れているかなづちの箱に足を取られて尻もちをついた。狂気のごとく手をのばし、かなづちをつかみとって投げつけたが、狙いははるかにそれてしまった。ギブスは敵が目前に倒れていると見るや、ぐっと胸をそらし、椅子を投げつけてきた。これはものすごい音を立ててストーブにぶち当たった。ギブスがなおも走り寄ったとき、ディックが残りの全精力を振りしぼり、のどをヒクヒクさせながら投げつけた二本目のかなづちが、もろに相手の目に命中した。ギクリとした顔を見せて、彼はドサッと床《ゆか》にころがってしまった。

次にディキンソンが気がついたのは、店の中におびただしい群衆がはいり込んでいることだった。彼のまわりを、何十人もの人が右往左往して、てんでに何やら質問をしあっていることがわかった。やがて、急にパッと群衆が道をあけたかと思うと、戸口から誰かが駆け込んできた。

「シェリフだ、シェリフだ！　グリッグスビー保安官だ！」

そのとたん、ディキソソンの頭の中に奇妙な考えがひらめいた。こいつは映画の中のひとコマだぞ……それから彼は気を失ってしまった。

われに返ったときは、自分が腕をしっかりと保安官に押さえられているところだった。彼は目を見張った。一つの疑問が胸にわいてきた。殺しちゃったんだろうか、ギブスを？

「いっしょに車に乗るんだ」と保安官はきびしい声で言った。ディックはからだに震えが来た。「これからいっしょに」と保安官は言葉を続けた。「そのメス犬を引き取りに行こう。おれは気に入ったぜ、犬一匹のためにこれだけ暴れ回るって男は。しかも**ひと**の犬のためにな」


十月のある日の夕刻、家々の西の窓がオレンジ色の炎に燃え立っているとき、ディキンソン夫妻はニューヨーク市セントラル・パークの、とあるベンチの前で立ち止り、腰をおろした。小柄だがたくましいテリアが一匹、パッと跳び上がって彼らの間にすわった。つやつやした茶色の毛並み、愛くるしい目、ただし、血統のほどはどう見てもつきとめにくい。

やがて一人の婦人が通り過ぎた。手入れの行き届いたすばらしいスコッチテリアを革ひもで引いている。こちらの方は明らかに貴族種《だね》だ。

「ホラ見ろ、ギブスのおなさけがなかったら」とディックは言った。「あれがうちの犬になったんだ」

細君は、横にすわっているチビ犬の頭を軽く叩きながら、遠ざかっていくスコッチテリアを見送った。

「いいわよ」と彼女は言った。「これはこれなりで、いい犬になりますわよ」

機械に弱い男

Mr. Pendly and the Poindexter

ペンドリー氏は自家用の自動車をもう五年間というもの運転していなかった。正確にいうと、一九三〇年十月二十三日の夜、池をコンクリートの新道路と間違えて、そちらへハンドルを切ったとき以来である。もっともそのときは、池には実際にとび込んだわけではなく、池のふちでマゴマゴしたというだけだった。夫人がすかさずスイッチを切り、ハンドブレーキをギュッと引いたからである。ペンドリー氏はまだ四十二歳だが、目はもう昔のようではなかった。そして、その夜からあとは、いつも夫人が運転した。日中でも夫人が運転した。昼間ならペンドリー氏の目だってよく見えるのだが、なにぶん神経の方が参っていたからだ。たえず、交通信号が目に入らないのではなかろうか、信号と商店の照明とを見誤ったりしないだろうか、郵便配達の口笛をきいてあわててブレーキを踏んだりしないだろうか、などと、すっかり恐怖のとりこになっていた。水面をコンクリートと見まちがえて車を突っ込むようなことをすると、永久に理性にガタがくるものである。

ペンドリー氏は、これっきりで運転をやめるというそのこと自体は別に悲しいと思わなかった。もともと運転は好きではなかった。だが、妻の方が自分より目がいいという事実は、いささか胸にこたえた。妻が都会の交通のややこしい難題をきれいにさばいていくのを、横にすわってじっとおとなしく見ていると、劣等感を感じてくる。夜、彼はよく夢をみた。オートジャイロに乗って、妻の出席している園遊会の会場に降下する夢である。あざやかに着陸して、サッソウと外へ出て、「いやあ、ビー！」と叫び、妻をスイと機上にさらって、ビューンと飛び立つのである。夢だけではない、妻と一緒に車に乗っているときも、よくそんなことを思い浮かべた。

ある日、ペンドリー夫人は、古い車を下取りさせて別の車に買い代えるべきだという意見をもらした。彼女が考えているのは、中古のポインデクスターである。――だって小型はもうあきあきしたわ、いまポインデクスターなら、三二年型と三三年型がびっくりするぐらいの安値で手に入るのよ、と言った。ペンドリー氏は、それもいいだろう、と言った。実は、彼はポインデクスターについてはまったく知識がなかった、いやだいたい自動車のこととなると知識はゼロに等しかったのだ。彼の知っているのは、前進、停止、後退のやり方だけだった。細君だってバックの仕方はけっして上手《じょうず》とは言えない、首を回して後ろを向くと、頭と手の働きがチグハグになってしまう。妻のヘタクソなバックを見ていると、ペンドリー氏はいささか快哉を叫びたくなる。しかし、その点を除けば、たとえこのさき彼がいくらがんばったところで、自動車に関しては妻の方が知識が上なのだ。そう考えると、ペンドリー氏はユウウツになった。

ペンドリー夫人は、ある日、コロンバス・サークル近くにあるポインデクスター販売会社へ出かけて行き、ハスという名のセールスマンに案内されて、一時間にわたり、何階にもわかれている売場を見て回った。そうしてとうとう手頃な車を見つけて来て、夫にその晩、すばらしい掘出し物よ、と説明した。なるほど三一年型には違いないが、同じ三一年型でもあとから出た方で、先に出た方ではない、と伝えた。ペンドリー氏は、一年のうちに二種類の型が出るとは思われないと言ったが、細君は、ハスさんがそうだと言ったのだし、世間でもみんな知っていることだ、ラジエーター・キャップを見ればわかる、と言うのだった。

翌日の午後、ペンドリー夫人は夫を、ポインデクスターの会社へその車を見せに連れ出した。ハスさんが出てくるまで長いこと待たされている間に、ペンドリー氏は不安になってきた。大展示室に並んでいるポインデクスター16のピカピカ光る車体が、まるでハシゴ消防車のように巨大な恐ろしい物に見えてきた。彼は心配だった。おそらくハス氏は、彼がその車に関して勘どころをつく技術的な質問をし、ああだこうだと不満を述べてくるものと予想しているに違いない。それなのに、自動車のことはまるっきり知らないとなったら、きっと、なんてだらしがないやつだと鼻であしらうだろう。なんだ、この男は、ワイフに運転させといて！　とこうくる。

そのハス氏は大柄な元気のいい人だった。ペンドリー氏だって元気はいいのだが、ハス氏ほど大きくはない。二人の出会いは、どちらにとっても、たいして愉快なものではなかった。いわゆるすばらしい掘出し物がある六階までのエレベーターの中で、ハス氏はさかんに、あれは最高の品ですと力説した。六階は中古車と修理工でいっぱいだった。修理工はなにやら叩いたり、磨いたり、いじくったりしていた。修理工の前に出ると、ペンドリー氏は子供のころ教会に連れていかれて説教をきかされているときの気分がよみがえってきた。自分の理解を越えたなにか不吉な権力に身をゆだねているような気持ちなのである。

三人がペンドリー夫人お目当てのポインデクスターの前に立ったとき、いよいよハスがペンドリー氏に話しかけてきた。「いかがです、こいつは、お買い物としては？」ペンドリー氏は前フェンダーを指先で触ってみた。セールスマンは相手が何か言うかと待っていたが、彼は何も言わなかった。そのときペンドリー氏が思いついた自動車の部品といえば、ファン・ベルトぐらいのものだった。だが、ファン・ベルトを見せてくれと言うのは、愚かなような気がした。ひょっとすると、ポインデクスターには、ファン・ベルトがついてないかもしれない。彼は顔をしかめて、うしろのドアをあけ、それからしめた。見ると、ドアに前の持ち主の頭文字がついていた。
「この字は消してもらいたいね」と、彼は言った。どうやらペンドリー氏の言うことはそれだけのようだったので、妻とハス氏は彼を無視して、バルブの磨きとか、ブレーキ・ライニングの張り替えとか、バッテリーの交換とか、こみいった話をやり始めた。なんだか、宿題をやらずに学校へ行ったときのような気分である。彼はなんとかして二人の会話に割り込もうとキッカケを待った。ちょうど細君が真空ポンプのない車はいやだと言ったのが、いいチャンスだった。ペンドリー氏は、真空ポンプとは、消火器のようにあとで買って座席の下に取りつけることの出来るものだと早合点したのだ。「真空ポンプなんてどこの部品屋でも買えるよ」と彼は言った。妻もハス氏も驚いたような顔をして彼を見て、それから後ろのタイヤについての話に入った。

ペンドリー氏はしょんぼりと、一人の機械工が大きな車体の下にもぐり込んでいるところまで、ぶらついて行った。ちょうどそこへ行ったときに、その男が車の下から這い出してきて、ヒョイと立ち上がったはずみにペンドリー氏にからだがさわった。「気をつけてくれよ、オッサン」とその男は噛《か》みタバコをかみながら声をかけた。オッサンはふたたび妻とハス氏のいるところへ戻った。ふと彼はトランスミッションという言葉に思い当たった。よし、これについてハス氏に質問してやれ、という考えが浮かんだ。もっとも、フリーホイル方式ではトランスミッションが廃止されてしまっているかもしれない。うっかり質問すれば無知を暴露するばかりだと思いとどまった。そのときハス氏は、車の後部のトランクをあけようと骨折っていた。夫人がどのくらい大きいか中をぜひ見たいと言ったからである。ところが鍵がうまくいかないのだ。ハス氏が「マック」と呼ぶと、さっきの噛みタバコの修理工がすぐこちらへやって来た。この男も、トランクがあけられずに、行ってしまった。そこで細君とセールスマンは同種類の車のトランクを見に立ち去った。その間にペンドリー氏は自分でこれに取り組んでみた。二、三分もしたら、どこの具合が悪いのかがわかった。まず蓋《ふた》をぐっと押し下げておいて、それから鍵を回せばよいのだ！ 彼は妻とハスが戻って来たときには、チャンと蓋をあけて待っていた。だが二人とも知らん顔をしていた。二人は走行マイル数のことを話していた。

「後ろの蓋をあけといたよ」と、とうとうペンドリー氏は口に出した。

「この車にはおかかえの運転手がついていたんです」とハスが言った。「ですから扱い方も時計なみ、まだまだ軽く十万マイルは走れますね」

「前のシートはもっと下げてくださるわね」とペンドリー夫人が言った。「これじゃピョコンと宙に浮かんでるみたいでかなわないわ」

「承知しました」とハスが言った。「簡単にできます」

「どうだい、後ろを見てみないか？」ペンドリー氏は誘いかけてみた。

「それからブレーキのテストはかならずやってくださいね？」ペンドリー夫人がハスに言っている。

「ここから出るときは、ブレーキは最高の状態です」とハスが言っている。「うちじゃ最高の品でなけりゃ絶対外へ出しませんから」

ペンドリー氏はトランクの蓋をしめた。それから、もう一度あけた。彼はこれをさらに二、三回やった。

「帰りましょう、あなた」妻が言った。

帰りみちで――ペンドリー夫人は、今の買い物を考え直すことにした、ハスに言わせると、すぐお買いにならないとほかの人に取られてしまいますよ、ということだけど、でもいいわ、と言っていた――ペンドリー氏は、古い車で妻の横にすわりながら、思いにふけっていた。妻はそのポインデクスターのことでとめどなくおしゃべりを続けていた。彼はときおり低い単調な声で適当にあいづちを打っていたが、実は話など聞いていなかった。彼は空想していたのだ――マックのほうへぶらついて行くと、マックが修理中の大きな車の下から出て来てこう言う。「いやあ、さじを投げたよ」すると、ペンドリー氏がニヤリとする。「へええ？」と言って、ゆっくり上着とチョッキをぬぎ、マックに手渡す、それから、今度は彼が車の下に這い込み、冷静に器械に目を通し、心棒二、三本とピストン一個とをたくみな手さばきであやつり、パイプのつぎ目をギュッとしめあげ、バルブにそうっと息を吹き込み、そして這い出る。彼は上着とチョッキを着る。そうしてマックにむかって涼しい顔で、「さあ、やってみたまえ」と言うのだ。マックが動かしてみる。みごとに動くではないか。さしもの大修理工も、ゆっくりとペンドリー氏に向き直って、油にまみれた手をさし出す。「やあ、だんな」とマックは言う。「完全にシャッポをぬぎました。いったいどこで――？」

「どうなさったの、あなた？　催眠術にでもかかったの？」と、ペンドリー夫人が夫の袖を引っ張った。彼は、冷然と妻を見くだした。

「お前の知ったことか」と彼は言った。

決　闘

A Friend to Alexander

「どうもこのごろ、毎晩アーロン・バー（米国副大統領一八〇一—五）の夢をみるようになっちゃってね」とアンドルースが言った。

「なァぜ？」と細君がきいた。

「なぜもクソもあるもんか」アンドルースはどなりつけた。「なぜときた、どうせ女のいうことはそれしかないんだから」

細君は腹を立てなかった。ただ黙って夫を見ただけだった。夫は重苦しい紺の化粧着を着て、妻の寝室の長椅子にねそべりタバコをふかしている。たったいま寝床から起きたばかりなのに、いかにもゲッソリと疲れ果てて見える。彼はタバコの合い間合い間に、下唇をかんでいた。

「今の世の中に、アーロン・バーの夢をみるなんてなんだかおかしいわよ——つまりさ、世界中がいがみ合っているこんな時代によ。一度あなた、フォックス先生に診《み》ていただいたらどうかしら」細君は読みかけの推理小説の本の間から親指を引っこめて、本をベッドの足の方に投げた。「もしかすると、肝油かB_1が不足なのかもしれない。B_1てとってもきくんですって。ともかく、なぜそんな人の夢をみるんでしょう。いったいどこでその人に会うの？」

「あっちこっちでね。ワシントン広場だとか、ボーリング・グリーン公園だとか、ブロードウェイだとか。おれは馬車に乗った女の人と話をしてるんだ、白いレースのパラソルを持った女とね。そうすると、フワッとバーがやってくるんだ、おじぎをして、ニコニコして、花の匂いをプンプンさしてね。そうして、フランスの話だの、汚名を晴らしてみせるだの、そんなこと言うんだよ」

細君はタバコに火をつけたが、昼食前に吸うのは珍しいことだった。「馬車に乗ってた女の人ってだァれ？」

「なんだって？　知るわけないじゃないか。わかってるだろう、夢の中に出てくる人がどういうものか？　どこの馬の骨かわかるもんか」

「でも、アーロン・バーのことはハッキリわかったんでしょう？　ていうことは、馬の骨じゃなかったわけね？」

「いいよいいよ」とアンドルースは答えた。「一本やられたよ。しかしね、ほんとに女は誰だかわからないんだ、いや、誰だっていいんだ。マダム・ジューメル（富豪の美女で晩年にバーと再婚）かもしらんし、ミテンズ・ウィレットかもしらん、あるいはおれのハイスクール時代のガールフレンドかもわからない。たいしたこっちゃないよ」

「だあれ、ミテンズ・ウィレットって？」と細君はきいた。

「有名な女優だよ、かつてはニューヨーク中をわかしたもんだ、五十年ぐらい前にね。今は二番街のすすけた墓地に眠ってる」

「かわいそうに」と細君。

「どうして？」とアンドルース。彼はいま深紅の絨毯《じゅうたん》の上を歩き回っていた。

「だって、きっと若死にしたんでしょう、そのひと。その頃だったら、女はたいてい若死にしたものよ」

アンドルースはそれには答えないで、窓のところへ行き、五十何丁目かの整然として殺風景な町並みに目をやった。「実際、卑怯なやつだ、実にけしからん」と彼は急にクルリと窓に背を向けた。「おれはアレキサンダー・ハミルトン（政治家、一八〇四年バー副大統領に決闘をいどまれ射殺された）と立ち話をしていたんだ、するとバーのやつがやってきてハミルトンの顔をひっぱたく、おやっと思ってハミルトンの方を見ると、それがいったいだれだと思う？」

「わからないわ」と細君。「だれだったの？」

「おれの弟なんだよ、いつか話しただろう、墓地で酔っぱらいに殺されたっていう弟のこと」

細君は、その話は何度きかされてもよくのみこめなかった。だが、今ここで蒸し返すことはやめにした。その痛ましい事件の性質にもあるのだろうが、細君がうっかり話の筋を取りちがえようものなら、きまってアンドルースは真っ青になっておこるからだった。

「そんなこわい夢の話はもうやめにしましょうよ、いいことないわ。どう、週末にでもいなかへ行ってみないこと?」

アンドルースは聞いていなかった。彼はまた窓辺に戻って、街路を見つめていた。

「あんな野郎、フランスへ行って二度と戻って来なきゃいいんだ」翌朝、朝食のとき、だしぬけにアンドルースがカンシャク玉を破裂させた。

「だれのこと、あなた?」と妻は言った。「ああ、アーロン・バーのことね。またその夢みたの? どうしていつもバーの夢ばっかりみるんでしょうね。今度、ためしに睡眠薬でも飲んでみたらどうかしら?」

「さあ、どうかな」と、アンドルース。「ゆうべはあいつ、アレキサンダーを小突き回しやがった」

「アレキサンダーって?」

「ハミルトンさ。なんたってもう、すっかりなじみになっちゃったから、いちいち名字《みょうじ》で呼んだりしないんだ。毎晩おれの上着のすそにかくれる、いやかくれようとするんだよ」

「ねえあなた、今週末ドローバーズ荘へ行ってみるっていう案はどう？」と妻は言った。「きっと気が晴ればれするわよ」

「ハミルトンはね、弟のウォルターになるだけじゃないんだぜ、おれの好きなやつ、ほとんど全部と入れ変わるんだ」とアンドルース。「きわめて当然のことだがね」

「ええ、そりゃむろんそう」ふたりは食卓から立ち上がった。「フォックス先生の所へいらして診察してもらうといいんだけど」

「おれは動物園へ行くよ、サイにポップコーンをやってやろう」と彼は言った。「それでサッパリするだろう、ともかくさしあたっては」

それから二日過ぎて朝の五時ごろのことだった。アンドルースがものものしく細君の寝室にとび込んできた。パジャマにはだし、髪をふり乱し、目は血走っている。

「やりやがった！」と彼はかすれた声で叫んだ。「とうとうやりやがった！　バーのやつのチクショウめ。いいかい、アレキサンダーは空へ向けて撃ったんだよ、一発空へ撃ってニッコリ笑ったんだ、ちょうど弟のウォルターみたいにね。それをだよ、あの野郎ったら、チャーンと狙いをつけて——おれは見てたんだ——狙いを定めて——撃ち殺しやがった、あんチクショウ！　なんて卑劣なやつだ！」

細君はまだすっかり目はさめていなかったが、夫がまくし立てている間に、睡眠薬の箱を手さぐりしていた。そうして夫の泣きじゃくっている合い間をみて、二錠だけそれを飲ました。

アンドルースは本当はフォックス先生の所へ行く気はなかったのだが、細君のご機嫌を取るために出かけた。医者は机の向こうで回転椅子にふんぞり返ってアンドルースを観察した。「さて、どこがお悪いんですか」と彼は尋ねた。

「どこも悪くありません」とアンドルースが言った。

医者はアンドルースの奥さんの顔を見た。「夢をみてうなされるんですの」と彼女は言った。

「そうですね、すこしやせてるようですな」と医者が言った。「食欲はありますか、運動はじゅうぶんにやってます？」

「ぼくはやせちゃいませんよ。食事はふだんとおんなじ、運動も普通ですね」

このとき、アンドルース夫人はひときわ胸を張って、そうして語り始めた。夫はタバコに火をつけた。「わたくし、主人はなにか心配ごとがあるんだと思いますの。いつもきまって同じ夢をみるんです。主人の弟のウォルターっていう人のことで、墓地で酔っぱらいに殺されたとかいうんですけど、ただ夢に出てくるのは**実際は**その人じゃないんですの」

この説明をきいた医者は、彼なりになんとか理解しようとした。咳払いをし、机の上のガラス板を右手の指でコツコツ叩いて、こう言った。「墓地で**殺される**っていう人は実はめったにないもんでして」それをきくとアンドルースはジロリと冷たい目で医者をにらんだが、何も言わなかった。「おそれいりますが隣りの部屋にいらしてください」と医者は彼に言った。

「どうだい、これで満足したろうね」それから三十分たって医院から引き上げるとき、アンドルースは細君にピシリときめつけた。「医者はなんと言った？　全然異状なしじゃないか」

「心臓が丈夫だというんでホッとしたわ。とても丈夫なんですってね」

「そうさ」とアンドルース。「丈夫だよ。どこもかしこもだ」二人はタクシーに乗り、黙りこくって家路についた。

「わたし、考えてたんだけどね」と妻は、タクシーが彼らのアパートの前に止ったとき言い出した。「考えたんだけど、アレキサンダー・ハミルトンがもう死んでしまったんだから、これからはあなたも、アーロン・バーに会わなくってすむでしょうね」ちょうどアンドルースに一ドル札のおつりを渡していたタクシーの運ちゃんは、二十五セント玉を下に落っことした。

だがアンドルース夫人は間違っていた。アーロン・バーは夫の夢のなかから立ち去ってはいかなかった。夫は黙っていたけれども、彼女にはわかっていたのだ。それから数日間、朝食の間じゅう夫はふさいでいて、何を話しかけても返事をせず、ナイフかスプーンを取り落としたりしようものなら、ギクリと中腰になるのだ。「まだあの人のこと、夢にみてるの？」とうとう彼女は質問した。

「君に言ったりしなきゃよかった」と彼は答えた。「忘れてくれないか、そのことは」

「忘れられるもんですか、いつまでも目の前でそうしていられては。精神分析専門の人にみてもらわなくちゃダメよ。今は何をしてるの？」

「今はだれが何をしてるって？」夫はきき返した。

「アーロン・バーよ」と妻は答えた。「どうしてあんたの夢の中に出しゃばってくるのかしら、いまだに」

アンドルースはコーヒーを飲みほして、腰を上げた。

「目をつぶって撃ったんだといって、ふれまわってるんだ」彼は苦々しげに言った。「あの野郎、見もしなかったって言ってやがる。三十歩離れたとこで、目かくしして、スペードのA《エース》が撃てるって言いやがる。それだけじゃない、君がきくから言うけど、近頃じゃ、方々のパーティでこのおれを小突き回すんだよ」

細君も立ち上がって、夫の肩に手を乗せた。「あなた、こんなことに首を突っ込んじゃダメ。どうせあなたには関係のないことだし、それに、だいいち百年以上も昔の出来事じゃありませんか」

「おれが首を突っ込んでるんじゃない」彼は声を張り上げてどならんばかりになった。

「向こうが突っ込んでくるんだ。わからないのかい、そのくらいのことが」

「やっぱりどうしても旅行に行く必要があるわ。どこかよそへ行って二、三日寝てみるのね。たぶん、そんな夢はもうみなくなるわよ。あした、どこかいなかへ行きましょう。ライムロックの山荘はどう？」

アンドルースは長いこと返事をしないで突っ立っていた。「それなら、クラウレーのうちへ訪ねてって見ようじゃないか」ようやく彼は言い出した。「いなかに住んでるし、ボッブはピストルを持ってるから射的練習もやれるし」

「なんでピストルの練習なんかするの？」と妻はすばやく尋ねた。「そんな夢から抜け出したいのかと思ってたのに」

「うん、そうだな」と言う彼の目は遠いかなたを見つめていた。「そりゃそうだ」

二人が、ニューミルフォードから数マイル北へ入ったクラウレー邸のドライブウェイに車を曲げたのは、翌日の夕方近くだった。アンドルースは《バイバイ、ブラックバード》を口笛で吹いていた。アンドルース夫人はホッとひと安心して溜息をもらした。いよいよ夫が車をとめたとき、彼女はあわててあたりを見回して、「わたしのカバン！」と叫んだ。「カバン持ってくるの忘れたかしら」すると夫は、カバンを見つけて彼女に手渡しながら、本当に何日ぶりかで以前のような自然の笑い声を立て、それから、これも本当に何日ぶりかで、彼女に寄りかかってキスをした。

クラウレー家の人々は外まで出て来て彼らを出迎え、感嘆の言葉や質問を浴びせかけてきた。「いやあ、どうしていた？」とボッブ・クラウレーがアンドルースの肩を抱きかかえて歓迎してくれた。

「元気だよ、元気いっぱいさ」とアンドルースは答えた。「いやまったく、来てよかったよ！」

さっそく、二人は家の中へ招き入れられて、ボッブ・クラウレーのシェークする冷たいマティーニをごちそうになった。アンドルース夫人はグラスの縁《ふち》の上から夫のくつろいだ顔をのぞいてみて、心が晴れればれとした。

その翌朝である。夫人が目をさましてみると、隣りのベッドの夫は、あおむけになったまま、からだをこわばらせてじっと天井をにらんでいた。「マア、やっぱり」と夫人は声に出した。

アンドルースは頭を動かさなかった。「建築技師、ヘンリー・アンドルースといったな」と彼はいきなりあざけるような口調で言い出した。「建築技師、ヘンリー・アンドルースといったな」

「ねえどうなさったの、ヘンリー」と妻はきいた。「なぜまだおやすみになってないの、まだ八時よ」

「そういうふうに呼ぶんだよ、おれのことを！」と、彼はどなった。『『建築技師、ヘンリー・アンドルースといったな』って、あの野郎、頭っから人をバカにしやがって、おれのことを何度も何度もそう呼びつけやがる。『建築技師、ヘンリー・アンドルースといったな』と、こうだ」

「お願い、どならないでちょうだい！　うちじゅう、みんな起きてしまうわ。まだ早いんですからね。安眠妨害よ」

アンドルースは声をすこし低めた。「全然なめてやがる」と彼は息まいた。「おれなんか相手にしないんだ。どうせこっちは名なしのゴンベエだからな。『いいからおとなしくしたまえ』と言いやがる。『さもないと馬丁に言いつけて、したたか鞭《むち》をくらわせるぞ』とこうなんだ」

細君はベッドに起き上がった。「どうしてそんなことまで言うの、あなたに向かって？」と、彼女はきいた。「そんなに偉い人だったかしら、あのひと？　だって、たしかルイジアナをフランスに売ろうとかしたんじゃなかった、ワシントンのかげでコソコソと？」

「悪党だよ、あいつは」とアンドルース。「しかし、すごく頭はいい」

細君はまた横になった。「もう二度とそんな人の夢をみないでくれると思ったのに。そう思ってここまでわざわざ――」

「いつまでもこうしちゃいられないよ」

「あいつか、おれか、二つに一つだ」とアンドルースはこわい顔で言った。「いつまでもこうしちゃいられないよ」

「わたしだってとっても」と細君は言った。その声は涙ぐんでいた。

その日の昼すぎは、細君の予想したようにアンドルースはクラウレー家のアトリエの裏にある林のきわで、当家の主人と射的練習にほとんどかかりっきりだった。はじめ数回は交代で撃ち合っていたが、突然アンドルースがクラウレーをギョッとさせた。的《まと》は太い枯木の幹にくぎで打ちつけてあるのだが、アンドルースはその木に背中を向けて立つと、腕を一杯にのばして拳銃《レボルバー》を頭上に向け、膝を張り顔をこわばらせて、スタスタ三十歩前進したかと思うと、だしぬけにクルリと後ろを向いて発射したのである。

クラウレーはしりもちをついた。けがをしたのではないが、どぎもを抜かれたのだ。

「オイ、ヘンリー、なんのマネだ、いったい？」と彼はわめいた。

アンドルースは口をきかない。無言のまま、また木の方へもどりはじめる。そうしてふたたび的に背中を向けると、三十歩歩き出す。

「腕は下へ垂らすんじゃなかったかい」ボッブが声をかけた。「そんなふうにニョキッと空へ向けるんじゃなくて」

アンドルースは、頭の中で歩数を数えながら、手を下におろした。そうして今度は、三十歩目で振り返ると、サッと腕を回して腰に構えたとみるや、パパパーンと三発、立て続けに撃った。

「オーイ！」とクラウレーが言った。

三発のうち二発はそれたが、最後の一発は標的の二フィートばかり下に当たった。クラウレーがいぶかしく思って見つめていると、客人は、唇を結び、目を輝かせ、荒い息づかいで、やはり無言のまま、またもや木の方へとって返す。

「なんてこった！」と、クラウレーはひとり言をもらした。「オイきみ、ぼくの番だぜ」そう呼びかけてみたがアンドルースは委細かまわず、また前向きになると大股で歩き出した。そして今回は、クルリと振り向きざま、目をつぶってぶっぱなしたのだ。

「オイオイ、いいかげんにしろ！」草の中に腹這いという恰好で、クラウレーは叫んだ。

「ピストル、返してくれよ、きみ！」と彼は立ち上がりながら言い張った。

アンドルースはすなおにピストルを渡した。そして、「もっと練習しなくちゃなあ」と言った。

「ぼくのいない所でにしてくれよ」とクラウレーは言った。「さあ、うちへはいって一杯やろう。おかげで冷汗かいたぜ」

「もっと練習しなくちゃ」アンドルースはもう一度くり返した。

翌朝、まだ日が上ったばかりの、どぎつい光線、冷えびえした大気の中で、アンドルースは練習を始めた。彼はそうっと寝床から抜け出すと、ひっそりと服を着て、部屋から忍び出たのである。彼はクラウレーが拳銃と薬包をどこへおくかを知っていた。標的は例の木の幹にあるはずだ、ちょうど人の胸の高さに。

最初に射撃の音を聞いたのは、アンドルース夫人だった。彼女はハッとしてベッドに起き直り、寝ぼけまなこで「ヘンリー！」と叫んだ。銃声が引き続いて聞こえてきた。彼女は起き上がってガウンをはおり、クラウレー夫妻の寝室の前へ行った。中では動き回る気配がしていたが、彼女がノックすると、アリスがドアをあけて廊下へ出て来た。「ヘンリーは大丈夫でしょうか？」とアンドルース夫人はきいた。「どこでしょう、何をしてるんでしょう？」

「アトリエの裏で射的練習ですって、主人が言ってますわ」とアリスが教えてくれた。

「いま主人が迎えに行きます。夢にうなされたか、寝ぼけて歩き回ってるんじゃないのかしら」

「いいえ、夢遊病なんかじゃないわ。チャンと意識してやってるんです」

「ともかく下へ行って、コーヒーでも入れましょう」とアリスが言った。「ご主人もお飲みにならないとね」

クラウレーも寝室から出て来て、廊下の女たちの仲間に加わった。「おれだって飲まなくちゃ」と、言った。「やあ奥さん、おはよう。いま連れて来ますよ。だけど一体全体どうしたっていうんでしょうね？」そう言うと彼は返事を待たずに、さっさと階段をおりて出て行った。それでアンドルース夫人はホッとした。

「いらっしゃいな」とアリスは彼女の腕をとり、二人は台所へ降りた。

台所には下男がじっと立っていた。「いいのよ、マジソン。寝てていいの」とクラウレー夫人は言った。「クロシータにも大丈夫だからって言ってちょうだい。アンドルースさんがいまちょっとピストルの練習しているところなの。眠れないからって」

「はい、奥さま」とマジソンはモグモグ言って部屋へ引き取ると、妻に向かって大丈夫だそうだと伝えた。

「なにが大丈夫なもんかね」と、クロシータは言った。「夜も明けないうちから、ピストルぶつなんてさ」

「黙ってろ」マジソンはそれをたしなめたが、ベッドにもぐり込むとき、彼はブルブル震えていた。

「あんな人、早く帰っちまわないかねえ」クロシータはブツブツ言った。「なんだか薄っ気味わるいよ、目つきが」

クロシータの気分は、その日の夕方近くアンドルース夫妻が出立してくれたので、どうやら明るさを取りもどした。夫妻が自動車で走り去って行くと、クラウレー夫婦はガックリと椅子に身を沈め、互いに目を見交した。

「やれやれ」とクラウレーは、しばらくしてから、立ち上がり、飲み物をつくりだした。

「ヘンリーのやつ、どうしたんだと思う？」

「さあねえ」と、妻は言った。「クロシータに言わせると、ぶれてるとかいうんじゃない？」

「けさ、おれが迎えに行ったとき、あいつおかしなこと言ったぜ」クラウレーは妻に話してきかせた。

「おかしなことならわたしは平気。何があったの？」

「おれがね、いったいこんな寒いところでなにしてるんだ、ズボンとシャツと靴だけで、って言うとね、あいつ、『かならずやってみせる、今晩かあすの晩』とそう言ったもんだ」

「あなた、今夜はわたしの部屋でおやすみにならない？」とアンドルース夫人は、夫が寝酒にスコッチの水割りを飲み終えたときに尋ねた。

「一晩中、おれをゆすぶって寝かせない気だろう」とアンドルースは答えた。「おれをあの野郎に会わせたくないんだろう。どうして君は、何をやらしてもおれは人よりダメだときめてかかるんだ。なあにきっと勝ってみせるよ、あいつの全盛期の時だっておれにかなうもんか。おまけにさ、こっちは現代のピストル、向こうは一発ずつ銃口からたまをこめる旧式のやつだからな」アンドルースはいやらしい笑いをした。

「それでフェアプレイっていえる？」細君はしばらく物思いにふけっていたが、やがてそうきいた。

彼は椅子からとび立った。「フェアプレイもクソもあるもんか、勝ちゃいいんだ」と彼はいきり立った。

彼女も立ち上がった。「ねえヘンリー、おこらないで」彼女の目には涙がたまっていた。

「うん、わるかったな」と彼は妻を抱きよせた。

「悲しいわ、わたし」と妻は泣きじゃくった。

「ほんとにわるかった」彼はもう一度くり返した。「おれのことは心配しないでくれ。おれは大丈夫だよ、大丈夫だから」むせび泣きのあまり、妻はそれ以上ものが言えなかった。

そのあとで、おやすみのキスをしたとき、それが本当は別れのキスとなることを妻は知っていた。女というものは、二度と帰らぬ人を見わける特別の目を持っているものである。

「まったくふしぎですな」フォックス先生は、そのあくる朝、ぐったりしたアンドルースの左手をベッドに戻しながら、そう言った。「先日拝見したときは、心臓はきわめて健全、文句なしの状態だったんですが、ピタリととまってしまった、まるで何かに射抜かれたようだ」

アンドルース夫人は、涙にくれつつも、死んだ夫の右手に目をやった。中指からさきの三本はてのひらにギュッと折り曲げられ、いかにもピストルの銃把《グリップ》を固く握りしめているようだ。親指は親指で、目に見えない銃把《グリップ》をきつくゆるぎなくささえるかのように、ピンと張っている。しかし夫人の視線が一番長くとどまっていたのは、その人さし指だった。それはほんのわずかだけ内へ曲げられ、まるで今にもピストルの引き金を引こうとしているかのようである。

「まだ撃つ前だったんだわ」と夫人は泣き声をあげた。「主人を殺したのはアーロン・バーです、ハミルトンを殺した時のように出し抜いたんです。アーロン・バーが主人の心臓を。ああ、こうなるだろうと思ったわ、きっとこうなるだろうと」

フォックス先生は、興奮して取り乱している彼女を抱きかかえ、部屋の外へ連れ出した。「すっかりいかれてる」医師はそう思った。「完全に気が狂ってしまった」

人間のはいる箱

A Box to Hide In

ものすごい帽子をかぶった大柄のご婦人が買物の食料品の袋を取り上げて、出がけにまたもやトマトやレタスの山に目をやり、ようやく店を出て行ってしまうまで、私はじっと待っていた。店員が私に、何をさしあげましょうか、と尋ねた。

「箱はありませんか？」と私はきいた。「大きな箱は？　中に隠れたいんだけど」

「箱ですか？」と店員が言った。

「ええ、中に隠れる箱」

「なんですって？　つまり、大きな箱なんでしょう？」

そこで私は、大きな箱、私が中にはいれるぐらいの大きさの箱だと説明した。

「箱はありませんな。缶詰の入ってくるボール箱があるだけで」と彼は言った。

私はほかの食料品店も数ヵ所あたってみたが、どこにも私が隠れるような箱はなかった。

そうとなったらそれなりの覚悟をしなければなるまい。だが私は気力が衰えていたし、もう長いこと、箱の中に隠れたいという強烈な欲望に取りつかれていたのだ。

「箱の中に隠れたいって、いったいどういうつもりなんです？」と、ある食料品店の人がきいてきた。

「まあ、逃避の一形式ですね、箱にかくれるっていうのは」と私は説明した。「つまりこれによって、不安を遮断し、悩みの範囲を制限しようってわけです。それに、人に会わなくてもいい」

「だけど、箱に入ってたら、飯《めし》はどうやって食うのかね？」と店の人が尋ねた。「食い物はどうやって手に入れるんで？」私は、まだ箱に入ったことがないから知らないけど、そんなことは自然に解決するだろう、と返事をした。

「そりゃそうとして」とこの男はようやく言った。「箱はありませんねえ。缶詰を入れてくるボール紙のならあるけど」

どこへ行ってもおなじことだった。そのうち夜になって、食料品屋が店を閉じ出すと、私はあきらめて、自分の部屋にふたたび身を隠した。私は明かりを消して、床《とこ》に入った。暗くなると気分が落ちつくものだ。その意味では、押し入れの中に隠れてもよかったのだが、人間というやつは、とかく、戸があれば開きたがるもので、押し入れの中では、きっと誰かに見つかってしまう。びっくりして大騒ぎになる、そうなると、押し入れに入っていた理由を説明しなければならなくなる。ところが、部屋の床《ゆか》に大きな箱がおいてあるのなら、誰も注意を払いやしない。何日、箱の中にいようと、だれ一人、中をのぞく気を起こさないだろう、掃除婦だってそうだ。

私の所へくる掃除婦は、翌朝やってきて私を起こした。私はまだ気分が悪かった。私はその女に、大きな箱を譲ってくれる所を知らないかときいてみた。

「どのくらいの大きさの箱ですか？」

「ぼくが中に入れるぐらいの大きさのやつさ」と私は言った。

女は大きい目でキョトンと私の顔を見た。この女は、リンパ腺かどこかがわるいのだ。いやなやつだが、ひとはいい、ひとがいいから、よけいかなわない。とても我慢がならない。この女は、亭主が病気で、子供たちが病気で、自分も病気ときてる。そう考えてくると、今すぐ箱に入って、この女の顔を見ないでもいいとなったら、どんなにせいせいするだろうと思われてきた。たったいま、この場所で、この部屋で、私は箱の中にはいっていて、この女はそれに気がつかない、そうなったらしめたものだ。普通、もし自分が隠れてる箱のそばを誰かがなにも知らずに通ったら、つい吠えるとか笑うとか、ちょっとなにかをしてみたくなるものではなかろうか。かりに私がそれをやったら、この女はびっくりして心臓がまいって、この場で死ぬってことにもなりかねない。警察や、エレベーター係や、グラマッジさんがさがしにくるだろう。

「ゆうべ、あのアパートでやけに変なことがあったぜ」と門衛が女房に話し出す。「この女をさ、十階のFを掃除するってんで中へ入れてやったんだ。それがよ、出て来ねえんだ。いいかい、一時間以上いたことのねえ女だよ、それが出て来ねえんだ。そこでだ、おれは勤務がすんで帰る時間になったから、クレニックに話したんだ、エレベーター係の男さ。こう言った、十階のFの掃除女はいったいどうなったと思うねってな。と、やっこさん、わからねえ、上まで乗せてやったっきり顔を見ねえってんだ。さあ、そうなると、おれもほっとけねえ、グラマッジさんに話したんだ。『おいそがしいとこ、すいませんが』ってな。『十階のFを掃除する女のことってすが、ちょいと様子がおかしいんで』ってな。そいじゃ、なにはともあれ、行ってみようじゃねえか、っていうことになって、三人で上ってったんだ。さて、ドアを叩こうが、ベルを鳴らそうが、ウンともスンともオトサタなし。そいじゃ中へ入ろうってグラマッジさんが言うから、クレニックがドアをあけて、三人で部屋の中に入った。するってえとどうだい、この部屋の掃除女がよ、床《ゆか》に倒れておっ死《ち》んでるのさ。そいからお前、その部屋の旦那が、なんと、箱の中に入り込んでいたってえ始末よ」……

掃除婦はさっきからずうっと私の顔を見ていた。この女が死んでいないのだと気づくまでは骨が折れた。

「逃避の一形式さ」と私は低くつぶやいた。

「なんですか？」と女は鈍い声で言った。

「荷造りに使う大きな箱のあるとこ、知らないかね？」

「知りません」と女は言った。

私はまだ箱を見つけていない。しかし、箱の中に隠れたいという衝動は、あいかわらず強い。あるいはこれっきりでおさまってしまうかもしれない、私は元気になるかもしれない。だが逆に、もっとひどくなるかもしれない。なんとも言えないところだ。

寝台さわぎ

The Night the Bed Fell

オハイオ州コロンバスですごした私の少年時代の最高をマークする出来事といえば、ベッドが父の上に倒れてきた夜のことだろう。この事件は（私の友だちが言っているように、同じ話を五度も六度も聞かされるのでなければ）紙に書くよりも口で語る方がずっとおもしろくなる。なぜなら、このいかにもありそうもない話に、しかるべき雰囲気やそれらしい感じを与えるには、実際に家具をほうり出したり、ドアをゆすぶったり、犬の吠え声をまねしたりすることが必要だともいえるからだ。だがとにかくこれは本当にあった出来事である。

その夜、たまたま父は、家族のものから離れて考えごとのできる場所を求めて、ひと晩だけ屋根裏べやで寝ることにきめた。母はこの案にひどく反対した。屋根裏の古い木製のベッドは危険だと言うのだ。グラグラしているから、もしこわれたら重い頭板《あたまいた》が倒れかかってきて、頭がつぶされて死んでしまうと言った。しかし、父を思いとどまらせることは出来なかった。父は十時十五分すぎに、屋根裏にはいってドアをしめ、せまいラセン階段をあがって行った。しばらくすると、父がベッドにもぐり込んだらしく、キーッという不吉な音が聞えてきた。祖父がうちにいるときは、ふだんは祖父が屋根裏のベッドに寝るのだが、このところ何日かうちをあけていたのだ（こういうときは祖父はたいてい六日なり八日なり留守にして、帰ってくると、大バカどもがよってたかって北軍をぎゅうじってるとか、ポトマック軍〔南北戦争の北軍の部隊〕はてんで勝ちめがないとか、そんな大昔のニュースをしゃべりまくってプリプリ腹を立てていた）。

この日はちょうど、いとこのブリッグズ・ビールが来合わせていた。彼は神経質な男で、眠っている間に息がとまってしまいそうだと思い込んでいた。夜中じゅう一時間ごとに起こしてもらわないと、窒息《ちつそく》して死ぬかもしれないという気でいる。だから朝までに何度も何度も目ざまし時計をかけるのが習慣になっている。だが私はそれだけはやめてもらった。彼は私の部屋で寝るのだし、私は眠りが浅いほうだから同室のものの息がつまればすぐ目をさます、心配するなと言ってやったのだ。最初の晩、きっと向こうは試験してくるだろうと思っていると、案のじょう、私の規則ただしい寝息をきいててっきり眠ったものと思い込んだ彼は、わざと息をとめて私をためしたのである。ところがどっこい、こっちは眠ってなどいなかったから、すかさず声をかけた。それで、彼もこわさが多少うすらいだらしかったが、なお用心のためにと、枕もとの小さいテーブルにカンフルチンキのコップをおいたものだ。万一、私が起こしてやらず死にかかるということになっても、強い気つけ薬のカンフルのにおいをかげば気がつくだろうという寸法である。

こういう奇癖をもっていたのは、あの一家ではブリッグズだけではなかった。年とったメリッサ・ビールおばさんも（この人は男みたいに、二本の指を口に入れて口笛を鳴らすことが出来た）自分がサウス・ハイ・ストリートで死ぬ運命にあるという予感に悩まされていた。その理由は、生まれたのもサウス・ハイ・ストリートなら結婚したのもサウス・ハイ・ストリートだからというのである。それから、セアラ・ショーフおばさん、この人は、夜寝るときになるとかならず、強盗がはいって来て寝室のドアの下から管でクロロホルムを流し込みはしまいかとビクビクしていた。この災難を防ぐ方法として――彼女としては財産をなくすより麻酔をかがされる方がこわかったのだ――おばさんはいつも、お金やら銀の食器やらそのほか金目の物を寝室のすぐ外にキチンと積み上げて、「これがわたしの全財産です。これを上げますからどうぞクロロホルムは使わないでください、これだけしかないのです」とはり紙をしていた。

グレーシー・ショーフおばさんも夜盗恐怖症にかかっていたが、この人はもっとファイトがあった。過去四十年間、毎晩どろぼうに入られていると信じ切っていた。何一つ取られたものがなくても、それは反証にはならないのだ。取られないうちに、靴を廊下に投げつけてやるから相手は恐れをなして逃げて行くのだと、いつも言い張っていた。だからこのおばさんは、寝るときになると家じゅうの靴という靴をすぐ手のとどく所に積みあげておく。あかりを消して五分もたつと、パッと起き上がり、「ホラ！」と言う。この人の夫は、一九〇三年以来ずうっと知らん顔で押し通すことにきめていたので、いつもぐっすり眠るとか、眠ったふりをするとかしていた。いずれにせよ、どんなにゆすぶられても相手にならないのだ。そこでまもなくおばさんはベッドから出て、抜き足さし足、立って行ってドアを細目にあけると、片方の靴を廊下の右へ、片方を左へと投げつける。日によってありったけの靴をほうってしまうこともあるし、また一、二足だけですますこともあった。

さて、ベッドが父の上に倒れてきた晩の異常な事件から話がだいぶ脱線してしまったが、その夜、十二時前には家族のものはひとり残らず床《とこ》に入っていた。そのあとの出来事をわかっていただくためには、寝室の間取りや人々の配置が大切である。まず二階の表の寝室（父の寝た屋根裏べやの真下にあたる）には、母と弟のハーマンがいた。ハーマンはよく寝ごとで歌を歌う、たいていは《ジョージア進軍歌》とか《見よや十字架の旗たかし》だった。その隣りのへやに、ブリッグズ・ビールと私が寝ていた。ロイにいさんのへやは廊下をへだてて私のへやと向かい合わせだった。うちのブルテリアのレックスは廊下に寝ていた。

私のベッドは軍隊用の折りたたみ式のもので、ふだんは両横が垂れ板テーブルのように下に垂れているが、それを上げて中央の部分と同じ高さにすると、どうやらこうやらくに寝られるだけの幅になる仕組みである。両横を上げていると、あまり端までころがっていくと危険だ。ベッド全体がひっくり返ってしまい、寝ている人の上に、ものすごい音を立ててさかさまにかぶさってくることにもなりかねない。だが、まさしくこのことが現実に起こったのである。時は午前二時ごろだった（あとでこのときのことを思い出して、「おとうさんの上にベッドが倒れてきた夜」とまっさきに命名したのは母である）。

つね日ごろ、私は一度眠ったが最後なかなか目をさまさないたちだったから（この点についてはブリッグズに嘘をついた）、その鉄枠《わく》のベッドが私を床《ゆか》にほうり出して上からかぶさってきても、はじめのうち全然気がつかなかった。ベッドは私の上にスッポリと天蓋のようにおおいかぶさっていたので、私はまだぬくぬくとしていたし、痛くもかゆくも感じなかった。だから私は目をさまさず、せいぜい一瞬だけうつつの境まで来て、また夢路に逆もどりしたのである。ところがこの物音で、隣りのへやの母はすぐ目をさました。母はとっさに、恐れに恐れていたことがついに起こった、つまり階上の大きな木製のベッドが父の上に倒れてきたと、早合点してしまったのだ。そこで母は金切り声で叫んだ、「大変よ、おとうさんが大変よ！」

母と同じへやにいたハーマンは、私がベッドから落ちた音ではなく、この叫び声で目をさました。母が、これという理由もなしに、ヒステリーの発作を起こしたと思ったのだ。

「大丈夫だよ、おかあさん！」と彼は、母の気持ちをなだめようとしてどなった。二人はおそらく十秒間ぐらい「おとうさんが大変よ！」「大丈夫だよ、おかあさん！」とやり合っていただろう。それで今度はブリッグズが目をさました。

この頃までには私も、うすぼんやりと騒ぎの模様に気づいてはいたが、まだ私自身がベッドの上でなくて下に寝ているとまではわからなかった。が、恐怖と不安のどなり声のまっただ中で目をさましたブリッグズは、てっきり自分の息がつまったので、うちじゅうが「息を吹き返させよう」と大騒ぎしているものと早のみこみしてしまった。低くうめくとみるや、彼は枕もとのカンフルのコップをひっつかみ、においをかぐどころか、いきなり頭からふりかけたからたまらない。へやじゅうが樟脳《しょうのう》のにおい。「アップ、アップ」とブリッグズは、まるで水に溺れた人みたいに、のどをつまらせている。猛烈な薬のにおいを浴びて、みごとに息がつまるのに成功するところだった。彼はベッドからとび出すと、開いている窓の方へ手さぐりで進んだが、行きついたのはしまっている窓だった。そこで手で窓ガラスをぶちこわした。ガチャンと割れたガラスが下の路地に落ちる音が私の耳にも聞こえてきた。

この場におよんで、ようやく私も起き上がろうとして、ハッと不気味な感じに打たれた。ベッドが私のうえにある！　さあ今度は私の番だ。寝ぼけた頭で私は、すわ前代未聞の椿《ちん》事勃発《じぼつぱつ》、みんなが私を救出しようと気が狂ったように騒ぎ立てているのではないかと思った。「出してくれ！」と私は声をふりしぼった。「出してくれ！」私はきっと鉱山に生き埋めになった夢をみてうなされていたところだったのだろう。「アップ」と一方ではブリッグズがカンフルにむせてあえいでいる。

この頃になると、まだ大声をあげながら母は、まだ大声をあげているハーマンに追いかけられて、早くこわれたベッドの下から父を引っぱり出そうと、屋根裏べやの戸口をあけようとしていた。だが戸はかたくしまっていて、いっかな動かないのである。半狂乱でガタピシ引っ張るので、あたりの騒音と混乱はいよいよ加わるのみだった。ロイにいさんも犬も起き上がっていた。一方は、なんだなんだとどなるし、一方はワンワンと吠えたてる。

誰よりも一番遠くに離れ、誰よりも一番ぐっすり眠っていた父も、この頃までにはもう屋根裏べやの戸を叩く音で目をさましていた。これはてっきり火事だと思ったのだ。「いま行くよ、いま行く！」と寝ぼけてのろのろと悲しそうな声を出した――完全に眠けがさめたのはまだ何分もさきのことである。母は依然として、父がベッドにつぶされたと思い込んでいたから、その「いま行く！」という声を聞くと、天国に召されて最後の祈りを唱える人の悲痛なあきらめの声だと判断してしまった。

「死にそうよ、大変！」と母は叫んだ。

「ぼくは大丈夫です！」とブリッグズは母を安心させようとしてわめいた。「ぼくは大丈夫！」まだ、自分が死にかかったので母が心配してくれているものと思っているのだ。そのうちようやく私は明かりのスイッチを見つけて、ドアのかぎをあけ、ブリッグズと私は屋根裏べやの戸口でみんなと一緒になった。ところが、ブリッグズのことを毛嫌いしている犬のレックスがやにわに彼にとびかかった——この騒ぎの張本人を彼だと思ったらしい——そこでロイにいさんがレックスを投げとばして押さえてやらなければならなくなった。上では父がゴソゴソとベッドから這い出る音がした。ロイにいさんが力いっぱいグイとばかりドアを引っ張りあけると父が階段をおりて来た。いかにも眠たそうにプリプリしていたが、なんの別状もない。それを見ると母はワッと泣き出す。レックスが吠え出す。「一体全体なにが始まったんだ?」と父が問いかけた。

最後にこの事態は、巨大なピクチャー・パズルのはめ絵のように一つ一つつなぎ合わされて、ようやく全容がつかめた。父がはだしで歩き回ったのでカゼをひいたほかは、とりたてて不都合なことはなかった。いつでもものごとの明るい面を見るたちの母はこう言った。「よかったねえ、おじいさんが留守のときで」

ダム決壊の日

The Day the Dam Broke

一九一三年のオハイオ州の洪水のときに私や家族のものが経験したことの記憶などは、きれいサッパリ忘れてしまいたいと思う。しかし、当時いくら私たちがつらい目にあっても、いくら混乱にまきこまれたにしても、生まれ故郷の州や町に対する私の気持ちは変わるものではない。私はいまのんきに暮らしていて、コロンバスがここだったらどんなにいいかとも思っている。だが、もしもどこかの都会を地獄にも似たこの地上に引きずりおろしたいという意味ならば、一九一三年のある午後の恐怖と危険のうずまいたコロンバス市こそまさにそれである。その日の午後にダムが決壊したのだ、いやもっと正確にいうと、町じゅうの人がダムが決壊したと思ったのだ。

私たちはこの経験で品位を高めもしたし、また落としもしたが、とりわけ祖父の態度は一段と光っていて、その輝かしさは今でも印象に残っている。とはいっても、洪水に対する祖父の反応は、実はとんでもない誤解にもとづくものだった。つまり、われわれは南軍ネーサン・ベドフォード・フォレスト将軍の騎兵部隊の脅威と対決しなければならなくなったと思ったのだ。私たちには避難の方法といったら家を捨てて逃げることしかなかったが、祖父は陸軍の古サーベルを振りかざして断じて逃げてはならぬと阻止する。「野郎ども、来るなら来てみろ！」とどなるのだ。その間にも、何百人という人々が、「東へ行け、東へ！」とわめきながら狂気のようにわが家の前を走り抜けて行く。やむをえず私たちはアイロン台で祖父を昏倒させた。ところが、気を失った祖父のからだは重いのなんの——この老紳士は身長六フィートを越え、体重は百七十ポンドもあった——なかなかに運べるものでなく、最初の半マイルの間に私たちは町じゅうのほとんどの人に追い越されてしまった。もしも祖父が息を吹き返さなかったら、パーソンズ街とタウン通りとの角《かど》のあたりで、私たちは当然さかまく奔流に追いつかれ、水にのまれてしまっただろう——もちろん**現実に**奔流があったと仮定しての話である。

あとになって恐怖がしずまると、人々は自分たちの走った距離をなるべく内輪に見つもり、走ったことにいろいろな口実をつけながら、きまりわるそうにめいめいの家庭や勤め先に引き上げてしまったが、そのころになって市の土木課は、かりにダムが決壊しても、水面はウェストサイドでもあと二インチしか上昇しないと指摘したものだ。このダム騒ぎの当時、ウェストサイドは三十フィートの水をかぶっていた——実際、二十年前の春のこの大洪水では、オハイオ州の川ぞいの町はどこもそうだった。しかし、私たちの家があり、そしてかいけっこの行なわれたのはイーストサイドで、その方面は、危険はまったくなかったのだ。九十五フィートも水が増してはじめて、ハイ・ストリートを水が越えてイーストサイドに流れ込むというわけである。

ところが、いくらコンロの下の子猫同様にのうのうとしていられるという事実があったにせよ、いったんダムが切れたという叫びが野火のごとくに燃えひろがると、イーストサイドの住民たちのみごとな絶望ぶりやすてばちの醜態ぶりはいっこうに静まるものではなかった。町で一番威厳があり、沈着であり、天邪鬼《あまのじやく》であり、聡明である人たちが、妻を捨て、秘書を捨て、家庭を捨て、職場を捨てて、東へ東へと走ったのである。「ダムが切れた！」という警報ほど人々のどぎもを抜くものはめったにあるまい。その叫びが高々と耳に鳴り響いた時に、じっくりと頭を使うことのできる人はそうザラにはないのだ、ダムから五百マイルも離れたところに住んでいる市民でさえ例外ではない。

オハイオ州コロンバス市のダム決壊のデマは一九一三年三月十二日の正午ごろに始まったように思う。主要商店街のハイ・ストリートにはゆったりと町の騒音が高まっていた。商人たちはゆったりと掛け合ったり、計算したり、言いくるめたり、買えと言ったり、買わぬと言ったり、妥協したりでザワザワと活気を呈していた。中西部随一の会社顧問弁護士ダライアス・カニングウェイは公益事業委員会に向かって、自分を動かすのは北極星を動かすようなものだと、ジュリアス・シーザーきどりで弁じ立てていた。だれしもが、適当にいばりくさって身ぶり手ぶりをやらかしていた。と、突然、だれかが走り出した。ことによると、その人は細君との待ち合わせ時間にひどくおそくなったのを急に思い出したというだけなのかもしれない。ともかくこの男はブロード通りを東に向けて走ったのだ(おそらくマラマー・レストランへ向かったのだろう、亭主族が細君と会うのには絶好の場所なのだから)。またほかのだれかが走り出した。これは元気さかんな新聞売り子だったのかもしれない。するともう一人、今度はかっぷくのいい実業家がチョコチョコと小走りになった。ものの十分とたたないうちに、私鉄合同駅から郡庁舎に至るまで、ハイ・ストリートにいた人はひとり残らず走っていた。ガヤガヤと聞き取れなかった声がだんだんハッキリしてきて、しまいには恐怖の言葉に結集した。

「ダムだ!」「ダムが切れた!」この不安を言葉にして出した張本人が、電車に乗ったおばあちゃんか、交通巡査か、どこかの坊やか、そんなことは誰にもわからないし、ここまできたらどうだっていいことだ。二千人の人が突如として全力疾走をしていたのだ。「東へ行け!」という叫びがわきあがる——東なら河から離れる、東なら安全だ。「東へ!東へ!東へ!」

東へ向かう道路という道路は、黒山の人の流れが動いていた。この流れの源は、織物店であり、ビルディングであり、馬具屋であり、映画館である。これに注ぎ込むのは、おかみさんたちであり、子供たちであり、チビたち、召使いたち、犬たち、猫たち。家の前を本流がわめきさけんで通って行くと、彼らは家をからにして合流する、火をつけたまま、なべをかけたまま、ドアをあけたまま。

もっとも私の母は、チャンと家じゅうの火を消してから、卵一ダースと食パン二本を持ってとび出したのを覚えている。母の計画では、ほんの二ブロック離れた記念館まで行って、どこかその建物のてっぺんの方に、たとえば退役軍人の集会に使ったり、古い軍旗や舞台道具の物置になったりしているほこりっぽい部屋のどれかに避難するつもりだったのだ。しかし「東へ、東へ！」とわき立っている人波につい引きずられ、その母に私たちもつい引きずられてしまった。祖父はパーソンズ街ですっかり意識をとりもどした。彼は退却する群衆に向かい、復讐に燃ゆる預言者さながら仁王立ち、人垣をつくれ、南部の犬どもを寄せつけるな、と叱咤《しった》したが、そのうち御本人にもダム決壊のことがわかったと見え、大音声《おんじょう》で「東へ行け！」とどなる始末だ。彼は片手で小さい子供、片手で四十二歳ぐらいのやせた店員タイプの男を抱きかかえて走り、私たちはすこしずつ前を行く人々に追いつき始めた。

消防士や警察官や正装の軍人が——ちょうどこの日、市内の北にあるフォートヘイズで観兵式があったのだ——のたうち流れる人波にまじってチラホラと色どりをそえていた。小さな女の子が細い声で、「東へ！」とさけんで、陸軍歩兵中佐の居眠りしている玄関先を駆けていく。平素からすばやく決断することを習慣とし、ただちに服従するよう訓練されている中佐どのは、パッとベランダからとびおりると全速力で突進、「東へ！」とわめきながらみるみる少女を追い抜いていく。この二人のおかげで、通りみちの家々はたちまちからっぽになってしまった。太った男がヨタヨタ走りながら中佐を引きとめて「何ですか、何ですか？」と尋ねる。中佐は足をゆるめて少女に「何だ？」ときく。「ダムがこわれたの！」と少女はあえいで言う。「ダムがこわれたんだ！」と中佐はどなって言う。「東へ行け！　東へ！　東へ！」やがて彼は疲れきった子供をかかえあげ、三百人の逃亡部隊の指揮をとっていた。いずれも居間から仕事場から車庫から裏庭から地下室から集まってきた人たちである。

　一九一三年のこの大敗走にいったいどれだけの人数が参加したかを正確に算出することは誰にもできない。なぜならこの大恐怖は、市の南端のウィンスローびん詰工場から北は六マイル離れたクリントンビルの町にまでおよび、はじまりも唐突なら終わるのも唐突で、下層から上層まで広範囲にわたる避難民の群れは、いつのまにやらコソコソ逃げ帰り、あとにはガランとひとけない平和な街路が残ったという次第だからである。阿鼻叫喚の一斉疎開も全部で二時間しか続かなかった。中には十二マイルも東へ走ってレノルズバーグの村まで行った人もあったし、八マイルさきのカントリークラブまで行きついた人は五十人を越えている。だが大部分は途中であきらめたり、へばったり、あるいは四マイル先のフランクリン公園まで行って木にのぼったりしたものだ。最後には州軍兵がトラックを乗り回し、「デマでェす、ダム決壊はデマでェす！」とメガホンでどなって、ようやく秩序が回復し不安も解消したのだが、これだって初めのうち、逃げまどう人々の耳には兵隊が「ダメでェす、ダム決壊、ダメでェす！」と、叫んでいるように聞こえたものだから、いよいよ災害が公認されたと思って、混乱と恐怖はたきつけられるばかりだった。

終始、太陽は静かに照りかがやき、どこにも洪水の押しよせる気配などはなかった。もし誰かが飛行機でこの町を訪れ、下界で大群衆がモヤモヤうごめき回っているさまを見おろしたら、さだめしこの現象の意味をつかむのに苦労したことだろう。調理場の火は平和に燃え続けデッキにはのどかに明るい日がさしているというのに洋上に見捨てられてしまったマリーセレスト号（一八七二年北大西洋で発見された米国帆船、船内異状なく乗組員だけ消息不明の謎の事件）を見るのにも似て、目撃者の心には一種異様な恐怖感がわいたにちがいない。

私のおばであるイディス・テーラーおばさんは、ちょうどハイ・ストリートの映画館にいたが、演奏席のピアノの音よりも（W・S・ハートの映画がかかっていたのだ）ひときわ高く、外を駆けて行く人々の足音が耳に入ってきた。足音は次第しだいにもりあがっていく。そのドタバタした音の中からひっきりなしに叫び声が聞こえる。おばさんのすぐそばにすわっていた年配の男がなにやらモグモグ言って立ち上がると、席を立って小走りに通路を出て行った。これでみんながハッとなった。たちまち観客はなだれを打って通路に殺到した。「火事だ！」と叫んだのは、いつも自分が映画館で焼け死ぬと思っている女だったろう。だが外の叫びはますます大きくなり、今はもうハッキリと聞き取れた。

「ダムが切れた！」と誰かがわめく。「東へ！」とおばさんのすぐ前の小柄な婦人が黄色い声を出した。それで東へと彼らは向かった。押し合いへし合いつかみ合い、女子供を突き倒し、傷つきころがり腹ばいになって、人々はやっとの思いで通りへ出た。映画館の中ではビル・ハートがならずもの相手に戦いをいどみ、勇敢な女性がピアノで高らかに《漕げ、漕げ、漕げ！》、それが終わると《わがハレムで》をひき続けている。だが外では、群衆は流れをなして州会議事堂の広場を横切り、中には木にのぼるものもいる、〈わが郷土の宝〉の彫像群によじのぼる女までいる。このブロンズのシャーマン将軍、スタントン陸軍長官、グラント大統領、シェリダン将軍たちは、こうした首都壊滅の模様を冷然と眺めていたのである。

「わたしはステート通りへむかって南に走り、ステート通りを東へ三番通りまで、三番通りを南へタウン通りまで、そうしてタウン通りをまっすぐ東へ走りました」とイディスおばさんは手紙をくれた。「きつい目をしてあごの張った背の高いやせた女の人が、通りの中ほどでわたしを追い抜かしました。みんながこんなに騒いでいるけれども、いったいなにごとなのか、まだわたしはのみこめませんでしたので、一生けんめいがんばってその人に追いつきました。先方は六十近い女でしたが、みごとなフォームでらくらくと走っていて、からだもとても丈夫そうでした。『何ですか？』とわたしは息を切らせてきいてみました。すると相手は、ちょっとわたしの顔を見てから、また前方に目をやって、こころもち足を早めながらこう言ったものです。『神様でもないのに、わかるもんですか』ですって。

グラント街についたときはもうヘトヘトでしたから、H・R・マロリ先生——御存知でしたね、ロバート・ブラウニングみたいな白ひげの方？——五番通りとタウン通りの角《かど》で一度引きはなしておいたそのマロリ先生に、とうとう追い抜かれてしまったのです。『追いつかれた！』と先生は叫ぶのです。わたしはそれがなんであれ、ともかく**いよいよ**追いつかれてしまったと思いました。だってマロリ先生のおっしゃることは、いつだって自信たっぷりですものね。その時は何のことかわかりませんでしたが、あとでわかりました。先生のすぐ後ろから、男の子がローラースケートで走っていました。先生はスケートの音を、水がザーザー流れてくる音と勘ちがいしたのです。そのうち先生は、パーソンズ街とタウン通りの角《かど》のコロンバス女学校まで行くと、もはや力がつきてしまい、ご自分はついにサイオト河の冷たく泡立つ水流にのまれ忘却のかなたに押し流されてしまうものと観念なさったようです。ところがローラースケートの少年がサッと通り過ぎて行って、そこではじめて、御自身を追いかけていたものの正体がおわかりになったのです。通りを振り返って見ても、水らしいものは全然見えません。しかし、二、三分も休むと、先生はまたもや東に向かってヨロヨロと進みました。オハイオ街で先生はわたしに追いつき、そこで二人はひと息入れました。おそらく七百人ばかりの人がわたしたちを追い越したでしょう。おかしなことに、だれひとり乗り物に乗っていないのです。駆けるのをやめて自動車をうごかすだけの勇気はだれひとり持ち合わせていなかったようです。でも考えてみると、あの当時の自動車はどれもクランク式の始動装置でしたから、理由はそんなところかもしれませんね」

その翌日、市民はまるで何ごともなかったかのように仕事にはげんでいたが、さすがに冗談を口にするものは誰もいなかった。二、三年もたってはじめて、人々はダム決壊騒ぎのことをどうやら軽くあしらえるようになった。二十年後の今日になってもまだ、大競走の午後のことを口に出すと、マロリ先生のように、ハマグリみたいに口を固くとざしてしまう人も何人かはいるのである。

オバケの出た夜

The Night the Ghost Got In

一九一五年十一月十七日の夜、わが家に忍び込んで来た幽霊は、誤解が誤解を生んでとてつもない騒動をまき起こしてしまったので、今になってみると、いっそそのまま行かせてしまえばよかったと悔やまれる。なにしろオバケが出たために、母は隣りの家の窓に靴を投げ込むし、あげくのはてには祖父が巡査をピストルで撃つという大事件になってしまったのだ。だから私としては、今も言ったように、足音が聞こえても知らんふりをしていた方がよかったと残念でならない。

足音の聞こえたのは、午前一時十五分頃だった。食堂のテーブルのあたりをコツコツとリズミカルに早足に歩く物音がした。母は二階の一室で眠っていたし、弟のハーマンも別の寝室にいた。祖父は屋根裏べやで、例のクルミ材のベッドに寝ていた。これはもうご承知の、一度父の上に倒れてきたベッドである。私はちょうどフロから出て、タオルでせっせとからだをふいていた。そのとき足音が耳に入ったのだ。下の食堂のテーブルのまわりを、セカセカと歩き回っている男の足音である。バスルームのあかりが、食堂にじかに降りる裏階段を照らしていた。それで飾り棚の皿がかすかに光っているのは見えたけれども、テーブルの方までは見えなかった。足音はテーブルのまわりをグルグル回り続けている。一定の間隔をおいて、どの床板《ゆか》かが踏まれてキーッときしむ。はじめのうち私は、父かロイにいさんかと思った。二人はインディアナポリスに行っていて、きょうあすにでも帰って来そうな頃合いだったからだ。その次にはどろぼうかと思った。幽霊だと思いついたのは、しばらくたってからのことだった。

足音は三分ばかりも続いていただろうか、私は忍び足でハーマンの部屋に行った。「ちょっと！」と声をひそませて、暗がりでハーマンをゆすぶった。

「アーッ」と彼は、元気のないビーグル犬のような、低いいくじのない声を立てた――彼はいつも夜中になるとなにかに「つかまえられる」のではないかとオッカナビックリでいたのだ。

私だと説明して、「なにかが下にいるんだ！」と言った。

彼は起き上がって、私のあとから裏階段の降り口までついて来た。二人は耳をすませたが、何の物音もしない。足音はやんでしまっていた。ハーマンはいささかギクリとした様子で私の顔を見つめた。なにしろ私ときたらバスタオルを腰に巻いているだけなのだ。彼は部屋にもどって寝ると言ったが、私は彼の腕をつかんだ。

「そこになにかいるんだったら！」と言った。そのとたん、またもや足音が聞こえ始めた。男が食堂のテーブルの周囲をかけ回る音、そして今度は階段を私たちの方へドタドタと二段ずつのぼってくる。あかりはまだ階段をぼんやり照らしているが、のぼってくる姿は見えず、足音ばかり聞こえる。ハーマンは部屋へとび込んでバタンとドアをしめてしまった。私も階段口のドアをバタンとしめ、片ひざでしっかり押さえた。息づまるような一瞬がすぎて、そうっとドアをあけてみると、何もいなかった。足音も聞こえない。それっきりで、もう二度とその幽霊は音を立てなかった。

ところが、バタンバタンというドアの音で母が目をさましたのだ。母は自分の部屋から廊下をうかがった。

「お前たち、いったいなにをしてるの！」と問いかけた。

ハーマンは思い切って部屋から出て、「なんでもありません」とツッケンドンに言ったが、顔色は血の気を失ってうす緑色だった。

「下でドタバタ走ってたのは何なの？」と母が言った。母もやっぱり足音を耳にしたのだ！　私たちはポカンと母を見つめて突っ立っていた。と、「どろぼう！」と母は直感的に叫び声をあげた。私は母の気持ちを静めようとして、平気な顔で下へおりかけた。

「行こう、ハーマン」と私は言った。

「ぼくは、おかあさんのそばにいるよ、興奮してるからね」と彼は言った。

私は階段の上にもどってきた。

「二人とも一段もおりてはいけません」と母が言った。「警察を呼ぶのよ」

電話は階下にあるのだから、いったいどうやって警察を呼ぶのかわからなかったが――もちろん呼んでもらいたくもなかったが――母の決断はいつものように迅速無類、隣家の寝室の窓と向かい合わせの自分の寝室の窓をサッとあけると、靴をひっつかみ、二軒を隔てるせまい空地を横切って、ガチャンと向こうの窓ガラスにそれを投げつけたのである。ガラスは音を立てて砕け、ボドウェルという引退した彫刻師夫妻の寝室の中にとび散った。ボドウェルは数年来からだの調子が悪くて、よく軽い病気に「とりつかれ」ていた。もっともわれわれの知人や隣人は、たいてい誰もが**なにかしら**にとりつかれていたものだ。

さて時刻はおよそ午前二時、月のない夜で、雲が暗く低くたれこめていた。ボドウェルはすぐ窓に顔を出し、コブシを振りながら、ツバをとばして、わめき立てた。「早いとここんな家は売りとばしてピオリアへ帰りましょうよ」と言っているボドウェルの奥さんの声が聞こえる。母の言っていることがボドウェルに「通じる」までにはかなりの間があった。

「どろぼう！　どろぼうがはいったんです！」と母は叫んだ。

ハーマンも私も、どろぼうではなく幽霊だとはとても言い出せなかった。母はどろぼうより幽霊の方をもっとこわがっていたからだ。ボドウェルは、はじめ、自分の家にどろぼうがはいったのを教えてくれているのだと思ったが、そのうちようやく気をとり直して、ベッドのそばの切換え電話で警察を呼んでくれた。彼の姿が窓から消えると、母はいきなりもう片方の靴を投げつけそうな身振りをした。いまさら投げる必要などないのだけれども、あとで語ったところでは、靴を窓ガラスに投げつける快感がすごくお気に召したのだそうだ。私は母をとめた。

警察は殊勝にもすぐやってきた。セダン型フォードにギュウづめの警官、ほかにオートバイで二人、護送車で八人、おまけに新聞記者まで三、四人押しよせてきた。彼らはうちの玄関をバンバン叩き始めた。懐中電灯の光の線が何本も壁を上下し、前庭を横切り、ボドウェル家との境の小道を照らし出した。

「あけてください！」としゃがれた声がどなった。「警察のものです！」どうせ来てしまったのだから、私は降りて行って中へ入れてやりたかったが、母はきいてくれなかった。「お前、なんにも着てないじゃないの」と、母は注意した。「カゼをひいて死にますよ」私はタオルをからだに巻き直した。

警官はついに、斜めに縁どりした厚い板ガラスの取りつけてある、ガッシリした大きな表戸を、肩で押し破って入って来た。板の割れる音や、ホールにガラスのとび散る音が聞こえて来た。彼らの懐中電灯の光は居間をくまなく照らし出し、食堂をソワソワと縦横によぎり、廊下の闇を突き刺し、表階段を上まで照らし、ついに裏階段をのぼってきた。階段のてっぺんでタオルを巻いて立っていた私が、まず見つかった。からだのどっしりした警官が階段をすっとんできた。

「だれだ？」

「このうちのものです」

「ほう、どうしたね、暑いのかい？」

実をいうと、寒かった。私は部屋へ行ってズボンをはいた。出てくると別の巡査に横っぱらにピストルをつきつけられた。

「なにをしてるんだ？」

「このうちのものです」と私は答えた。

指揮をしていた警官が母に報告していた。「だれもいないですな。ずらかったんでしょう――どんな恰好でした？」

「二、三人はいました」と母は言った。「ワーワー騒いだり、ドアをバタバタやったり」

「おかしいな」と警官。「おたくの窓やドアは、どれもこれも中からピッタリ錠がかかってましたがね」

階下では、ほかの警官たちのガタピシ歩き回る音がしていた。警察はわが家のいたるところにいた。ドアというドア、ひきだしというひきだしが、グイグイあけられる。窓という窓がバタンと開かれバタンとしまる。椅子やテーブルがドスンドスンと倒される。五、六人の巡査が二階の表廊下の暗やみから姿を現わした。彼らはかたっぱしから二階の捜索をやり出した。壁ぎわからベッドをずらし、洋服ダンスの衣裳かけから服をもぎとり、棚からスーツケースやら箱やらを引きずりおろした。その中の一人が、ロイにいさんが玉突き大会でもらった古いツィターという楽器を見つけ出した。

「オイ、見ろよ、ジョー」と彼はごつい手で、でたらめに糸をかき鳴らした。ジョーと呼ばれたおまわりはそれを受け取って、ひっくり返した。

「なんだい、こりゃ？」と彼は私にきいた。

「それは、モルモットが寝床にしていたツィターです」

前にうちで飼っていたモルモットがこの楽器の上でなければどうしても寝ようとしなかったのは事実だが、こんなことは言わなければよかった。ジョーと相棒のおまわりは長い間私の顔をじいっとにらんで、それからツィターを棚の上にもどした。

「なんともないな」とはじめ母に話しかけた警官が言った。「こいつは」と彼は私の方に親指を突き出して、ほかの連中に説明した。「すっぱだかだったし、かみさんはヒステリーらしいし」

一同はうなずいたが、口をきかなかった。ただジロジロ私を見るだけである。その短い沈黙の間に、屋根裏べやからキーキーきしる音が聞こえてきた。祖父がベッドで寝返りをうったのだ。

「なんだ？」とジョーがピリッとした。私がとめるにもひまなどありはしない、五、六人がパッと屋根裏べやの戸口へ向かってとび出して行った。あんな調子で祖父のところに前ぶれもなく、いや前ぶれしたって同じことだが、いきなり襲いかかって行ったらどえらいことになるぞと私は思った。なにしろ祖父は目下のところ、北軍のミード将軍の部隊が、南軍の〃石垣〃ジャクソンのたえまない砲撃によって、陣地を後退し敗走しかけていると妄想している最中なのである。

私が屋根裏べやに行き着いたときには、事態はもう相当にこんぐらかっていた。祖父が警官隊を見て、ミード麾下《きか》の脱走兵が屋根裏に逃げ込んで来たものと早合点してしまったのは明らかだ。長いウールの下着のうえに、長いフラノのナイトガウンをはおり、ナイトキャップをかぶって、革のチョッキを着込んでいた祖父は、ベッドからその姿でおどり出た。むろん、警官たちにしてみれば、このたけり狂った白髪の老人が当家の者だぐらいはすぐ察しがついただろうが、口を開くひまなどあらばこそだ。

「帰れ、臆病もの！」と祖父はがなり立てた。「前線に帰るんだ、きもっ玉のくさった弱虫め！」そう言ったかと思うと、いきなりツィターを見つけた巡査の横っつらに、ピシャリと平手打ちをくれ、巡査はその場にのびてしまった。ほかの連中も泡をくらって後退したが、間に合わなかった。祖父は〃ツィター〃のホルスターから拳銃をつかみ取ると、猛然と発射したのである。弾丸はたるきに当ったらしく、あたり一面モウモウと煙が立ちこめた。一人がチクショウと叫んでパッと肩口を押さえた。

ともかく、どうにかこうにか、私たちは全員下へ降りて、ドアにかぎをかけて老人をとじ込めた。彼はなおも暗やみで一、二回ピストルをうったが、そのうち寝てしまった。

「あれはぼくの祖父です」と私は息を切らしてジョーに説明した。「あんたたちを脱走兵だと勘ちがいしたんです」

「そんなとこだろうて」とジョーは言った。

警官隊は、祖父は別として、だれかこれという人物に手をふれずに引きさがるのは気が進まないのだ。なんと言おうと、この夜が彼らの敗北に終わったことは明らかである。それにまた、彼らにしてみれば、こんな「成り行き」に満足するはずがない。どこかが——私には彼らの立場がわかる——どこかがくさいのだ。そこで彼らはもう一度あれこれとほじくり始めた。新聞記者が、顔のやせたかぼそい男だったが、私のところに寄って来た。私は着るものが見つからないので、母のブラウスを着込んでいた。記者は、あやしむような、またおもしろそうな目つきで私を眺めていた。

「ねえきみ、いったい、真相はどうなんだね?」と彼はきいてきた。

私は正直に言おうと思って、「オバケが出たんです」と答えた。

その男は長いこと私をまじまじと見つめていた。まるで私という自動販売機に五セント玉を入れたのに何も出て来ないというふうな顔つきだった。それから彼は立ち去った。そのあとから警官がゾロゾロ出て行った。祖父に撃たれた巡査は、包帯を巻いた腕を押さえながら、なにやら毒づいていた。

「あのオイボレから、ピストルを取り返してやらにゃ」とツィター巡査が言った。

「そうさ」と、ジョー。「お前がやるんだぞ——自分でな」

私は、あす、署へお届けしますと彼らに言った。

「あのおまわりさん、どうしたの？」と一行が帰ったあとで、母がきいた。

「おじいさんが撃ったんですよ」と私。

「なぜまた？」と母。

私は、あいつは脱走兵だと説明した。

「マア、おどろいた！　あんなにかわいい顔の青年がねえ」

あくる朝、朝食のとき、祖父はこの上もなくさわやかな顔をして、冗談口をたたいていた。ゆうべの騒動などすっかり忘れているものと、私たちもはじめは考えていた。だがそうではなかった。三杯目のコーヒーを飲みながら、祖父はハーマンと私とをにらみつけた。

「ゆうべうちでおまわりがガヤガヤ騒ぎ回っていたが、ありゃいったいなんだね？」と質問してきた。これにはわれわれもグウの音も出なかった。

虫のしらせ

The Luck of Jad Peters

エマ・ピーターズおばさんは八十三になっても——死んだ年である——もう使わなくなった表の客間のテーブルの上に、ジャッド・ピーターズの数々の幸運の記念品と並べて、おそらく重さ二十ポンドもするような大きな岩のかけらをまだ保存していた。その岩は、ズラリと並んだ奇妙なガラクタの真中においてあった。まわりのガラクタというのは、テントのシート一枚、松の木のこっぱ、黄色くなった電報、古新聞の切り抜きが数枚、ビンのコルク、外科医の請求書、などである。エマおばさんはこの異様な収集物のことについてはひと言もふれなかった。もっともたった一回だけ、晩年になってからのこと、誰かが、あんな石ころなんか捨ててしまったほうがサッパリするんじゃないか、と言ったとき、それに答えて、「リスベスがおいた所においとけばいいのさ」と言ったことがある。私がこの記念の品々について知っていることは全部、この家のほかの家族から聞き出したのである。家族の中には、あの岩が収集品の一つになっているのは「おだやか」でないと言う人も何人かあった。けれども、エマおばさんの妹のリスベスおばさんがどうしても並べておくと言い張ったのだった。事実、人を雇って、その岩をこの家まで運び、ほかの品と一緒にテーブルの上に置かせたのはリスベス・バンクスおばさんなのだ。

「この岩も、あのガラクタも、みんな神さまのおぼしめしなんだからね」と言うのである。そうして彼女は、きびしい顔をして、ゆり椅子をゆすぶり、「神さまにケチをつけたりしちゃバチが当たるさ」とつけ加える。このおばさんはとても信心深い人だった。背が高く、肉が落ちて、こわい顔をしたこの人を、私はあちらこちらのお葬式でチョイチョイ見かけた。だが私はなるべく話しかけないようにしていた。この人がお葬式好きで、死人を見るのが好きだというのが、私を尻込みさせたのだ。

エマおばさんの家の、記念品のテーブルのすぐ後ろの壁には、エマおばさんの夫であるジャッド・ピーターズの全身大の写真が、どっしりした額に入ってつるしてあった。その写真では、彼は帽子をかぶり、外套を着て、旅行カバンを持っていた。私が一九〇〇年代初頭の少年時代に、オハイオ州シュガーグローブ近くのエマおばさんの家へ連れて行ってもらったとき、私はいつもその写真のことをふしぎに思ったものだった（岩やそのほかのガラクタのことをふしぎに思わなかったのは、そこに並べられたのがずっと後だからだ）。だいたい、写真を取ってもらうのに、帽子をかぶり、外套を着込んで、しかも旅行カバンをぶらさげているというのが、私にはおかしかった。いやもっと滑稽なのは、それをほとんど等身大にまで引き伸ばして、あんなに立派な額縁に入れたということだ。私たち子供が表の客間にもぐりこんで写真を見ていると、エマおばさんはいつも早く出ろと追い返すのだった。私たちがその写真のことをきくと、「よけいなことだよ」と言うのだ。でも、私は大きくなってから、この写真の話や、なぜジャッド・ピーターズが果報者と呼ばれるようになったかを知った。実をいうと、彼を果報者と呼び出したのはジャッド自身なのだ。一度、彼が郡長に立候補（そして落選）したとき、彼は選挙のカードに『果報者ジャッド・ピーターズ』と印刷させたものである。ほかの人は、からかうときでもなければ、誰もそんな呼び名を使ったりしなかった。

話によると、さかのぼって一八八八年、ジャッド・ピーターズが三十五歳の頃、彼はなにかの商売がうまく当たって、その仕事の関係で方々をかなり旅行して歩いていたらしい。あるとき、彼はニューヨークへ行った。そのあとで、船でニューポートへ渡るつもりだった。ところが、自宅の方でなにかが持ち上がって、彼の雇い人の一人が電報を打った。「ニューポートヘユクナ」「スグカエレ」ジャッドの話では、その電報が配達されたのは、彼がもう乗船して出帆を待つばかりの時だった。なんでも電報ははじめホテルに配達されたのだが、彼がホテルを引き払った数分後のことで、部屋係が気をきかして配達夫を大至急波止場へ走らせたのだそうだ。以上はジャッドの話である。だが、その話をきいた人はたいがいそれを信じず、おそらくジャッドはホテルで船の出る何時間も前にその電報を受け取ったのだと思った。それというのも、ジャッドは話にオヒレをつけるのがすごくうまかったからだ。ともかく、桟橋との間の渡り板がはずされる直前に彼が船から駆けおりたかどうか、その真偽のほどは別として、船は彼を乗せないで出帆し、港を出てから八、九時間後に嵐にあって沈没、乗っていた人はひとり残らず死んでしまったのである。だから彼は自分の写真を写して大きく引き伸ばしたというわけで、その写真は彼が下船した時そのままの恰好だと、御本人は言っていた。そして、これが幸運の記念品を収集し始めるそもそものキッカケになったという次第である。数年間、彼はその時の電報と、沈没の記事をのせた新聞の切りぬきとを、家庭用聖書の中にしまい込んでおいたが、ある日それらを取り出して、客間のテーブルの上、大きなガラスの食器おおいの下においた。

一八八八年から一九二〇年にジャッドが死ぬときまでは、たいした事件は彼の身の上に起こらなかった。晩年には、うるさいおしゃべりじいさんとして人々に記憶されている。怠けたために商売もだんだん下り坂になり、しまいにはシュガーグローブ近くの小さな農場に住みついて、どうやらその日その日を暮らしていたのだ。六十代になると酒にふけるようになったし、それ以後のエマおばさんの生活はみじめになった。おばさんがいったいどうやりくりして、夫の生命保険の払い込みを続けて行ったかはわからないが、ともかく最後まで払い続けたのは事実だ。おばさんの親類の人たちの中には、ジャッドはしょっちゅう吐いてばかりいるのだから、いっそ吐いて吐いて吐き死にすれば助かるのに、などとかげで悪口を言うものもいた。エマおばさんが夫をたいして好きに思っていないことは、かなり知れ渡っていたのだ。だいたい二人が結婚したわけは、彼が七年間にわたって毎週二回、おばさんに求婚の申し込みを続けたのと、当時おばさんには誰も好きな人がいなかったからだ。それから二人が離婚しなかったのは、子供たちのためもあったし、おばさんの親戚に誰も離婚した人がいなかったからでもある。年月がたつにつれて、夫がそんな夫でも、おばさんの方はものしずかでやさしい老婦人になっていった。もっとも、夕食の時間になって、一日じゅう姿を見せなかったジャッドがどこからともなく顔を出すと、おばさんの顔にもきつい固い表情が浮かぶのだった。ジャッドは日中は大抵この村のプレンティスの酒場に出かけ、そこにブラブラ腰をすえて、八八年にニューヨーク港で運命の船から間一髪で下船したときの話だの、さらにその後の、かなり型破りの命拾いの経験談だのをしゃべっていた。一例をあげると、盲腸炎の手術がある。なんでも、医者がダメだと見切りをつけたちょうどそのときに、彼はもう麻酔からさめたのだそうで、手術をしていたベナム先生は、その話を聞いて気にやみ、一度往来でジャッドに会った際、そんな非常識な話は人に言いふらさないでくれと頼んだそうだが、ともかくジャッドはそのときの医者の請求書を、収集中の魔よけの中に加えてしまった。それからまた、ある晩ひどく胸やけがして、胃の薬を飲もうと起き上がり、まちがえて石炭酸のビンを手につかんだ時の話もある。虫のしらせというのか、コルクをあける前にビンをたしかめてみようという気になって、彼はランプのそばへ行き、明かりをつけてみると、こはいかに、石炭酸だったというわけだ！　それからそのコルクが彼の収集に加えられた。

次第に、わがジャッド先生は、シュガーグローブ近辺で起こったあらゆる災害のほとんどすべてについて、自分が運よく命拾いしたという理屈がつけられるようになってきた。たとえば、フェアフィールド郡の共進会で大風のためにテントが吹きとばされ、二人死んで十数人けがをしたという事故があった。ジャッドはそれまで九年か十年、かかさず共進会に出かけて行ったのに、その年だけは行かなかった。その年は行ってはいけないと、虫がしらせたのだそうだ。彼が行く年はいつも木曜日ときまっていて、テントの倒れたのが土曜日だったということは、この場合どうでもよかった。ともかく彼が行かない時にテントが倒れ二人の人が死んだのである。その事故のあとで、彼は会場へ行って、テントのシートを一枚切り取ってきて、客間のテーブルの上に石炭酸のビンのコルクと並べて置いた。まことに、果報者ジャッド・ピーターズなるかな、だ！

思うにエマおばさんは、ジャッドの話を聞かないようにしたらしい。近所の人が訪ねて来た晩などはやむを得なかったろうが、そういうときでもおばさんは、なんとか会話のキッカケを見つけて話題をそらさなければ気がすまなかった。だがジャッドときたら、その反対に、命拾いの体験談を話すスキを狙っていて、いつも割り込んでくるのだった。彼は時機を待ちかまえていた。キーキーゆり椅子をゆらし、カチカチ歯を鳴らしながら、作物やベゴニアの話とか、スペンサーの家のうすのろの話とかにはろくに耳を傾けてはいなかった。そしてひとたび会話がとだえたとみるや、すかさず咳払いをして、そうそう、そう言えば、と切り出す。そう言えばいつか、鶏小屋に突っかえ棒をするのに、二インチ四インチの角材を二本ばかり持って来ようと、プレンの材木置場へ行こうと思ったことがあるんだ。そこでだよ、出かける前しばらくうちでグズグズしていたんだが、さて、いよいよプレンの所へ行こうと腰をあげたときだ、行っちゃいかんという虫のしらせ、あとでわかったが、材木置場の材木がくずれてグラント・プレンが下敷きになり、足を一本切断したってえのは、まさにその日のことなんだよ、実際まったくねえ、とやるのである。だが、このときエマおばさんが口を出すのだ。「みなさんもうご存知よ、あの材木の話は」そう言って、作り笑いをして、古ぼけたシュロうちわで、パタパタと自分の顔をあおぐ、ジャッドはブスッとして、ゆり椅子をゆらし、歯を鳴らす。お客が帰るといって席を立っても――客の帰るのはいつもこれが汐どきなのだ――彼は立ち上がろうともしない。ところでむろん、このプレン製材所の椿事《ちんじ》の際の命拾いの記念品は、松の木のこっぱである。

私は、ジャッドの記念品は、記憶するかぎり一つ残さず、これで話しおわったように思う、あと残っているのは大きな岩のかけらだけだ。そして、この岩の話というのはいっぷう変わっている。一九二〇年の八月、シュガーグローブのすぐはずれで、郡の土木課がホッキング川の水路を拡げる工事をしていた。そして大規模に河床の爆破作業をやっていたことがある。この話は直接クレム・ウォーデンから聞いたのではないが、聞いた人からまた聞きしたものだ。その日、四時十五分前ごろ、クレムはシュガーグローブの本通りを歩いていて、ジャッドが向こうからやって来るのを見かけた。クレムはジャッドとは昔からの親友だった。その年頃の人でうるさいジャッドとつきあいの出来た人は少なかったが、彼はその中の一人である。二人は歩道で立ち話をした。あとで振り返ってみると、そのときの立ち話は五分間ぐらいのもので、それじゃまた、と言い出したのはどちらだったか、ともかくも二人は別れて、左の腰の神経痛をわずらっていたジャッドはそろりそろりとプレンティスの店の方へ歩きだした。クレムは反対の方角へ歩いた。およそ十歩ばかりも歩いたころ、急にジャッドが呼びかけてきた。「オイ、クレム！」と呼ぶのだ。クレムは立ちどまって振り向いた。すると、ジャッドがまた自分の方へもどってくるところである。ジャッドが六歩ほど引っ返したと思うそのとたん、いきなりジャッドのからだはマセニー馬具店の正面めがけて、「塩の袋みたいに」とクレムは形容するのだが、ドサッとすっとんだ。クレムが駆けつける前に息は絶えていた。いったい何がぶつかってきたのか、クレムには見当もつかなかった、それから数分たっても、だれも何がぶつかったのかわからなかった。やがて集まって来た人群れの中でだれかが、道ばたに、溝の横に、その大きな泥まみれの岩を見つけた。河床にしかけたハッパのダイナマイトが特別に大きく爆発して、ものすごい勢いで空中高く吹きとばしたものだった。それは四階建のジャクソン館の上を砲弾のように飛び越え、もろにジャッド・ピーターズの胸に命中したのである。

たしかジャッドが墓に葬られて二日もたたないうちだと思ったが、プレンティスの店の連中は、この事故の話をしては、しかつめらしく首をかしげ、いろいろとおかしいことを言い始めた。キャル・グレッグの言ったのがいちばんおかしかった。「まったくねえ」とキャルは言うのだ。「おれたちにゃわかるわけもないが、ジャッドが引っ返したってのは、ありゃきっと、なにかの虫のしらせだったんだな」

訣　別

The Departure of Emma Inch

エマ・インチという女は、どこにでもいそうなやせぎすの中年女である。地下鉄の中で見かけたり、いなか町のどこか小さな商店でカウンターをはさんで買物したりするが、あとはそれっきり忘れてしまえるような女なのだ。髪はとび色で毛が少なく、顔はなんの変哲もなく、声は——ちっとも覚えていない、ただの声だ。私たちがその夏、マーサズ・ビニヤード島へ避暑に行くので料理女を捜しているということを知った友人のだれかが、紹介状を持たしてよこしたのだった。ほかに人がいなかったし、べつに問題なさそうに見えたので、雇うことにした。彼女が四十五丁目の私たちのホテルへやって来たのは、出発の前日のことで、その晩は彼女のためにも一室借りてやった。なんでも、市内のずうっと北の方に住んでいるということだったからだ。どうしてもいったん帰って部屋を引き払ってくるというのを、いいようにしてあげるからと私が引きとめたのだった。

エマ・インチはすりきれた茶色の大きなスーツケースを持って来ていた、それとボストンテリアを一匹つれていた。犬の名はフィーリといった。フィーリは十七歳だそうで、しょっちゅう、のどや鼻を鳴らして、うなっていた。でも料理女は入り用だったし、犬の世話をよくみて私たちに厄介をかけないならという条件で、フィーリをつれて行くことを認めた。もっともフィーリはそう厄介をかける犬ではなかった。どこに置いても次に抱きにくるまではじっとその場所を動かず、のどの奥でうなり声を立てて寝そべっていた。私はこの犬が歩くところをついに見なかった。エマの話では、子犬のときから飼っていたそうで、この広い世界でこの犬しか頼りになるものはない、とそう言いながら涙ぐむのである。私は当惑こそしたが、感動はしなかった。いったいどうしたら、こんな犬が好きになれるものかとふしぎだった。

エマとフィーリがやって来た日の晩、私はべつに彼らのことが気になって眠れないということはなかったが、妻は違っていた。翌朝になると妻は料理女と犬のことを考えて長いこと寝つかれなかったと言った。だってなんとなくおかしいんですもの、なぜだかわからないけど、ただどっかおかしいって気がするのよ、と言うのだ。さて、いよいよ出発しようという時になって——荷造りをのばしのばししていたから午後の三時になっていた——私はエマの部屋に電話をかけたが、返事がなかった。時間もだいぶ遅くなっていたし、私たちはイライラしてきた——フォールリバー行きの船はあと二時間で出帆するというのだ。

なぜエマから何の連絡もないのか理解できなかった。やっと連絡のあった時は午後の四時になっていた。私たちの部屋のドアを低くコツコツ叩くものがいて、ドアをあけてみたらエマとフィーリだった。犬はエマに抱かれてまるで長距離を泳いできたあとのように鼻をクシンクシンさせていた。

妻がすぐ出発するから荷物をまとめろと言うと、エマはもう荷物はできている、あとは扇風機だけだがカバンの中に入らないのだ、と答えた。

「あの島へ行くのに扇風機などいりませんよ」と妻は説明した。「日中でも涼しいし、夜は寒いくらいよ。それに第一、わたしたちの行くコテージには電気が来てないわ」

エマ・インチは困った様子だった。妻の顔をしげしげと見ている。「それじゃほかの方法を考えなくちゃ」とエマは言った。「そうね、夜通し水道出しとくっていう手もあるわ」

私たち夫婦は腰をおろし、エマの顔を見た。しばらくは部屋の中はフィーリのゼンソクめいた音しか聞こえなかった。「その犬は、それやめないのかね?」と私はイライラしてきいた。

「お話をしてるんですの」とエマは答える。「しょっちゅうしゃべってるんです、でもわたしの部屋から出しませんから、お邪魔にはならないと思います」

「あんたはうるさくないの?」と私はきいた。

「ええ、夜はどうしてもうるさいですわね。でも、扇風機をかけて電灯をつけとくといいんです。明るいとたいしてうるさくしませんから。それに扇風機を回しとくと、この声もそう気にならないですむんです。イビキはかきませんから。ボール紙かなんかを扇風機の羽にあたるようにしとけば、フィーリのことはそれほど気になりませんわ。ですから扇風機がダメなら、部屋の水道を夜中じゅう出しといてもいいと思うんです」

私は「フンンン」と言って立ち上がり、妻と私の分の飲みものを作った——乗船するまでは飲まないでいようときめてはいたが、今はやっぱり飲むべきだと思い直したのだ。妻は、島へ行ってもエマの部屋に水道がないということまでは、本人には言わないでいた。

「あんたのことを心配してたよ、エマ」と私は言った。「部屋に電話したけど返事はないし」

「私は電話に出ないんです」とエマ。「いつもドキンとするもんですから。それに、どっちみちいなかったんですよ。あの部屋だと眠れないので、七十八丁目のマッコイさんの所へ帰ったんです」

私はグラスの手をおろした。「七十八丁目まで帰ったんだって、ゆうべ?」と私はきいた。

「はい。旅行に出るからしばらく留守にするってことわらなくちゃならなかったもんで——あの、マッコイさんていうのは部屋を貸してくれてる人です。それにどっちみち、ホテルじゃ寝ないんです、私は」そう言って部屋の中を見まわしていたが、「ホテルは火事がありますから」と言った。

　いろいろきいてみると、エマ・インチは前夜七十八丁目まで戻ったというだけではなく、フィーリを抱きながら途中ずうっと歩いて行ったということだ。一、二時間かかったそうだ。というのは、フィーリは一度にあまり長い道を抱かれるのをいやがるので、ほとんど一ブロックごとに立ちどまっては、歩道におろしてしばらく休ませていたからだ。今日、ホテルに引き返してくるのにも、同じぐらいの時間をかけて歩いて来たのだ。それにフィーリという犬はひるすぎまで寝坊するらしく、遅くなったのにはそんなわけがある。どうもすみません、と彼女はあやまった。妻と私は互いに顔を見合わせ、フィーリの顔を見、そうしてグラスを飲みほした。

　エマ・インチは十四号桟橋までタクシーで行くというのをいやがったが、十分ばかりなだめすかしたあげく、ようやく車に乗り込んだ。「ゆっくりやってくださいね」と言う。時間はじゅうぶんあったから、私は運転手にのんびりやってくれと頼んだ。エマはたえず立ち上がろう立ち上がろうとする、私はたえず座席に引き戻そう引き戻そうとする。「自動車に乗ったの、初めてなんです、とっても速いんですね」と言うのだ。ときどき、こわがってキーキーわめくので、運転手が振り向いてニヤリとして、「大丈夫ですぜ、あっしなら」と言った。するとフィーリが運転手に向かってうなり出した。エマは運転手が前に向き返るまで黙っていたが、それから妻の方へからだを倒してささやいた。「この連中、みんな麻薬《コカイン》飲んでるんです」フィーリが新しい音を立て始めた——かんだかい苦しそうな泣き声である。「歌っていますわ」とエマは言った。彼女は異様な音を立ててクスクス笑ったが、顔の表情は少しも変わっていなかった。「スコッチ・ウイスキー、取りやすい所にしまっといてくれればよかったのに」と妻が言った。

エマ・インチがタクシーをこわがったとしたら、フォールリバー線のプリシラ号には、きもをつぶしたと言っていいだろう。「私、行けそうもありませんわ」とエマは言うのだ。「とても船はダメです。こんな大きいとは知りませんでした」そうしてフィーリをしっかり抱きしめて栈橋から動こうとしない。あまりきつくしめつけたとみえて、犬は悲鳴をあげた——人間の女のような悲鳴だった。私たちはギクリとした。「耳のせいです、耳が痛いんです」とエマは言った。

私たちはやっとエマを船に乗せた。いったん乗船してサロンに入ると、彼女の恐怖心もいくぶんやわらいだようだ。やがて出帆の合図の汽笛が三度、南マンハッタン一帯をゆるがせて高らかに鳴り渡った。エマ・インチはパッととびあがると走り出した。スーツケースは取り落としたが（ポーターに預けろと言ったのにきかなかったのだ）、フィーリにはしがみついたままだった。栈橋へおりる渡り板に行き着くまぎわで、私はやっと追いついた。私が彼女の腕を離したとき、船は岸を離れていた。

エマを船室に行かせようと長いことすったもんだの末ようやく彼女は入って行った。そこは一等船室だったが船の内側になっていた。しかしそんなことは全然気にしていないらしい。家の中の部屋のように、ベッドも椅子も洗面台もついているのでびっくりしたのだと思う。彼女は犬を床《ゆか》におろした。

「その犬はなんとかしなくちゃいかんだろうな」と私は言った。「どこかへ預けといて降りるときに返してもらうことになってるんだと思うけど」

「いいえ、ダメです」とエマは言った。結局、この船の場合はそうしなかったと思うが、よくわからない。私はエマ・インチとフィーリとを中に入れてドアをしめ、そこを立ち去った。私たちの船室にもどってみると、妻はスコッチをストレートで飲んでいた。

翌日、まだひんやりとした早朝、私たちはフォールリバーでエマとフィーリとをプリシラ号から降ろし、タクシーに乗せてニューベッドフォードへ行き、そこからマーサズ・ビニヤード島へ渡る小さい船に乗せた。乗り換えの一つ一つが大変な苦労で、まるで、ナイトクラブでケンカを吹っかけられたと思い込んでいる酒癖の悪い酔っぱらいを、むりやり外へ引きずり出そうとしているような調子だった。島行きの船に乗ると、エマは出来るだけ水面の見えない遠くの椅子に陣取り、固く目をとじてフィーリを抱きしめていた。フィーリの上にコートをかけてやっていたが、それは寒さを防ぐためばかりでなく船員に見つかって、取り上げられては困るからでもあった。私はときどき甲板から様子を見に降りて行った。エマは無事だった。少なくともエマに関しては大丈夫だった。ところが、ニューベッドフォードと島との間の唯一の寄航地であるウッズホール港に着く五分前になって、急にフィーリの具合が悪くなった。というか、ともかくエマに言わせると、病気とのことだった。私には、それまでと比べてちっとも変わったところが見えない――呼吸は相変わらず異常で不規則である。だがエマは病気だと言うのだ。彼女の目には涙があふれている。「ひどい病気ですわ、サーマンさん」と言うのだ。「うちへ連れて帰らないとダメです」彼女が「うち」と言った口調で、どこのことを言っているのかがわかった。七十八丁目のことなのだ。

船はウッズホールに入港し、静止した。岸壁で貨物を積み込む作業員たちの騒ぎが聞こえてきた。「わたし、ここで降ります」とエマは断固として言った。いや、ともかくこれまでよりもいっそう断固とした言い方だった。私は、もう三十分もすれば、われわれも「うち」に着くんだし、そうなれば万事問題はない、万事すばらしくなると説明した。フィーリも生まれ変わったようになる、世間では病気の犬をわざわざ治療させにこの島へよこすのだ、とも言ってみたが役に立たなかった。「どうしてもここから連れて帰ります。これが病気になるといつもうちへ帰らないといけないんです」とエマは言う。私は、島の生活がいかに快適であるか、建物も立派だし人々も親切だ、犬のためのすばらしい施設もある、などと弁舌さわやかに並べ立てたが、結局ムダであることがわかった。彼女の顔を見たらそれがわかったのだ。どうしてもここで下船するつもりでいるのだ。

「ムチャなこと言うもんじゃない」と私はエマの腕をゆすぶりながら、けわしい声で言った。フィーリが弱々しくうなった。「あんたは金を持ってない、ここがどこかわからないんだろう。ここはね、ニューヨークからはすごく遠いんだよ。ここからニューヨークまでひとり旅をした人はまだ誰もいないんだ」だが彼女は聞いていないようだった。フィーリにブツブツ話しかけながら、渡り板へ出る階段の方へ歩きかけた。「帰りはずうっと船に乗らないと行かれないいんだよ、さもなきゃ汽車だが、あんたは金がないんだ。今ここでやめるなんてバカなこと言うんなら、こっちだってお金は一文もあげないからね」

「お金はほしくありません、サーマンさん」とエマは言った。「まだ全然働いてないんですから」

私はムッとして、しばらくおし黙ったまま足をはこんだ。それから金を少しくれてやった。むりやり受け取らせたのだ。二人は渡り板の所へ来た。フィーリがクシンクシン、ゴボゴボとのどを鳴らした。よく見ると、目が多少赤味を帯びてうるんでいる。いまさら妻を呼んで来ても始まらないと思った――ことに問題が犬一匹の健康にあるとすればなおさらだ。「ここからどうやって帰るつもりかね？」私はエマが渡り板を降りかけたとき、どなりつけるようにして言った。「マサチューセッツ州のずうっとはずれに来てるんだよ」

彼女は立ちどまって振り返った。「歩いて行きます。わたしたち、歩くのが好きなんです、フィーリもわたしも」

私はただじっと立って、彼女の行くのを見つめていた。

デッキにもどると、船はマーサズ・ビニヤード島にむかって動き始めていた。「どうだった?」と妻が問いかけた。私は波止場の方を手でさし示した。エマ・インチがそこに立っている。足もとにスーツケースを置き、一方の手で犬を抱きかかえ、そして一方の手を振って私たちに別れのあいさつを送っている。それまで私は、彼女が微笑したのをついぞ見なかったが、いま彼女はニッコリと笑っていた。

ウィルマおばさんの勘定

The Figgerin' of Aunt Wilma

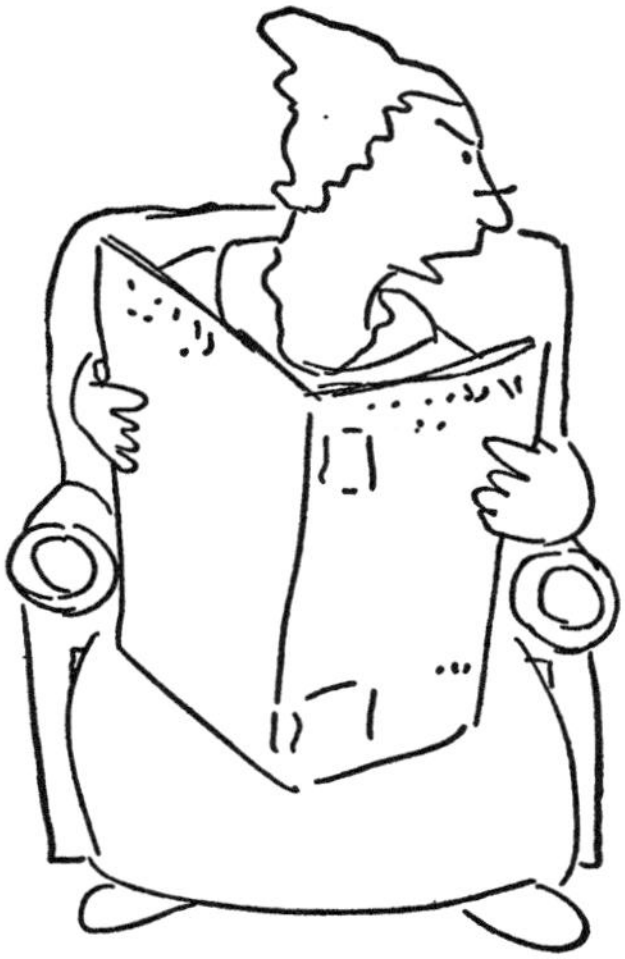

私が子供のころ、オハイオ州コロンバス市の中央市場区域、四番通りのすぐ東、タウン通りの南側に、ジョン・ハンスの食料品屋があった。当時でも（五十二年も前の話だが）古ぼけた店で、親子三代の買物客が出入りしているうちに、広々としたオーク材の床板も靴の底でスベスベにすりへってしまっていた。店のなかに入ると、コーヒーやハッカや酢《す》やいろいろな調味料のにおいがした。左手のドアを入ったばかりの陳列棚には、丸いガラス蓋の中に昔ふうの駄菓子が並んでいた――ガムドロップとか甘草《かんぞう》とかハッカ糖とかそれ的のもので、中には古くなって色あせていたものもあった。後ろの壁には、ピクルスの樽とサーディンの小樽との間に、鉄のコーヒーひき器があり、私はときどきそのハンドルを回さしてもらった。

一度、ハンスさんは私にあめん棒を一本くれたことがある。一セントにもケチケチする彼にしては驚くべき気前のよさだった。節約、それが彼の信仰なのだ。したがって彼の店は掛け売りいっさいお断わり主義である。電話料も隣りのヘース馬車店と折半である。つまり、店の西側の壁には穴があいていて、木の枠の中に取りつけられた電話機が、枠ごとグルッと回り込む仕掛けになっていた。当時十歳ぐらいの私は、土曜の午後などよくその食料品店に出かけ、電話が壁の向こうに消えて行くのを見ようとしてブラブラしていたものだ。それがすむと今度はまたクルッと出てくるのを待っていた。私にはまるで魔法のように思われたので、あとでその世俗的な目的——月に何ドルかを節約する狙い——を知ったときはガッカリした。

ハンスさんは七十近かった。背が低く、髪も口ひげも真白で、はしっこい目をしていた。あれよりはしっこい目の人といったら、いま思い出しても、ウィルマおばさんぐらいのものだったろう。ウィルマ・ハドソンさんは南六番通りに住み、いつもハンス食料品店で買い物をしていた。ハンスさんの目は空色で、じいっとにらみつけられると縮みあがってしまう。ウィルマおばさんの目は黒茶色で落ちつきがなく、人を見たら泥棒と思え式の疑り深い目だった。教会では、おばさんはまわりの会衆に鋭い視線を投げつけ、その中から不信心者を——この聖なる場所で、世俗的、さらには肉欲的な思いにふけっていそうな顔をしている男女を——さがし求めていた。そうして目が罪びとの上にとまろうものなら、義憤のあまり、太い濃い眉毛をぐっと下に引きおろし、口を真一文字に引きしめる。ウィルマおばさんは昼の光のごとくきわめて明けっぴろげな性格で、そのかわり、ひとたびお金の「勘定」（そう言っていた）となると、これはまた夜の闇のごとくまっくらだった。そのおばさんとハンスさんとの衝突は、家族一統の語りぐさとなったものである。

だいたい、ハンスという人は計算が早くて達者だった。そこへもってきて、五十年近くもたえず実地できたえぬいてきたものだから、足し算ぐらいは数字の行列をチラッと見ただけでたいがい出来てしまう。からの紙袋の上にちびた黒鉛筆でサッサッと数字を書き並べていく。ところがウィルマおばさんの方は、こと勘定となると遅々としてはかどらない。めがねを鼻先にずり落とし、口をモグモグさせながら、何度でも何度でも数字の列の上を行きつ戻りつする。おばさんにとっては、早算などというものは、世間の男どもの無分別な軽ハズミな行為となんら変わるところがないのだ、つまり神をおそれぬしわざというわけである。だからハンスさんは、ふと顔を上げ、おばさんが店に入ってくるところを見ると、いつもため息をもらすのだった。彼女がしごく単純な金銭取引の問題を、独特の混沌たる神秘的世界にまで引き上げてしまうことを知っていたからだ。

一九〇五年のある日、ハンスさんの計算とウィルマおばさんの勘定とが、一騎うちの大勝負を演じた記憶すべきときに、さいわいにして私はその場に居合わせた。その日、おばさんは買い物が多くて一人では持ち切れなくなりそうだから買い物かごを持ってくれと、うまく私を言いくるめたのだ。おばさんの所にも、私と同じ年頃の孫息子が二人いたのだけれども、私が訪ねて行くと、ちょうど二人とも遊びに出てしまっていて、たちまち私が犠牲になったのである。若いものは、とおばさんは十七歳以下の人は誰でもそう呼んだが、若いものはひとの手伝いが出来ないようではゴクツブシだと言った。実は私は前に、むりやり買い物について行かせられたことがあり、土曜日の午前中おばさんがきまって通る道筋はわかっていたのだ。その日は四番通りには、メーン通りの角《かど》からステート通りの角まで、ズラリと野菜の露天市《いち》が立つ。当時は物価も驚くほど安かったが、それでもウィルマおばさんは一つ一つ、原価や品質や分量をこと細かに問いただす。そうして近在でとれた新鮮な農産物をねばりにねばってやっと買い終えると、今度は東に折れてタウン通りへ出て、ハンスさんの食料品屋へと向かう。その頃になれば、買い物かごの重みが私の腕にこたえ始めてくる。「サァサァサァ、早く来るんだよ、早く」とおばさんはピシピシきめつける。中西部の家庭の主婦が商業世界の邪悪な軍勢を相手にして雄々しくも正義の戦いをいどんでいるといった顔つきで、目をキラキラと輝かせているのだ。

さてその日、ハンス食料品店へウィルマおばさんが入ったとき、ハンスさんが見るなり思わず右手をヒョイと動かしたのに、私は気がついた。ちょうど別のお客の買い物がすんだ時だし、店員はいそがしくしていたから、こいつはのっぴきならない羽目になったと彼は考えたのだ。ウィルマおばさんが食料品を選び終わるのにはタップリ三十分はかかったが、それでもようやく、買うべき物の袋や缶や箱が全部カウンターの上に山積みされた。ハンスさんは慣れた手つきで紙袋と鉛筆を取り出し、品物を一つ一つ買い物かごに入れながらその値段を書きとめ始めた。その器用な動作をウィルマおばさんは目を皿のようにして見つめていた。ちょうど熱心な野球ファンが敵方の内野がエラーしてくれないかと待ち構えているような目つきだった。おばさんは、器用な人間を見ると、うまいと思わないで「こすい」と思うたちだった。

ウィルマおばさんの買い物はしめて九十八セントになった。おばさんの性質を知っているハンスさんは、合計額を記したあとでその紙袋を勘定台にサッと乗せて、ご本人が自分の目で計算をたしかめられるようにしてくれた。おばさんが前こごみになり、ジロジロとめがね越しに、しぶしぶ彼の勘定の正確なことを認めざるを得なくなるまでには、かなりの時間がかかった。やっと全部が間違いないとわかってからも、念には念を入れで、もう一回数字の列と取っ組むのである。おばさんの唇は三度目の足し算をしながらモグモグと動いていた。その間ハンスさんは辛抱強く、両方のてのひらをカウンターに乗せて待っていた。どうやら、おばさんの唇の動きに魅せられている様子である。「そうね、いいようですね」とウィルマおばさんはやっと声に出した。「でもずいぶん高いこと」しかし、この一ドルに足りない買い物で、かごはいっぱいにふくらんでいた。おばさんはハンドバッグから財布を出し、一ドル札をゆっくりと引っぱり出して渡した。まるで、別れたら最後二度と見られない百ドル紙幣といった具合だった。

ハンスさんがものなれた手さばきで、レジのキーをポンポンと押すと、表示窓の赤い矢が＄.98を示した。彼は手前にピョンととび出して来たひきだしをしげしげと見ていた。

「やあ、こりゃ」と言ってから、「フン、どうも銅貨がないようですな」彼はおばさんに向き直り、「三セントお持ちじゃないでしょうか？」と尋ねた。

これが口火となったのだ。

ウィルマおばさんはキッと不信の目を投げつけた。例の日曜日向きの疑惑のまなざしだ。

「**あなたが二セント返すん**ですよ」ときびしく言った。

「わかってますよ、奥さん」と彼はため息をもらした。「だけど細かいのがないんです。ですからもう三セント下されば、五セント玉をさしあげます」

ウィルマおばさんは用心深く彼の顔をにらんだ。

「いいんですよ、おばさん、三セントやって五セントもらえば」と私が口を出した。

「おだまり」とウィルマおばさん。「いま勘定してるんだから」そしておばさんの勘定はしばらく続いた。また唇が動いていた。

ハンスさんはひきだしから五セントのニッケル玉を出して、カウンターにのせた。「この五セントをさしあげます」と彼はキッパリ言った。「そうすると、私は三セントいただかなければならなくなる」

ウィルマおばさんは財布の中味をいろいろつまみあげてみて、ようやく一セント銅貨を三枚見つけると、一枚ずつ注意しながら取り出し、カウンターの上の五セント玉の横に並べた。ハンスさんが手をのばして取ろうとした。おばさんの動作はそれよりすばやかった。パッとやせた手で八セントを押さえたものである。「お待ちなさい！」と言ってそろそろと手を引いた。そうしてトランプでブリッジのむずかしい手を考えているかのように、額にしわをよせて四枚の硬貨をじいっと見つめ、上の歯を下唇に押しあてた。「もし私が十セント銀貨を上げるとするでしょう」とおばさんが言った。「そうしてこの八セントを貰うとしたらどう？　……あんたの足りないのは二セントだったわね？」

ハンスさんの顔には、しだいに狼狽の色が浮かんで来た。おもしろ半分の買い物客が一人二人、横目で成り行きを見守っている。「いやいや」と、ハンスさんが言った。「そんなことしたら、こっちは七セントただとりってことになりますよ」

これにはウィルマおばさんも参《まい》った。いきなり降ってわいたように、どこからともなく、七セントという突拍子もない新手《あらて》の金額が襲いかかって来たのだ。それに、自分がいくばくかの金をただとられるところだったと思うだけで、もうガックリときて、おばさんの目はグロッキーになった拳闘選手さながらに、一瞬、光を失った。ハンスさんも私も、これ以上紛糾させては大変と思って何も言わなかった。そのうちおばさんが右手をモジモジと動かしたので、私は、これはひょっとするとハンスさんに一セントくれてやって、残りの七セントをつかみ取る気ではないかと思ったが、さすがにそうはしなかった。やがて、じっとおし黙ったままこの事態と格闘していたおばさんの目がキラリと光った。

「なんだ、そうだったのね！」とおばさんは明るい声で叫んだ。「ほんとにどうかしたのね、わたしったら。この八セント取って、十セントくださいな。それでわたしの二セントが返ってくることになるわ」

客が一人声を出して笑った。それをおばさんはパッとにらみつけて黙らせた。この牽制《けんせい》攻撃の最中に、私は頭の中で、ハンスさんがもう少しのところで七セントもうけるところを、今度は逆に五セント損することになると暗算した。

「奥さん、それでは**私の方**から**五セント**、**ただ**で上げることになってしまいます」と彼は身を固くした。二人はなお数秒身動きひとつせず、互いに相手をにらみ倒そうとしていた。

「ねえ、いいですか」とハンスさんは振り向くと、まだあけっぱなしのレジのひきだしから、さっきの一ドル札を取り出して、ニッケル貨と銅貨の横においた。「いいですか」と彼はくりかえした。「奥さんは一ドルと三セントをお出しになった。しかし奥さんのお買い物は一ドル三セントじゃない――それより五セント少ないわけです。で、これがおつりの五セント」彼は五セント玉をつまんでおばさんに渡した。

おばさんはそのニッケル貨を二本の指でつまみ、ようやくこの取引の内容がのみこめたというようにちょっとの間目を輝かしていたが、またもやその光は消えてしまった。急に五セント玉を相手に返すと、自分の一ドル三セントを取り上げ、三セントを財布にしまった。

「奥さん、九十八セントはチャンと記録しちまったんですからね」とすばやくハンスさんは言った。「その一ドルは入金しなくちゃ」彼はレジの表示窓の＄.98を指さした。「じゃこうしましょう。その一ドルをいただいたら、五セントさしあげます。それでケリってことにしましょう」

ところがおばさんのほうは、見たところ、五セントもらいたくもなし、一ドル払いたくもなしといった顔つきだったが、結局はそのようにした。私ははじめビックリした。なにしろ、あのしまり屋のハンス氏が三セントおまけしてくれたからである。でも考えてみると、一ドル札まで取り上げられそうになったので、背に腹はかえられぬと進んで手を打つことにしたのだろう。

「やれやれ」と、ウィルマおばさんは腹を立てていた。「どういうつもりだかサッパリわかりゃしないよ」

私は気の弱い子供だったけれども、家名を傷つけたくない一心から、この混乱にみずからとび込まねばならなかった。「ねえ、ウィルマおばさん。もしその五セントを貰っていたら、この買い物全部を九十五セントで売ってくれたことになるんですよ」

ハンスさんはこわい顔で私をにらみつけた。私がよけいな口出しをしてこのうえ損害がふえることになっては大変だと思ったのだ。「いいんだよ、もう、いいんだったら」と彼はひきだしに一ドルを入れて、思い切りよくガチャンとしめた。だが私は引き下がろうとしなかった。

「ねえ、おばさん、おばさんたら」と私は不平をこぼした。「三セントただどりしてるんですよ、わからないの？」

おばさんは目下の者を見るあわれみのまなざしを私に投げたが、その目には頭のつかれが浮かんでいた。「なにが三セントただどりなもんですか」ときびしい顔をした。「向こうが二セントただどりしてるんです。わからないくせに口を出すもんじゃない」

「もういいんですよ」とハンスさんはうんざりした声でくり返した。またここで、おばさんが財布の中をかき回して三セント取り出すようなことになったら、かならず一ドル返してくれと言うだろうし、そうなればすべてが振り出しへ戻ってしまう。一方、私は私でガッカリしておばさんの顔を見た。

「あ、そうだ！」と、だしぬけにおばさんは大声を出した。「ことによると、細かいのがあるかもしれない！　どうして今の今まで気がつかなかったんだろう！　細かいのがあったと思うわ、たしか」そうしておばさんは左手に握っていた五セント玉をカウンターに戻し、それから財布の中の小銭を突っつき回して、たっぷり時間をかけて、二十五セント銀貨を二枚、十セント銀貨を四枚、ハンスさんの五セントニッケル貨一枚、一セント銅貨三枚をカウンターに並べた。「そうら」と言った目はキラリと勝ちほこっていた。「さあ、さっきの一ドル返してくださいな」

ハンスさんは深い吐息をつき、「両替」というキーを押してレジをあけ、一ドル札をおばさんに返した。それから小銭を急いでかき集めると、一枚一枚をひきだしのそれぞれの仕切りの中にしまい込んでバタンとしめた。私は当時まだ十歳で、算数は得意の科目ではなかったけれども、それでもこの取引におけるハンス氏の損失は、さっきまでのところで三セント、今度のをいれて五セントになることが容易に計算できた。「毎度ありがとうございます」と彼はけわしい声で言った。彼は私の同情的な視線を感じ、われわれ二人はチラリと男同士にわかるひそかな理解の目を見かわした。

「どうもお世話さま」とウィルマおばさんは言ったが、その声も店主の声と同じようにけわしかった。

私がカウンターから買い物かごを取り上げると、ハンスさんはまたもやため息をついたが、今度のは安堵《あんど》の吐息だった。「またどうぞ、またどうぞ」と言葉だけは愛想よく、内心は私たちが立ち去るのを喜んでいるふうだった。私はかごの中からパセリなりなんなり、五セント分をこっそり返してやろうかとも思った。

「サァおいで」とウィルマおばさんが言った。「すっかり遅くなってしまった。今日の買い物はなんて手間取ったんだろう」と店から外へ出るまでブツブツぼやいていた。

店を出てドアをしめる時に私が見るとハンスさんは男客の相手をしていたが、その男はゲラゲラ笑い、ハンスさんは眉をよせて肩をすくめていた。

タウン通りを東に歩いているとき、ウィルマおばさんはとうとう爆発した。「こんな目にあったのは、ほんとに生まれて初めて。あのジョン・ハンスって人はいったいどこの学校に入ったのかねえ。考えてみたってお前――大《だい》の男がああまでこんぐらがるなんて、まったくあきれるよ。あれじゃまる一日押し問答したところで、まともな勘定はできゃしないさ。しょうがない、二セントくれてやるんだね。早く帰ろうと思えば、それぐらいのことはあきらめなくちゃ」

「二セントって、**どの**二セント、おばさん？」私はあやうく悲鳴をあげるところだった。「だってお前、二セント貸しがあるんだよ、こっちは！　近頃の若いものは学校で何をならってくるのかね？　わたしは二セント払いすぎてるんだよ。買い物は九十八セント、それをわたしは一ドル払った、そのときの二セントの貸しは、とうとうおしまいまで返さなかったんだからね。帰ったらハーバートおじさんにきいてみるといいさ。そのくらいの勘定はだれにだって出来るよ、あのハンスって男だけは別だけど」

私は黙りこくって横を歩きながら、ハーバートおじさんのことを考えた。頭のはげかかったカンシャク持ち、おこりっぽくて、短気で……

「いいかい、ハーバートおじさんには、**わたしから**説明させるんだよ。お前だってハンスとおんなじこと、すっかりこんぐらがってるんだからね。さっき、もしお前の言う通りに三セント渡してごらんよ、わたしはきっと一ドル返して貰えなかったよ。もしそうなったら、二セントどころか五セント払いすぎになってしまう。こんなわかりきったことをマァ」

そのとき私は今こそ解決のいとぐちをつかんだと思った。で、機を逸せず口を開いた。「そうなんだ、おばさん」と私はどならんばかりだった。「五セント払いすぎになる、だから五セント玉をよこしたじゃないか」

ウィルマおばさんはカンカンになって、くってかかってきた。「あの五セント玉は**わたしの**です。勘定台にあれを置いたのはわたしだよ、その目で見ていただろう、あの男はそれをつまみ取ったんだよ、そうだろ?」

私は買い物かごを左手に持ち変えた。「そりゃわかってますよ、おばさん。だけど、あれは最初っから、**向こう**のものだったんだ」

おばさんはフフンと鼻を鳴らして、「でも結局、向こうは取りもどしたじゃないか、大事な大事な五セントをね?」私はまたかごを持ち変えた。おばさんの声音《こわね》はどことなく落ちつきを失ったように感じられた。おばさんはむっつりしてテンポを早めた。私はついて行くのが並み大抵でなかった。南に折れて六番通りに出たとき、私が顔を上げてみると、おばさんは眉にしわをよせ唇を例によってモグモグさせていた。帰宅してからハーバートおじさんにこの奇妙な取引のことをどう話したらいいか、予習をしているのだった。私は口笛を吹き出した。「うるさいね、いま勘定してるんだから」とおばさんは言った。

ハーバートおじさんは居間にくつろいでリンゴを食べていた。その顔つきからみて、珍しく御機嫌のいいのが私にはわかった。ウィルマおばさんは私の手から買い物かごをひったくり、「いいかい、おじさんにはわたしから話すからね、お前は黙って待ってるんだよ」と言い捨てて、サッと台所へ消えて行った。

多少息をはずませながら、私はハーバートおじさんにウィルマおばさんの複雑怪奇な財政武勇談を話してきかせた。おばさんが部屋に戻って来たときには、おじさんはクックッ笑っていた。

その笑顔がおばさんにはコチンときた。「この子の言うのは間違いです」とおばさんは私を責めた。「みんなデタラメです。この子もジョン・ハンスも、メチャクチャなんですからね」だが、おじさんの含み笑いはだんだん盛り上がり、とうとう腹をかかえて大笑いするまでになった。ウィルマおばさんはそれをジロリとにらみつけて黙らせた。「ねえあなた、わたしの話をきいてくださいな」と言い出したが、おじさんはそれをさえぎった。「もしハンスがだよ、この先その二セントを返すことがあるとしたら、いったいどうやって精算したらいいかね。そのうちお前、三セントの買い物をして十セント払ってやらないといけなくなるぞ」おじさんはまた高笑いをした。

ウィルマおばさんは私たち二人を代わるがわる、冷たい侮蔑の目つきでにらんでいたが、やがて両手を上にあげ、さもあきれはてたようにバタリとおろした。「まったくねえ。こんな調子で男にまかしておいたら、今の世の中はいったいどうなるんだろう」

ホテル・メトロポール午前二時

Two O'Clock at the Metropole

一九一二年七月十六日火曜日のむし暑い夜半すぎ、あともう少しで二時というとき、四十三丁目通りのブロードウェイ近く、ホテル・メトロポールのバーのテーブルに、一人の男がブラリと歩み寄って、腰をおろしていた別な男に話しかけた。

「会いたいっていう人が外に来てるよ、ハーマン」

このさりげないひと言に、あの名だたる繁華なホテル・メトロポールの運命がひめられていたのだ。というのは、この一分後に起こった事件のために、それから間もなくこのホテルは店をとざしたからである。テーブルの男は立ちあがると、キビキビした足どりで路上に出て行った。そのあとから声をかけた男がついて行った。ハーマンと呼びかけられた男は、ホテル玄関の大ひさしの目にもまばゆい電光の下に立ち、自分に会いに来たという人を捜してあたりを見回した。手間はかからなかった。歩道に寄せて駐車していた灰色の自動車の中から、四人の背の低い色の浅黒い男がとび出して来て、彼を取り囲むと六発浴びせた。これがバクチ打ちハーマン・ローゼンタルの終わりであり、同時に史上に名の高い一連の殺人事件の始まりでもある。

ローゼンタルの名前は、この事件の二日前に新聞を通じて世間に知られていた。《ワールド》がその日、彼の供述を掲載したからである。内容は、チャールズ・ベッカーという名の警部を非難したもので、ベッカーが彼から「目こぼし料」を取り立てておきながら、彼のトバク場に手入れをして閉鎖してしまったというのである。新聞では、ローゼンタルは、大陪審の前で堂々とベッカー警部の汚職ぶりをつき、彼を深みにおとしいれてやると言わんばかりの鼻息だった。

殺し屋たちは乗ってきた灰色のフェートン型自動車のナンバープレートを、はずすとかよごすとか小細工をしなかった。あとでわかったところでは、彼らは、「警察《サツ》とは話がついてる」からこの仕事のことでは何の心配もない、と聞かされていたからだそうだ。ところが、彼らは《ワールド》と、地方検事のチャールズ・S・ホイットマンと、それからチャールズ・ギャラハーという男のことを計算に入れていなかった。

ギャラハーはキャバレーの歌い手で、ちょうどたまたま現場を通りかかって、その車のナンバー41313 N. Y.を目撃した。彼はすぐさま西四十七丁目警察署へ行きナンバーを届け出たが、ムダボネもいいところ、かえってその場で留置場へ入れられてしまった。こうしてせっかくの情報も完全に無視されるというところを（警察は警察でナンバーを発表したが全部デタラメである）、《ワールド》の記者がかぎつけて、ホイットマンを電話で叩き起こしたのである。ホイットマン地方検事は午前三時二十五分に警察署へ到着、ギャラハーのことを知り、彼の釈放を要求するとともに、そのナンバーの車を手配させた。夜の明ける前に、問題の灰色の車の運転手、シャピロという名の男がワシントン広場近くの自分の部屋で寝床から逮捕された。シャピロはホイットマンに向かって、車はその晩は通称〝突き玉〟のジャック・ローズと呼ばれている男に貸してあったと述べた。

ジャック・ローズ、ポーランド生まれで本名ジェーコブ・ローゼンツワイク、三十五歳、その道の人々にはニューヨークきってのいかさまポーカーのやり手として知られ、またベッカー警部のためには賄賂《わいろ》の集金係を引き受けていた。当時、ベッカー警部は暴力班を指揮して、とくに市内のトバク場の「監視」に重点をおいていた。そのころ市内にはトバク場が何百とあった。中でも有名なのは、六番街四十二丁目北西の角《かど》の建物の二階にあったやつで、ブリジー・ウェッバーという人当たりのいい男が経営していた。ローゼンタルの店はその近く、西四十五丁目一〇四番地にあった。四十何丁目と言われる一帯は、バクチ宿でひしめき合っていた。どれもが公然と店をあけていた。みんなチャールズ・ベッカーにみついでいたのである。彼の俸給は年収わずか二千二百ドルなのに、あとでわかったところによると、九カ月間に六万ドル近くを預金したという一時期もある。こういう袖の下は一切〝まるはげ〟のジャック・ローズ（彼にはいろんな呼び名があった）が集金してやっていたのだ。ベッカーはブロンクス区のオリンビル街に大邸宅を建てて住んでいた。その家はまだ残っている。数年前までピーター・シール判事が存命中そこに住み、判事の死後、未亡人もやはりその家で去年の秋に世を去っている。

ローゼンタル殺害の翌々日にローズが警察本部に出頭した。いよいよ本事件の最大の立役者がひのき舞台に登場したわけである。物言いも柔らかいし、着こなしもリュウとしたもの——ネクタイ、ワイシャツ、靴下、すべて一分のすきもない——ローズの人相はピーター・ローレがよくやる扮装《ふんそう》の顔つきとかなり似通っていた。ローズの頭はツルツルの丸ぼうず、子供のときのチフスのために、まゆげやまつげまでが一本もないのだ。彼は、あっさりとシャピロから車を借りたことを認めた。アップタウンの親戚を訪ねるため借りたのだと言った。彼はニューヨーク市刑務所の独房にほうり込まれた。やがて、容疑者がもう二人、仲間入りすることになった。ブリジー・ウェッバーと、やはりバクチ打ちのハリー・バロンである。ウェッバーはローゼンタルの未亡人に、葬式代の一部にあてるようにと五十ドルを贈ったのだった。三人とも無罪を主張し、三人ともアリバイがあった。

ローゼンタル殺しの記事は各新聞の第一面に暗黒の花を咲かせた。その三月前に沈没したタイタニック号の事件だって、これほどまで読者をハラハラさせたりはしなかった。なにしろ、さまざまの奇怪な人物が次々と登場して事件を飾るのである。暴力ギャングスターの頭目、〝大物〟のジャック・ジリッグも名をつらねる（「ギャングスター」という言葉の出来たのはこの時である）。また、サム・シェップスという、目をパチクリさせる異様な小男も現われ出る。

事件の一週間後に、地方検事ホイットマンは（後に彼はこの事件の究明ぶりを買われてニューヨーク州知事になった）窮余の一策として、「真犯人」の名を指摘したものには刑を免除すると宣言したものだ。ローズ、ウェッバー、バロンとこういった連中は、いずれおとらぬポーカーの名手だったから、ハッタリの見切りどきを心得ていた。彼らはただちに自白した。ベッカー警部に頼まれて、ハーマン・ローゼンタル殺しの手筈をととのえてやったと言った。

実際の下手人、つまりローズが自動車の用意をしてやった男たちの名前もわかった。こうしてアメリカの犯罪史に四人の不朽の名前が書き加えられたのである。〝左利き〟のルーイ、〝吸血のペテン師〟、〝白〟のルイス、〝イタ公〟のフランクの四人だ。この悪党四人組のことはくどくどしく述べる必要はない、四人はローゼンタルをバラす報酬として、めいめい、当時としては大金の二百五十ドルを貰ったらしい。四人ともギャングの大親分〝大物〟のジャック・ジリッグの配下である。ジャック・ジリッグはベッカーに服従していたけれども、内心では毛嫌いしていた。世間は法廷でこの大親分がどんな証言をするかを楽しみにしていたが、ついにその機会は来なかった。それは、やがてこの事件の公判が開かれようという矢先に、ある日、ジャック・ジリッグが射殺されてしまったからである。同様に、四人の殺し屋のうち最初に見つかって逮捕された〝イタ公〟のフランクのことを密告した男、ある小さな酒場の主人も殺された。

しかし、ローズとバロンとウェッバーとは死ぬこともなく、証人台に立った。地方検事は彼らを厳重に護衛するように指示した。彼らは独房の中でもなかなか粋《いき》なくらしをしていた。〝左利き〟と〝ペテン師〟と〝白〟と〝イタ公〟の四人組は、一九一二年十一月、有罪と決定、スピード判決で死刑ときまったが、実際の処刑は一年半ばかり先になった。一般大衆が一番関心をよせていたのは、こんな四人のチンピラではなく、ベッカー警部のことだった——それと、ホイットマンとの渡り合いである。この口先のうまい警察官を相手どって有罪にまでこぎつけるのは、そうオイソレといくわけがない。

ベッカーの第一回の公判は殺人事件があってから三カ月たって開かれた。〝突き玉〟ジャック・ローズ、パリッとした紺の背広、ピカピカに光った靴で出廷。彼が国を代表する検察側の花形証人である。彼は陪審員にむかって、ベッカーが「ローゼンタルをバラせ——そっ首叩っ切るんだ——ダイナマイトでもいい——なんでもいい!」と言ったと証言した。またローズは、ベッカーがローゼンタルにバクチ場の開業資金を前貸ししたことや、彼と喧嘩して、ついに手入れに至ったこと、そしてローゼンタルは当時ホイットマンを動かすことが出来なかったので、不満を《ワールド》にぶちまけた事情などを明らかにした。

これでどうやらベッカーの立場は不利となった。しかし、検察側の証人となった三人はいずれもトバク師であり、法的に見て、彼らの証言だけでは有罪のきめ手にはならない。すくなくとも、もう一人、この犯罪にまったく無関係の証人で、この証言を裏付ける人物がいなければならない。そこで、この段階になって検察側から差し出されるのが、サム・シェップス、めがね越しにジロジロやる人をくった小男である。ローズは証言の中で、ある注目すべき会談について陳述した。それは市内のずっと北側、ハーレム地区のとある空地で行なわれた会合で、顔ぶれは彼とバロンとウェッバーとそれからベッカー、そしてその際ベッカー警部が彼らにローゼンタルを消すことを命じたというのである。ところでシェップスは、バクチ打ち仲間の腰ギンチャクのような男だが、このときの会合を目撃したと称するのだ、ただし、遠くからである。四人が何の話をしていたかは見当がつかない、ただ四人が話しているところを見ただけだと証言した。この異常な会合に関する異常な証言により、ベッカーは死刑を宣告された。彼の弁護士は控訴した。一年半が経過し、控訴裁判所は、シェップスは明らかに三人のトバク師とグルであると断じ、証言の信憑《しんぴょう》性を攻撃、第一審の判決を破棄してしまった。

一九一四年五月六日、ローゼンタルの死後二年近くたって、ベッカーはふたたび裁判にかけられた。この公判では、弁護士がローズに向かってきびしくつめよった。

「人殺しの計画を立てているとき、いったいあなたの良心はどこにあったんですか？」

するとローズは、苦悶の様子だったが即座にこう答えた。「私の良心は完全にベッカー警部がにぎってましたね」

どうやら〝まるはげ〟のジャック・ローズにとってはそれが真実というところだろう。バクチ打ちにしろギャングにしろ、彼らはひとしく、この冷酷無情、横暴不遜な鬼《おに》警部を恐れて、ビクビクものでくらしていたのだ。ベッカーの気をそこねたらひとったまりもない、すでに彼は幾十人という人々をうむを言わせず強引に投獄しているのだ。だが、ベッカーの弁護士たちは、バクチ打ちどもがローゼンタルを殺したのは、自分たちの悪事をスッパ抜かれるのを恐れて勝手にやったことだ、と主張した。しかしこの説は誰もたいして信じなかった。

第二審では――裁判長はまだ若さの残っているサミュエル・シーベリだった――どうにかこうにか新しい証人が発見された。ボードビルの芸人でジェームズ・マーシャルという名の男である。彼は問題の夜、その空地で、バクチ打ち連中と警部とが話し合っているところを見たと、証言した。この証言は受理され、弁護側はそれをくずすことができず、ベッカーはもう一度死刑を宣告された。今回は高等裁判所も干渉しなかった。こうして野望ついえた放心の巨漢はついに処刑された。時に一九一五年七月三十日、ハーマン・ローゼンタル射殺事件より三年余を経過していた。チャールズ・S・ホイットマンはすでにニューヨーク州知事になっていた。

ところがベッカー夫人は夫のヒツギのうえに銀板を飾り、それに次のような銘を刻んで、知事の名誉を毀損《きそん》したとみなされたのである。

チャールズ・ベッカー
一九一五年七月三十日
ホイットマン知事により謀殺

その銀板はジョーゼフ・フォーロット警部の命令で撤去され、ベッカー未亡人は、夫の名前と生年没年の日付とのみを記した銀板に取りかえた。その二カ月前にルシタニア号が撃沈されていて、ベッカーの記憶はすぐに古新聞の隅に忘れ去られ、見出しはもっぱら戦争の記事でみたされるようになった。

ホイットマンは政界を引退してから、弁護士を開業した。そして一九四七年、七十八歳のとき心臓マヒで世を去った。サム・シェップスとブリジー・ウェッバーはもう二十年以上も前に死んでいる。ボードビル芸人のジェームズ・マーシャルと、キャバレー歌手チャールズ・ギャラハーがその後どうなったかは調べるのが困難だ。

ウェッバーは裁判の終了後、ニュージャージー州に移り住んだ。しまいには、彼はパセイック市のガーフィールド紙箱会社副社長兼事務長となった。ニュージャージー州フェアローンに住み、パセイック市に出勤、二十年間にわたりウィリアム・ウェッバーと名乗って、過去なき男としてくらしていたが、一九三三年に、その地の公判に証人として呼び出されることになった。弁護士が証人台の彼に向かって、ローゼンタル事件のブリジー・ウェッバーではないかと質問すると、彼は素直にそうだと認めた。だがこんな過去の暴露も、彼の友人や商売仲間にはたいしたことではなかったらしい。彼は一九三六年七月三十日に死亡した。その死亡通知を読んだ人のなかには、チャールズ・ベッカーの死んだのが二十一年前の同じ七月三十日であることを思い合わせて、人生の皮肉を感じる人もいたかもしれない。

ジャック・ローズは、ローゼンタル＝ベッカー事件が終結しても、世間の目を避けるようなことはしなかった。彼はただジャックと呼ばれることを好み、天下にとどろいたさまざまの呼び名の方は使わせなかったけれども、べつに世をすねて日陰のくらしにこもるわけでもなく、身元を偽ろうともしなかった。はげ頭を隠すためにいつも帽子をかぶっていたが、カツラは軽蔑して使わなかった。戦争中は堂々とどこにでも顔を出し、兵隊たちを相手にバクチなどの悪習の弊害を説教して、兵営から兵営へと渡り歩いていた。閑静な郊外の町に部屋数十四という邸宅を建て、妻と二人の男の子とそこで暮らした。「人間《ヒューマノロ》学《ジー》」（彼は人間であることの科学だといっている）の講義をしていないときは、近所の子供相手に悪に染まるなとの辻説法、自分が小さいときからグレて感化院に入れられ、そこで初めて社会の暗黒面と結びついたイキサツなどを話してきかせていた。彼にはどことなくショトークワ（大衆的野外夏季大学）調とでもいうか、大みえ切って改悛の熱弁をふるう態度がおのずと身についた。一九一五年設立の彼の人間学活動写真会社は二年後につぶれたけれども、その期間内に彼は、敬愛する友人エラ・ホイーラー・ウィルコックスの詩をもとにして六本の映画を製作している。彼はウィルコックス女史からカタミとしてもらった宝石の指輪を見せびらかすのが好きだった。「この指輪は、エラが世界一周したときインドの王様からもらったもんだ」と彼はほこらしげに言うのだった。

ジャック・ローズは実業家として腕も立ち熱心でもあった。人間学映画は事業というより、罪ほろぼしのようなものだったが、これは彼の仕事で失敗した珍しい例なのだ。ベッカー君臨中のニューヨークにあらわれる前は、彼はコネチカット州でいろんな事業に首を突っこんでいた。しばらくブリッジポート市でホテルを経営したり、ハートフォード市でボクシングの興行師をしたり、またダンベリ野球チームの支配人や、ノーウィッチ野球チームの共同出資者になったり、そのかたわらカケごとや競馬に手を出した。ローズは一度も資金の調達に苦労したことはなかった。

裁判後、本腰を入れて一番成功した事業は、コネチカット州のミルフォードから、ロングアイランドのリンブルックに至るあいだのハイウェイ沿いに、レストランのチェーン店を作ったことである。どれも広々として立派でよく管理されていた。「一番大きい店は、収容力二百四十八人、一日三千食をまかなえるぜ」と彼は大自慢していた。自分の好みの店では、みずから采配をふるって沈床式花壇を設けたり、十二人編成のオーケストラを備えたりした。客の大部分は彼の素性を知らず、また彼もそれで満足していた。彼は自分の前身を、兵隊や子供たち相手にしゃべるときのほかはけっして明かさなかった。時たま新聞記者が日曜版の特集記事のネタあさりにやってくることがある。そんなとき、彼は悪びれずにまともに質問に答えた。だがおもに話したがっていたのは、新しくすえつけようとしている器具、たとえばハンバーグステーキの器械のことなどで、それを来客に見せびらかすのを好んだ。彼はめったにニューヨークには出てこないし、来たときも、昔なじみの場所には姿を見せず、親戚のアップタウンの婦人帽子店を根じろにした。もし彼に気づくものがいて、話しかければ、けっこう話にも乗った。

〝突き玉〟のジャック・ローズはこうして生活に順応していたが、彼のレストランの一軒をまかせられたハリー・バロンはそうはいかなかった。バロン夫婦はコソコソと隠れてくらし、自分たちのことを話したがらず、もし話題がそちらへ向いてくると、あわてて姿を消すのである。一度こんなことがあった。バロンが本店にジャックを訪ねて寄ったとき、ニューヨークから来た新聞記者に紹介された。彼は口をきかずにクルリと背中を向けると急いで外へ出て、車に乗って走り去ってしまった。

ジャック・ローズは一九四七年十月四日、七十二歳で死んだ。ホイットマンの死後数カ月のことである。ハリー・バロンがどうなったかは誰も知らない。《タイムズ》、《ヘラルド・トリビューン》、AP、どこのファイルを見ても、一九三〇年代半ばを過ぎるともうバロンの名前は現われなくなる。それ以後は、警察にも彼の記録はないのだ。生きているとすれば今はもう八十代だろうが、おそらくは変名でくらし、人知れず世を去って行ったのではなかろうか。いつどこでという点になると、誰にもわかりようがない。

西四十五丁目一〇四番地のローゼンタルの店の跡は、ジョンの軽食堂になったが、その建物は今は残っていない。現在一〇四番地は、一九五五年十一月十五日に竣工した六番街都市ガレージ株式会社になっている。今そこにいる人たちは、あの悪名を世にはせたトバク場のことも、またニューヨーク犯罪史に名をとどめた著名なバクチ打ちのことも、だれひとり耳にしたことがないのである。

一種の天才

A Sort of Genius

一九二二年九月十六日土曜日の朝、レイモンド・シュナイダーという名の少年とパール・バーマーという名の少女とが、ニュージャージー州ニューブランスウィック市の郊外の、とある寂しい小路を歩いていて、ふと何かを見つけ、あわてて角《かど》を曲がってイーストン街の一番近くの家へ大声でわめきながらとんで行った。その家では、グレース・エドワーズという名の婦人が驚いて出て来て目を皿のようにあけて二人の話をきいていたが、すぐさま警察へ電話をかけた。

ただちに警察が現場へ急行、少年たちの発見したものを調べた。それは、男女の死体だった。二人とも射殺されているが、女はさらにのどが切られている。男の靴の片方に、その男の名刺が一枚、立てかけられてある。偶然そこに落ちたというのではなくて、いかにも誰かがことさらに置いたというふうである。名刺の名は牧師エドワード・W・ホール、ニューブランスウィック市の米国聖公会聖ヨハネ福音者教会の教区牧師をしている人だった。女は、その教会の番人の妻で、エレナー・R・ミルズとわかった。この朝、レイモンドとパールの少年少女がつまずいたものは、やがてアメリカ犯罪史に、おそらくもっとも注目すべき怪事件として記録されることになるのである。

この殺人では、ついに誰にも有罪の判決は下されなかった。事件の審理が公式に打ち切られるまでには、じつに百五十人の人々が法廷や新聞の第一面をにぎわしたものだ。その中ですでにおそらく二人の名前がもう読者の心に浮かびあがったことだろう。ジェーン・ギブソンという女（熱心な新聞はこの人を「豚飼い女」と呼んだ）それからウィリアム・カーペンダー・スチーブンス（この男はかつて一億の人々にただ「ウィリー」として知られていた）。その豚飼い女のほうは一九三一年に世を去ったが、ウィリー・スチーブンスは一九四二年まで存命し、妹のホール夫人とともに、ニューブランスウィック市ニコル街二三番地に住んでいた。

ところで、被害者のホール牧師が一九二二年九月十四日木曜日の夜、七時半ごろ、その数奇な運命に向かって足をふみ出したのは、その家からだった。ホール氏が出かけたあとで、その家で何が起こったかが、当然、ニュージャージー州検察庁の一番大きな関心事となった。ニコル街二三番地の家は、デラッシー通りとの角《かど》に立っている。その通りこそ、死体の発見された小道であり、それから四年たっていよいよこの事件が公判に持ち込まれたとき、全国民の異様な好奇心の的となった場所である。

九月十四日の夜、デラッシー通りで何が本当にあったのか？　その同じ晩、ニコル街二三番地の家では何が本当にあったのか？　これを調べ上げるには、複雑厖大な法廷記録を読まなければならない。その中には華々しい活気にみちた個所もあるが、また反対にゴタゴタと同じことの繰り返しの個所もある。しかしその中で、二つだけ、今読んでみてもひときわクッキリと印象に残る部分がある。豚飼い女がその夜デラッシー通りで見かけた人物について語った話と、ウィリー・スチーブンスがニコル街の家での出来事について語ったくだりだ。ウィリーの話は検察官の（検察官の名前はもうお忘れになってしまっただろうが、アレキサンダー・シンプソンである）反対尋問のときに明るみに出されたもので、豚飼い女の陳述のような芝居じみた派手な盛り上がりはないけれども、その中に、それから証人台で彼がそれを述べた時の話しぶりの中に、ホール＝ミルズ事件の真のドラマがひめられていたのである。そのウィリー・スチーブンスの証言をかならずくずしてみせるという検察側の意気込みも、ついにみじめな失敗に終わったときには、陪審員の評決はすでに下ったも同然だった。裁判はそれ以後、線香花火的な終末をたどる。そうして、陪審員は退廷することわずか五時間で、ウィリーと、その妹フランシス・スチーブンス・ホール夫人と、弟のヘンリー・スチーブンスとの三人の無罪を答申した。

ホール＝ミルズ事件の奇異な出来事や状況をこと細かに並べ立てていったら、たちまち厖大な本になってしまう。事件の概要がハッキリ思い出せないという方がいるとしたら、それはこの事件の末端部分が、取調べに際していくらきびしい光線をあててみても、ふしぎなことについに暗くぼやけたままで終わってしまったからである。

もちろん、ホール牧師がミルズ夫人と相当に深い仲だったことは誰でも知っている。ミルズ夫人は聖歌隊の一員で、二人の情事はかなりの間その方面のゴシップの種になっていた。牧師は四十一歳、彼女は三十一か二、そして牧師の妻ホール夫人は五十にちかかった。九月十四日、ホール牧師は自宅で、妻と、ウィリー・スチーブンスと、それからもう一人、妻の姪にあたる少女といっしょに夕食をした。食後、牧師は（妻と義兄との陳述によれば）ミルズ夫人の家へ行くと言って出かけた。医者代の支払いのことで話があったという。その少し前にミルズ夫人が手術を受け、その費用をホール家ではらってやっていたのだ（ホール夫人は両親からかなりの遺産を相続している）。彼が家を出た時刻は、あとでわかったところによると、ミルズ夫人が家を出たのとほぼ一致していた。そうしてこの二人が、それからおよそ四十時間後に、町はずれのデラッシー通りの野生のリンゴの木の下で、射殺体となって発見されるわけである。死体のまわりに、この聖歌隊の女から牧師にあてて書かれたラブレターが一面にばらまかれていた。凶器は見つからなかったが、自動拳銃の薬莢《やっきょう》がいくつか出て来た。

ただちに捜査は行なわれたが――あるニュージャージーの弁護士に言わせると、「ヘマでヘマでなっちゃない」捜査だった——大陪審は結局ただの一人も起訴できなかった。ウィリー・スチーブンスは何時間にもわたって質問攻めに会い、ホール夫人も同様だった。豚飼い女はその夜その小道で見聞きしたことについて驚くべき陳述をしたのだが、ついに陪審員を動かすことは出来なかったのだ。

それから四年を経て、現地の人々ででもなければホール＝ミルズ事件のことなどほとんど忘れてしまった頃になって、あるニュージャージー州の法廷に、アーサー・リールという男が、妻（前名ルイーズ・ガイスト）を相手どって、婚姻無効の訴訟を起した。このルイーズ・ガイストという女は、殺人事件の当時、ホール家の女中をしていた。リールは証言の中で、妻が自分に「あの事件の真相を知ってるけど、口どめ料を五千ドルもらった」と話したことがあると述べた。

このひと言こそ、なにかすごい特ダネはないかとキョロキョロしていた《デーリー・ミラー》の編集長、フィリップ・ペーン氏には、もってこいの材料だった。さっそく彼の新聞はここをせんどとこの一件を書き立てる始末、とうとうニュージャージー州のムーア知事は、そのホコ先に屈して、アレキサンダー・シンプソンを特別検察官に任じ、事件の再捜査を命じた。ホール夫人とウィリー・スチーブンスの兄妹は逮捕され、彼らの弟ヘンリー・スチーブンス、いとこのヘンリー・ドラブリュイエール・カーペンダーも捕われた。

サマービルで行なわれた予審で例の豚飼い女はキーキー声でやっきとなって説明をくり

返した。九月十四日の夜九時ごろ、養豚場近くのハミルトン通りを一台の荷馬車が通るのが聞こえた。穀物どろぼうにたびたびやられて困っていたときだから、また盗みに来たのかもしれないと思い、彼女はラバのジェニーに（四つ足の動物で全米にこれほど名の広まったものはないだろう）くらをおくや、ただちに出発、珍妙な追跡が始まった。デラッシー通りに来たとき、まばゆい自動車のヘッドライトを浴びて一組の男女の姿が目に映った。女は白髪で薄茶のコートを着ている。男は大きな鼻ヒゲをたくわえ、黒人のように見えた。この二人を彼女はあとになって、ホール夫人とウィリー・スチーブンスだと見わけている。

さて、彼女は杉の木にラバをつないで彼らのそばに歩み寄った。すると、言い争っている声が聞えた。「手紙をだれかがなんとかした」という張り上げた声だった。見ると、人物は三人だった（あとで彼女は四人にふやした）。中の一人が懐中電灯で男の顔を照らし出した。それを彼女は、はじめヘンリー・カーペンダーだと言い、後にヘンリー・スチーブンスに訂正した。その男の手に「なにかがキラッと光った」と言っている。急に銃声がしたので、彼女はラバの方へ逃げ帰った。銃声はもう三発聞こえ、それから女の声で、「マァマァマァ！」という叫び、また別の女の声で「ああヘンリー！」といううめき、それだけ聞いて、豚飼い女はくわしく見ようともせず大あわてにあわててラバをうちへ走らせた。だが逃げ帰るときモカシンの靴を片方落としてきたのに気がついて、三時間ばかりしてから（午前一時になる）、またラバに乗って靴をさがしにとって返した。今度は月の光で、ホール夫人が（と彼女は言う）その小道にひざまずいて泣いているところが見えたほかにはだれもいなかった。死体は見なかった、と豚飼い女は述べたのである。

この驚くべき目撃談により、ジェーン・ギブソン夫人は検察側のとっておきの証人となった。これに対する弁護側のとっておきは、やがてウィリー・スチーブンス自身が引き受けることになるのである。もし、彼と彼の妹とが、豚飼い女が金切り声で息巻いたのとは逆に、その夜はデラッシー通りになど行かなかったというのなら、ホール牧師が家を出たあと、はたしてどこで何をしていたかを詳しく説明する必要があるというものだ。このときの大陪審は、豚飼い女の話に顔をつらねた四人をことごとく起訴することに決定し、いよいよ一九二六年十一月三日から公判が開かれるに至った。

検察官アレキサンダー・シンプソンがまず証人台に喚問したのは、「意外な伏兵」だった。ニューブランスウィック市から十二マイルほど離れたニュージャージー州ノースプレンフィールドに住む、ジョン・S・ディクソン夫妻という人たちである。この夫婦ものが、シンプソンがウィリー・スチーブンスの周囲に張りめぐらそうとしている網の一翼をになうことになるのは、やがて明らかとなった。

夫妻は、その殺人事件の夜、八時半ごろ、ウィリーが彼らの家にやって来たと証言した。ウィリーはダブダブの服、山高帽、ウィングカラーに蝶ネクタイ、そしてチョッキには金時計の太い金ぐさりが見えていた。ウィリーは、妹の自動車でそこまで来て車からおろされた、これからバウンドブルックにあるパーカー養老院に行こうと思うのだが道がわからないのだと言った。つかえながら話をし、自分は病気だと説明をした。夫妻が彼を市内電車まで案内して行くと、彼はヨロヨロと歩いて行った、というのだ。

この証言中に、ディクソン夫人がその晩の訪問者がウィリーであると確認するときになると、夫人は彼の前まで歩いて行って、その右手を握り、思い出してくださいよとばかり烈しく振り動かしたのだが、ウィリーはじっと顔を見ていたきりで無言だった。そして夫人が証人台に戻ると、彼は大きく口をあけてニヤリとした。こういう得体の知れぬ出来事が、まだまだたくさん、この殺人公判の進行をいろどるのである。そうしてウィリー・スチーブンスという異様な人物につきまとう謎をますます深めるのだった。人々はウィリーが証人台に立つのが待ちきれずにシビレを切らした。

ウィリアム・カーペンダー・スチーブンスが証人台に呼ばれたのは、彼が法廷に姿を見せてから十六日たってからで、一九二六年十一月二十三日のことだった。その日はちょうどワシントンでは、有名なティーポット・ドーム疑獄事件の被告、アルバート・B・フォールとエドワード・L・ドヒーニの第一回公判が開かれたのだが、全国民の目はニュージャージー州サマービル市の満員の小法廷に注がれていた。ウィリー・スチーブンスは事件以来、長い月日を経てここにはじめて公開の場で口を開くのである。

《ニューヨーク・タイムズ》も書いているが、「彼は『いかれウィリー』というあだ名のとおり、町内の変わりもの、型破りの男として知られ、さまざまの物わらいの種、からかいの的になっている。動物にたとえられることもあったらしいし、異民族の血が流れているのだといや味を言われることもあった」さらに新聞の予想では、ウィリーは証人台で「ドジをふむ」だろう、「海千山千の」シンプソン検察官の術中にはまってシドロモドロになり、最後には自白する羽目に追い込まれるだろうということだった。だからいよいよウィリー・スチーブンスが証人台に向かって早足で歩き出すと、むろんのこと、法廷は水をうったようにシーンと静まりかえり、しばらくは彼の重い足音が聞こえるばかりだった。

ウィリー・スチーブンスは、ぶかっこうな、いくぶんのっそりした男で、五フィート十インチほどの背たけだった。しまりなくみえるのは、ダブダブの服とその着かたのせいだ。五十四歳の年のわりには筋骨たくましい方だ。頭と顔がずばぬけて大きく、一度見たらけっして忘れられない。ふさふさと濃い髪毛が頭をおおっている。黒々とした太い眉毛は弓なりをしていて、いつも物に驚いているような表情に見える。ギョロリと出張った目のせいで、よけいそう感じられる。しかも、ふだんかけているめがねの分厚いレンズが、ますます目をバカでかくして見せていた。口髯は太くダラリとさがったアシカひげ、顔の色は浅黒い。ジロリとにらむと、突如として獰猛《どうもう》な顔つきに変わるし、また逆に、突然ニヤリとすると、顔じゅうがほころんで、子供が手放しで大喜びしているようにもなる。サウスカロライナ州エーケンに生まれ、二つのときにニューブランスウィックにつれて来られた。

金持ちの両親が死んで、相当の信託財産がウィリーのためにのこされた。ほかの子供たち、妹のフランシスと弟のヘンリーは、じかに遺産を相続した。一度、フランシス・ホール夫人に、ウィリーという人は「事柄によってはだれかが面倒をみてやる必要がある」と思われているのではないか、という質問があったが、彼女はそれに答えて、「ある点ではそうです」と言った。

ウィリーの精神的素質や奇行の程度について、検察側では幾度か立証を試みた。ウィリーが言葉につかえることもなく病気もちでもないということを証言するために、弁護側から証人として呼ばれたローレンス・ラニオン医師は、シンプソンの反対尋問を受けてこう言った。

「精神的に完全に正常とは言えないかもしれないが、自分のことは立派に処理できる人です。学校教育はそれほど受けていないけれども、頭は人なみ以上です。普通の人よりむずかしい本も読むし、この人の前に出ると、かすんでしまう人は大勢いますよ」

「というと、つまり一種の天才ですかな？」とシンプソンが言うと、医者はおだやかに答えて言った。

「そう、私はそう思いますね」

ウィリーのことではいろいろな話が伝わっていた。例をあげると、一度自宅の裏庭で火事を出しておいて、自分で消防士のヘルメットをかぶり喜々としてバケツの水で消したという話がある。また、彼は長年の間、毎日のように、市内のデニス通りの第三消防隊本部に入りびたりだったということが知られている。彼はそこで、消防士相手にトランプをしたり、使い走りをしたり、議論や冗談を言い合ったり、要するに彼らの人気ものになっていた。時には牛肉や鳥肉を買って来て、詰所で料理して消防士と一緒に食べるということもあった。まだ消防隊が民間の義勇組織だった頃は、ウィリーは名誉隊員になっていて、行進のときはいつも旗をもって先頭に立ったものだ。その旗というのも、もともと彼が買って寄付したもので、六十ドルか七十ドルもする豪華な旗だった。それからまた、自分で黒白の幕も買い、隊員に死亡者が出ると、詰所の入口をそれで飾ったりした。

逮捕されてからは、独房で冶金の本を読んで暮した。義妹にあたるヘンリー・スチーブンス夫人があるとき、本を読みすぎやしないかとなじったことがあるが、ウィリーは「読書はおれには心のかてさ、三度三度のめしとおんなじだ」と言った。

あすから公判が始まるという前夜、ウィリーが一番気にかけていたのは、新調の紺の背広が思ったようにからだに合わないことだった。それと、カラーボタンをなくしたことも気がかりの一つだった。ヘンリー・スチーブンス夫人が開廷の直前に大急ぎで新しいのを買って刑務所まで届けると、彼はしごく御満悦だった。その何週間か前の予審のおりに、ウィリー・スチーブンスは豚飼い女の言うとおりたしかに黒人のように見える、とシンプソンがズバリといったことがある。すると彼は中腰になって歯をむき出し、いまにも相手にとびかからん勢いだったが、すぐおとなしくなった。

ニューブランスウィックの市民の中で、彼を不機嫌でカンシャク持ちだと思っているおとながいれば、その反対に、その十倍の人数の子供たちは、彼がニコニコしたやさしいおじさんだとしか考えていなかった。子供にとって彼は平服のサンタクロースといったところで、さながら魔術師が帽子からウサギを出すように、彼はポケットからキャンデーを出してみせた。貧乏なうちの子供に衣服を買ってやることもしばしばだった。運転手を雇ってビュイックを乗り回していたが、子供をそれに乗せてやったかどうかは記録に残っていない。だが、好んでひとりで遠乗りに出かけたことは知られている。彼は消防士や数人の昔なじみの友人は別として、いつもおとなを避けるようにしていた。しかし話は好きで、親しい友人たちとは冶金の話をしたものだ（裁判がすむと植物や昆虫の方面にも手をそめるようになった）。裁判の進行中は、ウィリー・スチーブンスは目玉をギョロつかせながら、おとなしくすわっていた。そして豚飼い女が医者と看護婦に付き添われて、証人台に導かれたときには、さすがに彼も非常な関心を示していた。

　さて、その奇人ウィリーが、みずからの死命をかけた公判にのぞみ、サマービル裁判所の証人台に上ったわけである。一瞬、法廷は大きくどよめいた。裁判長チャールズ・W・パーカーは木槌《づち》を叩いて静粛を命じた。ホール夫人は青ざめた顔をひきつらせた。いよいよ何週間にもわたって恐れに恐れていた時が、彼女と彼女の一家にとっての試練の時がやってきたのだ。ウィリーの左手は椅子をしっかりと握りしめ、右手は裁判の間じゅういつもいじっていた黄色い鉛筆を持っている。彼は身を固くして部屋じゅうの視線を受けとめた。

ウィリーの弁護人、上院議員クラレンス・E・ケースがまず尋問を始めた。ウィリーの出だしはまずかった。年齢を十歳若返らせて四十四だと言ってしまった。「五十四じゃないんですか?」とケースがきき返す。ウィリーは悪びれず大口あけて笑って見せた。「そうです」と言って、自分の言い間違いがおかしくてたまらないというふうに、子供っぽくゲラゲラ笑った。傍聴席もニッコリした。

殺人のあった夜に彼がフラフラと立ち寄ったという証言をしたディクソン夫妻の件は、かるく一蹴してしまった。この問題について五、六回質問されたのに対して、彼はひと言ひと言、ゆっくりとハッキリ、力を入れて答えていた。山高帽をかぶったことはない、病気にかかったことはない、言葉につかえたことはない、金ぐさりの金時計は持っていない、と答えた。ケース氏は彼がいつも持っている銀ぐさりの銀時計を持ち上げて陪審員に見せた。時計を返してもらうと、ウィリーは平然とこともなげに法廷の壁にかかった時計と時間を見くらべ、妹に向かって安心しろとばかりにニンマリ笑って見せ、それからうやうやしく質問者に向き直った。

次に彼は、自分が昔から持っている回転式拳銃《レボルバー》について（殺人は回転式拳銃《レボルバー》ではなく自動拳銃《オートマチック》で行なわれたのだが、その口径はウィリーの拳銃と同じである）、技術的な面を正確に説明した。若いころは、七月四日の独立祭になると、その拳銃をうったものだと言い、そういう祝祭日の思い出を語るときには、いかにも子供っぽく目をキラキラ輝かせていた。

ところが急に風向きが変わって、彼はいきなりプリプリやりだしたものだ。「この前この拳銃を見たのは、いつどこでですか？」という質問が彼を爆発させたのだ。「この前見た場所はこの裁判所です！」ウィリーはどなるように言った。「たしか一九二二年十月、つかまえられてギューギューしぼられたときだ――わたしはいちいち人の名前を覚えちゃいないが、これぱっかりは忘れるもんか、トゥーランにラムにデビッド刑事、こいつら、ひとをこっぴどい目にあわしやがった。なぐって来ないだけで、その口のききかたときたら、すっかりちぢみ上がったもんです」この警官たちは、「ペテンにかけて」彼を自動車に乗せたのだと彼はなじった。「デビッドって刑事は、ちょっとドライブしながらききたいことがある、手間はとらせないって言ったんですぜ」

そのあと、車の中でウィリーの方からデビッド刑事に一つだけ質問した。刑事さん、もしデラッシー通りを通るようだったら、おそれいりますが現場がどこか教えてくれませんか。まだ一度もそこを見てないんです、と彼は刑事に言った。デビッド刑事はその場所を教えてくれた、と彼は言った。

ウィリーが証言のなかで、一九二二年九月十四日の夜のことを述べるときになると、もう彼の怒りは消えていた。彼は落ちつきを取り戻し、いんぎん丁重になった。彼はおだやかにこう説明した。その夜は夕食に家へ帰り食後は自分の部屋に引きこもって、「夜中の二時半に妹と出かけるまでは、ひと足も家を出ませんでした」そうして、寝る前には部屋のドアをしめて、パイプタバコのにおいが外へもれないようにした、と言った。

「タバコのにおいは誰がいやがっていたのですか？」とケース氏がきいた。

ウィリーはまた例によって、急にニンマリと笑ってみせ、「だれもかれもね」と言い満場をどっとわかした。これが最初で、そのあとも彼はたびたび法廷を笑わせている。それから、彼は午前二時半の出来事を語り出した。ウィリー・スチーブンスという人物をじゅうぶんにわかっていただくためには、このくだりをかなり詳細に記しておく必要がある。

「妹が部屋のドアを叩くので目がさめたんです」と、彼は述べた。「私はすぐ起きて、ドアのところへ行きました。すると妹は、エドワードがまだ帰って来ない、心配でならない、すぐ教会へ行ってみてくれと、言葉はちがうかもしれないが、そういう意味のことを言うのです。で、私はすぐ服を着て、一緒に教会へ行ったんです。玄関から出て、地下室の入口の前からすぐうちの裏へ出る小道がありますから、そこを通って行きました。レッドモンド通りからジョーンズ街へ出て、ジョーンズ街からジョージ通りのかどまで行き、ジョージ通りへ曲ってまっすぐコマーシャル街へ出たのです。出たところに、バカでっかいトラックがいて道をふさいでいましたから、そうですね、三十秒ばかり待ってましたか、トラックはニューヨークの方へ走って行きました。

じつはその先、そこですぐコマーシャル街を横切ったか、ジョージ通りをもう少し先へ行ってから、はすっかいに教会へ渡ったのか、いまちょっと覚えてませんが、ともかく教会の前に立って、まず明かりがついてるかどうかを見たんです。明かりは全部消えていました。すると妹が、ひょっとすると、ミルズのうちにいるのかもしれない、ついでだから行ってみましょうと言うもんですから、そっちへ行くことにしました。ジョージ通りをまっすぐカーマン通りのかどまで行き、カーマン通りへ曲って、ミルズのうちの前へ出ました。ミルズのアパートに明かりがついてやしないかと、そこで二、三分立ってたんですが、まっくらでした」

ウィリーはそれから、帰宅までの道すじをまた一つ一つ丹念に述べて、最後に、「私は自分の鍵で玄関をあけました。もしなんなら、その鍵をお見せしてもいいですよ。まあ、そのとき妹が、もう寝なさい、起きててもしょうがないからって言うんで、私はそのまま二階へ上って床《とこ》に入りました」と結んだ。

この話を検察官アレキサンダー・シンプソンはくつがえさなければならないのである。だが尋問が検察の番になる前に、証人は義弟の殺されたしらせを聞いたときの模様を語っている。

「そのときは居間にいたと思います」と、ウィリーは述べるのだ。「《ニューヨーク・タイムズ》を読んでたんです。すると、玄関の階段に足音がしたので、顔を上げてみると、おばのチャールズ・J・カーペンダー夫人がいて、こう言うんです。『あんたにも教えとくわ――エドワードは殺されたよ、ピストルで』って」ウィリーは感動で声が濁った。そのあとどうしたか、ときかれて、次のように答えている。「そうですね、新聞を取り落とした――こんな具合に」（彼は左手の力を抜いて、のろのろと横へおろしてみせた）「それから、下を向いて、泣きました」弁護人のケース氏はなお、証人がホール氏とミルズ夫人との殺人現場に居合わせたか、あるいは何らかの関係があったかと質問した。「とんでもない、絶対に関係ない！」と、それまでの悲しみの態度を一気に吹きとばして、彼はひらき直った。

ここで被告弁護人は、自信たっぷりで、アレキサンダー・シンプソンに軽く会釈した。それを受けてわが特別検察官は、ゆったりと証人の前に歩みを進めた。ウィリーはハッと深い息をのんだ。

アレキサンダー・シンプソン、職業弁護士、州会上院議員、痩身《そうしん》に気魄《きはく》みなぎり、舌鋒《ぜっぽう》するどく冴《さ》え、いや味や皮肉はお手のもの、その彼は「ウィリー・スチーブンスをかならずとっちめてやる」とほのめかしていたのだ。この奇人の「化けの皮」をはぎとってやると豪語したとの噂もある。だから、この場におよんでの彼の態度はまったく意外だった。

彼はもの静かに、聞き取れないほどの小声でしゃべり、やさしい思いやりのこもった素振りだった。と、思いがけなく、初回攻撃はウィリーの側から始められたのである。

シンプソンはウィリーに、自分で生計を立てたことがあるかと質問した。「ええ、四、五年ばかり」とウィリーは答えた。「請負い師のシーボルドさんのところに勤めました」肯定の答えがくるとは予期していなかったシンプソンはぐっとつまった。すかさず、ウィリーはからだを乗り出して、ていねいな口調でつけ加えた。「住所も申しましょうか？」

彼は誠意から言ったのだが、傍聴席ではこれを、《タイムズ》が解釈したように、「ひと突き」突きを入れたものと受け取った。それはシンプソンという人は、ふだん大勢の調査官を手もとにおき、証言の中に人名が出てくれば、かならずといっていいくらいその裏付けに走らせるのがきまりだったからだ。「いや、けっこう」と爆笑の渦の中でシンプソンはつぶやいた。

続いて検察官は九月十四日の夜のウィリーの行動について、チクチクつつきだした。なぜ証人とその妹とは、ホール氏を捜しにわざわざミルズ家へ行きながら戸を叩かないで帰ってしまったのか、その説明を求めようとした。ところが、せっかく着々と質問を畳みかけていったのに、ウィリーはまたもや満場を笑わせ、検察官をギャフンとさせてしまった。シンプソンはベアードという名のニューブランスウィック市内の下宿屋のことを引き合いに出したとき、それをベーヤードと「ベー」を長めで発音した。それをウィリーは愛想よく訂正したのだ。「ベアードですよ」とウィリー。「ベアード?」とシンプソン。するとウィリーは、物覚えのいい生徒をほめてやるときのようにニッコリしてみせた。シンプソンは軽くおじぎをした。傍聴席はどっときた。

だがまもなく、証人は口をすべらし、シンプソンはここぞとばかり好餌《こうじ》にいどむ鷹《たか》のように踊りかかったのである。質問は、殺人の現場で「ラバに乗った女が通りかかったとき自動車のヘッドライトに照らされたこと」はなかったか、というものだった。ウィリーの答は、「覚えていません」のひと言だった。その先は法廷記録から抜き出すことにしよう。

問――そういうことがあれば、当然記憶しているだろうね。

答――それはもちろんです。でも私は、自動車に乗った記憶もありませんし、ラバに乗った女がヘッドライトに照らされたことも記憶しておりません。

問――現場にいなかったというのか、それとも、記憶がないというのか。

答――現場には絶対にいませんでした。

問――それなら、なぜ**記憶**してないと言ったのか。

答――同じことではないのですか。

問――いや違う。現場にいても、記憶していないということがあり得る。

答――それなら、ただいまの返事は撤回してもよろしい、私は絶対に現場にはいなかったのです。

ウィリーは弁護士口調で前言を「撤回」して、キッパリと全面的に否定したのである。シンプソン氏は急にホコ先を変えた。

「あなたは、だいぶ人生の経験を積んでおられるようだし、たくさん書物も読んでいるという話だし、きっと人間心理についてもおくわしいと思うんですがね。そこでスチーブンスさん、あなたの意見を伺いたいが、どうです、すこし問題だと思いませんか、夜の真中ですね、わざわざホール博士をさがしにでかけて行きながらですよ、先方へ行っても戸を叩かなかったなんて——あなたのこれまでの人生経験や、人とのつきあい、そういったことをいろいろ考えてですね——なんだかすこしくさいじゃないですか？」

弁護人側からしきりに抗議の声がして、ウィリーはこの質問に対しては何も言い出すことができなかった。とうとう、パーカー裁判長が証人に向かって言った。「証人は今の質問に答えることが出来ますか？」

「裁判長、私の答えは簡単ですよ」とウィリーは人をくった顔で言った。「私はちっともくさいとは思いませんね」

検察官はたちまち別の面から切り込んだ。

「ホール博士の教会はあなたの教会とは違うんでしたね？」

「博士じゃありませんよ」とウィリーは、また先生気取りになった。「ホール牧師、またはホール氏と言うべきです」

シンプソンはむっとして押し黙った。「御注意ありがたくうけたまわります」と彼が言うと、法廷はまた爆笑した。

検察官はウィリーに、今度は、午前二時半の出来事をもう一度くり返して語らせた。証人がすべてを「まる暗記」してしゃべっているということを、できれば立証したいと思ったのである。ウィリーは平然と、始めから終わりまでを、こと細かに、再度くり返して述べた。しかし彼の表現は一ヵ所も前のときと同じところはなかった。検察官は三たびくり返させようとした。弁護人は烈しく抗議した。シンプソンもまた弁護人の抗議に対して烈しく抗議をした。

裁判長「もう一度だけ述べさせよう」

このとき、ウィリーが言った。「ひとこと申し上げてよろしいでしょうか？」

「どうぞ」とシンプソン。「なんでも言いたまえ」

ウィリーは一言一句に気をくばりながら、ゆっくりと力をこめて言った。「わたしの申し上げたいのは、御想像に反して、わたしはだれからも、どんな人からも、けっして答え方を教わったのではないということです。ここで述べたのは、妹と一緒に家を出てから今日現在までの期間、わたしの記憶に残っているすべてです」

さすがにシンプソンは三度くり返せとまでは言い張らなかった。そのかわり、午後の八時ないし九時から午前二時半に妹にドアをノックされるまで、ウィリーが自分の部屋にこもっていたという陳述の真実性をどうやって証明できるか、それをきかしてくれと言った。「だってね」とウィリーは言った。「もしだれかがですよ、わたしが二階へ行くところを見ていながら、降りてくるところを見なかったとしたら、それがわたしが部屋にいたという証明になりませんか？」

法廷記録によれば、シンプソン氏は「その通り」と言ったことになっている。

「それじゃ、それでいいじゃないですか」とウィリーはのんびりと言った。

その晩、ウィリーが二階の自分の部屋へしりぞいてからあと、ウィリーを目撃したと証言したのは豚飼い女だけである。その日、休みをもらった召使いのバーバラ・タフという女は、夜の十時ごろ帰って来たが、そのときウィリーの部屋のドアがしまっているのを見たと証言した（ウィリーはそのドアはほうっておけばあいてしまうので、自分が鍵を掛けないかぎりしまらないと証言していた）。結婚無効訴訟のルイーズ・ガイストは、その晩夕食後はウィリーを一度も見かけなかったと証言した。だからウィリーの言と矛盾するのは豚飼い女の言葉だけである。そして、その日の法廷では、明らかにウィリーの方が彼女より立ちまさっていた。

証人台から降りるとき、ウィリーは肩をうしろに引いて、だれはばかるところなくニコニコ笑っていた。その翌日の《タイムズ》の見出しはこうなっていた。「反対尋問にも冷静――意表をつくウィリー」そしてどの新聞もほとんどの記事が、まるでウィリーの肩をもつかのようにして、彼の態度をたたえるみたいな口ぶりだった。それらを汲み取れば、最後の陪審員評決は言わずとも明白だろう。公判はなお十日間続いたが、十二月三日になって、ウィリー・スチーブンスはついに自由の身となったのである。

彼は大喜びで家へ帰った。ニコル街二三番地の玄関ベランダに立ち、彼は満面に笑みを浮かべてわが家を眺めた。新聞記者がそこまで彼をつけて来ていた。彼は振り向くと、まじめな顔で言った。「うちを出てから今日でちょうど百四日ぶりだ。おれは中に入りたいんだよ」それで記者たちは引き下がった。

ホール夫人は一九四二年十二月十九日、六十八歳で世を去った。妹思いのウィリーはそれより十一日しか長生きしなかった。二人ともブルックリンのグリーンウッド墓地にある、一族の納骨所に埋葬された。一九二二年にホール牧師が葬られたのと同じ場所である。ミルズ氏は最近きいたところでは、まだ健在である。友人の話では少しも老いた様子がみられないということで、もう長年ニュージャージー州の、あるメソジスト教会で教会番をつとめ、息子と平和なくらしを営んでいる。私はこういう人々に対していまさら強烈なスポットライトを当てて過去を掘り起す必要はどこにもないと思う。ニューブランスウィックの市民も、長い年月、ホール＝ミルズ事件のことなど誰ひとり口にしなくなっていると、当時の裁判を担当していた新聞記者が私に語った。実際、一九二六年のあの有名なサマービル公判が終わるとまもなく、ほかの大事件やスキャンダルがあとからあとから雑草のように生えひろがっていった。リンドバーグが大西洋の横断飛行に成功して五カ月たつと、サッコ＝バンゼッティ事件とか、ルース・スナイダーとジャッド・グレイの事件とか、ピーチズとダディのブラウニング夫妻訴訟事件とかが、次々と新聞面に割り込んできて、ホール＝ミルズ事件は整理箱の奥に押しやられてしまった。ベーブ・ルースのバットが一シーズンに六十本のホームランを叩き出したのもそれから間もなくだし、やがてアル・スミスの茶色の山高帽が、晴れの日も曇り日も、全国いたるところで見かけられるという時代が来る。

この大昔の殺人事件の痕跡などは、どこを捜したって今はほとんど残ってやしない。かつてデビッド刑事がウィリーに指さして教えたというデラッシー通りも、もうすっかり変わってしまった。一九三〇年代の初めに、通りの名前もフランクリン街道と変わり、牧師エドワード・W・ホールとエレナー・ミルズ夫人の二人が倒れていたあたりには、小ぎれいな赤レンガやスタッコ壁の住宅が立ち並んでいる。死体の発見された場所にあったリンゴの木は、事件から一週間もたたないうちになくなってしまった。一躍有名になったその木は、記念品あさりの人間どものために、根こそぎ切り刻まれてしまったのだ。

本箱の上の女性

The Lady on the Bookcase

二十年ばかり前のある日のことである。ある漫画家が雑誌《ニューヨーカー》にかいた四枚の漫画をゴッソリと没にされて、カンカンにおこって編集長の故ハロルド・ロスの部屋へどなりこんで来た。「一体全体どういうわけでぼくの作品を没にしといて、五流作家のサーバーなんてやつの絵をのせるんです?」と詰問したものだ。私の親友であり忠実なる雇い主でもあるロスは、すぐさま私の弁護に立った。「三流の間違いでしょう?」と言葉はおだやかだったが、その灰色の目はギラリと相手をにらみつけていたので、その漫画家はタジタジとなって退散してしまった。

ロスだけは例外だったが、一般に編集者の私の絵に対する関心は芸術批評家としてではなく、むしろジャーナリスチックな立場からである。彼らが知りたがっているのは、私が月の光でかくとか、水の中でかくとかいううわさは本当かというようなことで、私が違う

「こんなに静かにくらしてきたのに、気が狂いそうだって?」

とこたえると、たちまち興味をなくしてしまう。そのうち、古トランクに入っていた絵を私が見つけてくるのだろうとか、甥にスケッチをさせて本人は題をつけるだけだなどという風説が聞こえてくると、彼らはふたたび関心を示すのである。

ある日、私は自分の絵の原画をいく枚か床《ゆか》にばらまいた（床《ゆか》の上でかいたのではない、原画をまきちらしただけだ）。すると、その絵はなんとなくだいたい五つのグループにわかれて下に落ちた、というより、落とされたというべきかもしれない。私はこれまで自分の絵について書きたいと思ったこともないし、現在も書きたいわけではないけれども、今日の時代はだれしもが何やかやと忙しがっているときだから、どうせ書くならいまのうちで、いまなら穏便にすましてしまえるだろうとい

わが家

う気がふいとしたのである。

　そこでまず第一のグループだ。これは無意識または神経の流れのグループと名づけてよかろう。代表作は『こんなに静かにくらしてきたのに、気が狂いそうだって？』と、簡潔にして威厳のある題のつけられた『わが家』という絵だ。これらの絵は画家がほかのことを考えながら描いたもので（と、その道の専門家が保証している）、したがって彼の筆は無意識によって、そしてその無意識はまた、ある程度、潜在意識によって導かれている。

　ユングの門下の人たちは、「気が狂いそうな女」も、「わが家の女」も、ともにアニマを表わしたもので、時空を超越して流れる人類の無意識の世界の中に、水ための中のオタマジャクシのように漂っている女性の本質すなわち支配権を意味していると説いている。

「いいわよ、いいわよ——オットセイの声がしたのね!」

また一方、それほど知的でない批評家たちは、この二人の女は私が意識の世界で知っている実在の人間だと主張する。これら二つの学派の間には、紀元前百万年から一九三〇年代中葉にいたる、気も遠くなるような厖大な時の隔たりがあるというわけだ。

私としては、「わが家の女」の真の身元をつきとめようとすると、いつもジョーンズ氏のことに思いが移ってしまう。この人は十二年前のある日、私の仕事べやにやってきて、ある美術雑誌に複写をのせるから『わが家』を貸してくれと言った。ところがそれっきり私はその原画にお目にかからない。長身で、身なりがよくて、どこか悲しげな顔つきの男、だれでも会って見たくなるようなそつのない話ぶりの紳士だった。

第二のグループは、フロイト一派とそして

「上にいるのが最初の家内、こちらが今の家内です」

例によって気も遠くなりそうな厖大な空間とにつながっている——つまり、純粋偶然論と偶発的決定論との二つの学説である。はたして偶然は突発的なものか、あるいはわれわれはすべて一定の型に支配されているものかは、ここで論ずるにはあまりにも大問題であり、またモウロウとしすぎている。そこで私は、ここではただ第二グループの絵を一枚々々取り上げて事情を説明し、それに内在するエネルギーの定義は読者におまかせしたいと思う。

ではまず、ベッドの上のオットセイの絵（『いいわよ、いいわよ——オットセイの声がしたのね！』）について。これは岩の上のオットセイをかくつもりで始めたのだ。だがかいているうちに、岩はベッドの頭板《あたま》に似て来てしまった。そこで私はベッドをかき、夫婦をかき、オットセイが寝室に迷い込んだの

「何度いったらわかるんだ——馬もろとも、とっとと消えうせろ!」

と同じ調子で、サラサラと行き当たりばったりに題をつけたという次第である。

本箱の上の女性（『上にいるのが最初の家内、こちらが今の家内です』）も、もともとは階段の上にうずくまっている所をかくつもりだったが、奥行きと平面とについてのしきたりやコツが私にはむずかしく、階段は本箱みたいになってしまい、ごらんのとおり最初の奥さんにも、現在の奥さんにも、来客にも、御主人にも、私にもだれにとっても意外な気まずい結果にしあがってしまった。《ニューヨーカー》がまだこの絵をのせようという気を起こす前、編集部の人が長距離電話で、最初の奥さんは生きているのか死んでいるのか剥製《はくせい》なのかと質問してきた。私の返事はこうだった。かかりつけの剥製師は女を剥製にすることは出来ないと言っているし、かかりつ

「父親の飼い主というのは、いつもパッカードに乗ってお通りでしたの」

けの医者は死んだ婦人がよつんばいでからだをささえることは不可能だと言っている、したがって最初の奥さんが生きていることは疑いのないところである。そう言ってやった。

酒場で肩車に乗っている人（『何度いったらわかるんだ——馬もろとも、とっとと消えうせろ！』）は、腹を立ててどなっている男と並んで立っているようにかくつもりだった。ところが頭が、位置が高すぎたうえに小さすぎてしまったので、そのまま下までかいていくと、身長九フィートの人間になりそうだった。彼を別の男の肩車に乗せたのは、わずか三十二秒間のできごとにすぎない。実に単純な（お望みなら、複雑なといってもよい）ことである。ここに表われているかもしれない心理的要因は、前述したように、大変に入り組んで混沌としている。私としてはむしろ、

「うちの主人をどうしたの?」

クロード・ソーンウェイ博士にしたがって、作意的偶然すなわち条件づき失策説を取りたい。

第三グループは、おそらく第二グループの変化体であろう。事実おなじことだと言ってもよい。『父親の飼い主というのは、いつもパッカードに乗ってお通りでしたの』の犬たちは、はじめどことも名のつかぬ場所にかいていたのが、そのうち周囲に人物と室内がひとりでに出来てきたようなものだ。『うちの主人をどうしたの?』のカバは、幼い娘を喜ばせようと思ってかきだした。できあがってみると、カバの顔がなんとなく人間を食べたばかりというような表情に感じられた。そこで帽子とパイプと奥さんとをかき加え、スラスラと題がついたのである。ついでだが、娘は当時まだ二歳だったけれども、すぐこの動

「いっぽん!」

物を当てた。「カバよ」と、言った。ところが《ニューヨーカー》はそれほど利口ではなかったとみえ、この絵をファイルするのに「女と怪獣」と呼んでいた。そのころ《ニューヨーカー》は九歳になっていた。

第四のグループはアイディア拝借グループとでも呼ばれるもので、これに属する十五枚ばかりの絵の中では、おそらく次の絵がもっとも代表的だろう。この絵（『いっぽん!』）は元来は、表題から内容まで、カール・ローズが《ニューヨーカー》のためにかいたものだった。だが、ローズ氏は写実派の画家で、情景があまりにも血なまぐさく、殺伐なことのお嫌いな編集者をひどく困らせた。そこで彼らはローズ氏に、アイディアを私に貸してやらないかと頼んだ。いかにも私のかく人物なら、ろくに血が流れているとは思われない

「ええ、わたしも迷いがさめました、うちじゅうみんなそうです」

からである。ローズ氏はこころよく承諾してくれた。『いっぽん！』を見る人はだれしも、首の宙にとんでいる男が本当に死んでいるとは思わない。相手方が、こりゃどうもすみませんでした、とあやまって首を返せば、迷惑をかけられた側も首を肩の上にのせながら、「いやいいんです、かまいません」とでも言いそうだ。こうして、死は滑稽になり得るかどうかと昔から論議されている問題は、カール・ローズがそのすばらしいアイディアをもって現われる前の状態と、やはりすこしも変わっていないことになる。

第五グループ、すなわち最後のグループは、驚くなかれ、作為的あるいは計画的グループと称することができる。ここにある二枚の絵は、どちらもアイディアが先に浮かんで、私は予定の表題に添うように、じっくりと腰を

「ひとの顔がウサギに見えるんですって?　くわしく説明してください」

すえて下絵をかいたものだ。ことによると、『ええ、わたしも迷いがさめました、うちじゅうみんなそうです』の場合にも、例の外部からのエネルギーが働いていたのかもしれない。つまり、私はどこかの街頭かパーティで、夫が妻に「もうだまされないぞ」と言ったのを小耳にはさんだのかもしれない。しかし、ウサギの頭をした医者と女の患者の場合には、そうは思われない。この場面と表題とは、ある晩、床《とこ》の中で考えついたものだ。あるいはこのアイディアも医者の診察室かウサギ小屋かで仕入れたという説もあり得るだろうが、私はそうは思わない。

　視力が衰えてくるにつれて、画用紙はだんだん大きくなり、いくら黒の太いクレヨンを使ってかいても、私の絵からはあのオハイオ的な明るさは消えてしまった。最後の絵の中

「目はそんなに大きなくせに、心はどうしてそうちっちゃいんだ?」

では、若い女性の目をうんと大きくかかなければならず、おかげで、『目はそんなに大きなくせに、心はどうしてそうちっちゃいんだ?』の題がスラスラと出て来た。七年前に私は、真っ黒の紙に真っ白のクレヨンを使うことに切り換えたが、やがて絵は全然あきらめて、あとは文筆と思索と飲酒だけにしてしまった。

原画の大部分は行方不明である。それにはふしぎな事情もあり、ふしぎでない事情もある。ロサンジェルスで展覧会を開いたら、そのあと三十枚は消息がわからなくなった。また、目が大きくて、心は大小さまざまの美女たちが十数枚のクロッキーをさらっていってしまった。それから私の好きな、今は故人となっている男が、私のへやの机の上から絵を七枚持ち出してカリフォルニアの友だちへくれてやったと、いつか教えてくれた。その中には、例のカバに食べられた紳士もまじっていた。けれども、私のお気に入りの盗難は、一九三七年ロンドンで催した展覧会で、私の絵にニスをかけているときに起こった。犬の絵の二枚はいった折りかばんをくすねたものがいたらしい。私はこれが大自慢である。ロンドン警視庁が正式にこの盗難事件の通報を受けたと思うとうれしくなる。だいたい、称賛の形式としては盗みは模倣よりもはるかに高等である、なにぶん罰金と禁錮の危険を伴うからだ。もっとも私の「作品」の場合は、せいぜい当局から大目玉をくらうぐらいがせきの山だろうが。

もし読者の中で、『わが家』か『うちの主人をどうしたの？』かをたまたま見かける方があったら、どうかJ・エドガー・フーバー氏（FBI長官）のところへではなく、私のところへ手紙を書いていただきたい。私たちの忙しさは似たりよったりだけれども、フーバー氏の方はとまどいするか、おそらく迷惑がるだけのことだろう。どこにあるか行方はわからないが、私の絵についてはこれで終わりにする。

解　説

ジェイムズ・サーバー（James Thurber）は一八九四年十二月八日、米国オハイオ州コロンバスで生まれた。彼の人生については、本書冒頭に収録された「序文　ジェイムズ・サーバーと五十年を共にして」で、誰よりもサーバーその人を詳しく知る人物の筆により紹介されているので、この場で屋上屋を架す必要はないものと思われる。

だが一方でこの名文の書き手はいくつかの客観的な事実を書き落としているようであるし、当然五十年よりも後の出来事には触れていないので、僭越ながら補足をさせていただこうと思う。

序文中ではさらりとメガネのことに触れているだけだが、じつはサーバーは六歳のときに事故で片目の視力を失っており、また生涯にわたって残った目の視力の低下に悩まされていた。その悩みは、彼の作品中にしばしば顔を出す。

小学校からオハイオ州立大学に在学するまで実家に住んでいたが、一九一八年に大学を中退して国務省職員（暗号部員だったという）として首都ワシントンDC、パリに駐在。帰国後は地元新聞の記者となり、その時期に最初の結婚をした。この妻アルセアもまた彼の作品に大きな影響を与えたといえよう。

一九二五年には《シカゴ・トリビューン》紙の記者となり特派員としてフランスへ戻る。一九二六年に帰国し《ニューヨーク・イヴニング・ポスト》紙で記者・編集者へと転身。そして一九二七年には《ニューヨーカー》誌へ移った。彼の独特の漫画はここで初めて世に出た。

この間も作家活動をしており、一九二九年にはE・B・ホワイト（《ニューヨーカー》での同僚）との共著で『Sexは必要か』を刊行。

一九三一年には娘を授かるが、一九三五年に離婚。同年にヘレン夫人と再婚した。ヘレンは元雑誌編集者で、その後のサーバーの作家生活を支え続けた。

一九三六年以後は《ニューヨーカー》を去って作家専業となり、その後もいろいろあったが、一九六一年十一月二日に死去した。

彼の名を飛躍的に知らしめたのは、一九四七年に本書の表題作「虹をつかむ男」が人気コメディアンのダニー・ケイ主演で映画化されたことによるのが大きいだろう。

わずか十ページ余のこの作品をもとに、コメディを得意とする脚本家ケン・イングランドとエヴェレット・フリーマンがプロットをふくらませた映画「虹を摑む男」（公開時邦題）は、ボブ・ホープのコメディ映画などで知られるノーマン・Ｚ・マクロードが監督して大ヒットし、日本でも一九五〇年に劇場公開された。ふだんは平凡な外見のウォルター・ミティが、突如として空想の世界へ突入してしまうというサーバー作品のエッセンスを残しつつ、ヴァージニア・メイヨ演ずる美女が登場したり。怪優ボリス・カーロフが迫ってきたりと、独自のストーリーを展開していた。その後何度もテレビで放映されたりソフト化されたりしているので、すでに半世紀以上前のこの映画を、ご覧になった方も多いかと思われる。

いささか長くなってきたので、あとはサーバーの著作リストを掲載してすませてしまおう。現在では入手のむずかしいものも多数あるが、今後の読書の一助となれば幸いである。

1　Is Sex Necessary?（1929）Ｅ・Ｂ・ホワイトと共著　『Ｓｅｘは必要か』福田恆存・南春治訳／新潮社　『性の心理』寺沢芳隆訳／角川書店
2　The Owl in the Attic（1931）
3　The Seal in the Bedroom（1932）画集
4　My Life and Hard Times（1933）

5 The Middle-Aged Man on the Flying Trapeze（1935）
6 Let Your Mind Alone！（1937）
7 Cream of Thurber（1939）既刊からの選集。英国で刊行
8 The Last Flower（1939）『そして、一輪の花のほかは…』高木誠一郎訳／篠崎書林
絵本
9 The Male Animal（1940）エリオット・ニュージェントと共著　戯曲
10 Fables For Our Time（1940）『現代イソップ　名詩に描く』福田恆存訳／万有社
寓話集
11 My World—And Welcome To It（1942）
12 Many Moons（1943）『たくさんのお月さま』なかがわちひろ訳／徳間書店（他にも
邦訳あり）　児童書
13 Men, Women And Dogs（1943）画集
14 The Great Quillow（1944）『おもちゃ屋のクィロー』上條由美子訳／福音館書店
（『大おとことおもちゃやさん』などの邦訳もあり）　児童書
15 The Thurber Carnival（1945）
16 The White Deer（1945）児童書
17 The Beast in Me and Other Animals（1948）

18 The Thirteen Clocks（1950）
19 The Thurber Album（1952）
20 Thurber Country（1953）
21 Thurber's Dogs（1955）『サーバーのイヌ・いぬ・犬』鳴海四郎訳／早川書房
22 A Thurber Garland（1955）英国で刊行
23 Further Fables For Our Time（1956）10の続篇　寓話集
24 The Wonderful O（1957）『すばらしいO』船戸英夫訳／興文社　児童書
25 Alarms and Diversions（1957）
26 The Years with Ross（1959）回想記
27 Lanterns and Lances（1961）
28 Credos and Curios（1961）
29 A Thurber Carnival（1962）15をもとにした戯曲
30 Vintage Thurber（1963）傑作集
31 Thurber & Company（1966）死後に刊行された傑作集。ヘレン夫人による序文付き
32 Collecting Himself（1989）マイケル・J・ローゼン編　単行本未収録作等を集めた作品集
33 Thurber on Crime（1991）ロバート・ロプレスティ編

34 People Have More Fun Than Anybody（1994）マイケル・J・ローゼン編　生誕百年を記念した傑作集
35 James Thurber: His Life and Times（1995）ハリソン・キネイによる評伝
36 The Thurber Letters: The Wit, Wisdom, and Surprising Life of James Thurber（2002）娘ローズマリーとハリソン・キネイ編集による書簡集

参考：http://thurberhouse.org ほか

邦訳刊行作品が意外に少ないとお思いだろうが、彼の短篇作品の多くは数々のアンソロジーに収録されているので、このリストには出現していない。またサーバーの短篇集は、原書を丸ごと訳したものは少なく、日本で独自に作品をセレクトして編纂したものが多いので、以下にそのリストも掲げておこう。

1 『虹をつかむ男』鳴海四郎訳（一九六二年／早川書房）異色作家短篇集第九巻　二十五篇収録
2 『虹をつかむ男』鈴木武樹訳（一九七四年／角川文庫）二十篇収録
3 『マクベス殺人事件の謎』鈴木武樹訳（一九七五年／角川文庫）二十六篇収録
4 『空中ブランコに乗る中年男』西田実・鳴海四郎訳（一九七四年／講談社）二十三

篇収録（文庫版は一九八七年）

5 『虹をつかむ男』鳴海四郎訳（一九七六年／早川書房） 異色作家短篇集第八巻 1の新装版

6 『ジェイムズ・サーバー傑作選Ⅰ』鈴木武樹訳（一九七八年／創土社） 収録作品は2と同じ

7 『ジェイムズ・サーバー傑作選Ⅱ』鈴木武樹訳（一九七八年／創土社） 収録作品は3と同じ

8 『虹をつかむ男』鳴海四郎訳（二〇〇六年／早川書房） 異色作家短篇集第十四巻 1、5の新装版

9 『傍迷惑な人々 サーバー短篇集』芹澤恵訳（二〇一二年／光文社古典新訳文庫） 二十篇収録

本書の親本は、一九六二年に〈異色作家短篇集〉の第九巻として刊行された、おそらくは日本で初のサーバー短篇集である。以後に刊行された他の短篇集と重複する収録作品も多い一方で、ユーモア色の薄い「虫の知らせ」「ホテル・メトロポール午前二時」など他では収録されていないものも収録し、偉大な作家サーバーの全貌をうかがうにふさわしい傑作集になっているといえよう。初刊行以後、二度にわたり新装版で再刊行されているが、

文庫化されるのは今回が初めてである。

さて映画「虹を摑む男」がこのほどリメイクされた。「ナイトミュージアム」などで人気の才人ベン・スティラーが監督・主演をつとめ、アメリカでは二〇一三年十二月に公開された。旧作の「虹を摑む男」と同様に原作はそのエッセンスのみが生かされ、また独自のストーリーが展開される（脚本はスティーヴ・コンラッド）。主人公のウォルター・ミティはしがない中年男ではなく、ベン・スティラーが演じる若き雑誌記者に設定されている。

邦題は「LIFE!」。原題のThe Secret Life of Walter Mittyからとったものであると同時に、物語がかつての人気雑誌《ライフ》の廃刊騒動を背景にしていることにも引っかけてあるのだろう（実際の《ライフ》廃刊は二〇〇〇年の出来事だが）。

今回の映画もまた、原作とはかなり別のものになっているともいえる。だが、先に紹介したジェイムズ・サーバーの経歴にもあるように、原作者の執筆活動のスタートが新聞記者で、彼の人生に重要な意味を持ったのが《ニューヨーカー》誌での仕事だったことを考え合わせると、やはりこの映画もまた「虹をつかむ男」の映画化作品であることには間違いないといえよう。

二〇一三年十二月

（H・K）

本書は一九六二年十月に刊行し、一九七六年六月および二〇〇六年九月にそれぞれ改訂版を刊行した異色作家短篇集『虹をつかむ男』を文庫化したものです。

ハヤカワ epi 文庫は、すぐれた文芸の発信源（epicentre）です。

訳者略歴　1917 年生，1940 年東京商科大学卒，英米文学翻訳家　訳書『エドワード・オールビーⅠ』，『ニール・サイモンⅢ』，『白昼の悪魔』『ねずみとり』クリスティー（以上早川書房刊）他多数，2004 年10 月没

虹《にじ》をつかむ男《おとこ》

〈epi 76〉

二〇一四年一月二十日　印刷
二〇一四年一月二十五日　発行

（定価はカバーに表示してあります）

著者　ジェイムズ・サーバー
訳者　鳴《なる》海《み》四《し》郎《ろう》
発行者　早川　浩
発行所　株式会社　早川書房
郵便番号　一〇一 - 〇〇四六
東京都千代田区神田多町二ノ二
電話　〇三 - 三二五二 - 三一一一（大代表）
振替　〇〇一六〇 - 三 - 四七七九九
http://www.hayakawa-online.co.jp

乱丁・落丁本は小社制作部宛お送り下さい。
送料小社負担にてお取りかえいたします。

印刷・三松堂株式会社　製本・株式会社フォーネット社
Printed and bound in Japan
ISBN978-4-15-120076-2 C0197

本書は活字が大きく読みやすい〈トールサイズ〉です。